Heinz Herbert · Ausgerechnet Zypern

Das Buch

Als Rechtsanwalt Harald Bieber den Anruf der Frau seines früheren Seniorpartners erhält, ist ihm dies Gelegenheit genug, sich aus dem Alltagsgeschäft auszuklinken. Dass sich aus dieser kurzen Unterbrechnung ein Abenteuer entwickelt, das ihn nach Nordzypern führt, war für ihn zunächst nicht erkennbar. Dort fordern ihm dann die Realitäten ein hohes Maß an Flexibilität und eine Gradwanderung ab, die die Grenzen der Legalität seines Handelns fraglich erscheinen lassen. Am Ende, als alles geregelt zu sein scheint, gewinnt er Erkenntnisse, die sein Vertrauen in eine Freundschaft erschüttern und alles in Frage stellen.

Der Autor

Heinz Herbert, 1946 in Offenbach/Main geboren, war lange Jahre als selbständiger Rechtsbeistand und Collection-Manager tätig. Heute lebt er auf einer der Mittelmeerinseln.

Heinz Herbert

Ausgerechnet Zypern

Ein Harry Bieber Roman

Vorbemerkung

Obwohl dieses Buch von tatsächlichen Ereignissen inspiriert wurde, sind die in ihm dargestellten Begebenheiten, Personen und Institutionen frei erfunden. Jede Ähnlichkeit mit realen Menschen oder Organisationen wäre somit rein zufällig und unbeabsichtigt.

Der Zypernkonflikt ist leider nicht erfunden. Doch er dient nur als willkürlicher Hintergrund für die Handlung und ist lediglich in Teilen identisch mit den dort herrschenden Problemen.

Satz und Layout: Buch & medi@ GmbH, München
Umschlaggestaltung: Kay Fretwurst, Spreeau
Herstellung: Books on Demand GmbH, Norderstedt
Printed in Germany
ISBN 3-8330-0835-0

Für Tina

I.

Bei dem Auto handelte es sich um einen Mercedes Benz der S-Klasse, einen gepflegten Wagen, der schon reichlich Jahre und annähernd Zweihundertfünfzigtausend Kilometer gefahren war. Das in goldmetallic lackierte Fahrzeug verfügte über sämtliche Extras und war das Top-Modell seiner Zeit.

Es war vierzehn Uhr dreißig. Rechtsanwalt und Notar Klaus Volz bog auf den Alleenring in Frankfurt am Main ein. Er hatte in der kleinen Pfälzer Weinstube am Scheffeleck zu Mittag gegessen und sich mit seiner Mahlzeit nicht gerade beeilt. Nichts zog ihn an seinem »heiligen freien Mittwochnachmittag« in seine Kanzlei. Aber er musste diese Verabredung, die in wenigen Minuten anstand, unbedingt einhalten. Das ungute Gefühl in seiner Magengegend hatte nichts mit dem Pfälzer Saumagen zu tun, den er wieder einmal, den Rat seines Hausarztes missachtend, als Mittagsmahl gewählt hatte. Gerade jetzt, wo er kurz vor einem wirklich guten Geschäftsabschluss stand, konnte er keine Schwierigkeiten gebrauchen. Bisher war es ihm immer gelungen, seinen Kopf aus der Schlinge zu ziehen. Das sollte ihm auch heute gelingen, beruhigte er sich. Er wandte den Kopf zur Seite und blickte auf die vorbeihuschenden, neuen, meist schmucklosen Geschäftshäuser, die in Frankfurt die alten Innenstadtvillen vollkommen verdrängt hatten. Er fühlte sich hier zu Hause, obgleich die Mainmetropole sich in den letzten zwanzig Jahren, wenn schon nicht zu einer Weltstadt, so doch immerhin zur europäischen Bankenhauptstadt gemausert hatte. Trotzdem blieb ihr ein gewisser hessischer Kleinstadtmief erhalten. Daran änderten die großdimensionierten Glaspaläste, die Banken- und Versicherungstürme sowie riesige Einkaufszentren nichts, sinnierte Volz lächelnd.

Der Notar parkte seinen Wagen in der Porzellanhofstraße und ging die paar Meter zu seinem Büro zu Fuß. Dann fuhr er mit dem Aufzug in den zweiten Stock und schloss die Kanzleitür auf. Er zog die Tür hinter sich zu, warf seine Anzugjacke über einen Stuhl und setzte sich schnaufend hinter seinen Schreibtisch. Das schweißnasse Hemd klebte an dem fülligen Körper des einen Meter zweiundneunzig langen und bereits siebenundsechzig Jahre alten Mannes. Volz dachte, er hätte das dritte Glas des frischen Deidesheimer Rieslings besser nicht trinken sollen.

Eine Sekunde später war Volz tot.

II.

Ja, natürlich ... aber ja ... ich kann Ihnen eine ermäßigte monatliche Rate von viertausend Euro für drei Monate einräumen. Aber dann muss die Ursprungsrate wieder ... nein, es macht mir nichts aus ... ich werde entsprechenden Ratenplan ... ich werde es Ihnen auch sofort bestätigen, keine Sorgen. Wenn Sie pünktlich bis zehnten jeden Monats hier eingehend ... Nein. Vollstreckungsmaßnahmen werden dann natürlich ausgesetzt. Auf Wieder... keine Ursache. Aber Sie müssen sich exakt an die Zahlungstermine halten. Auf Wiedersehen!«

Rechtsanwalt Harald Bieber war nachträglich damit einverstanden, dass seine Mitarbeiterin Babette Höhr diesen Anrufer durchgestellt hatte. Wenngleich sie Ratenvereinbarungen grundsätzlich selbstverantwortlich treffen konnte, sofern diese sich im Rahmen entsprechender Vorgaben bewegten. Hier jedoch ging es um den Vorgang eines Mandanten aus dem Kreise der Clubmitglieder des Wurfscheiben-Vereins ihres Chefs. Aus dessen fruchtlosen Versuchen, sie für diesen Sport zu begeistern, wusste sie, dass früher die Wurfscheiben als Tontauben bezeichnet wurden. Der Deutsche Schützenbund entschloss sich bereits vor Jahren zu Recht, die Bezeichnung »Tontauben« durch eine zu ersetzen, die nicht an lebende Vögel erinnerte oder gar an einen Schießsport, bei dem auf lebende Tauben geschossen würde. Der Verband nahm damit zwar in Kauf, dass die breite Bevölkerung zunächst einmal kaum verstand, um was es ging, wenn in der Presse von einem »Wurfscheibenturnier« berichtet wurde, obgleich die Disziplinen Trap, Skeet und Doppeltrap sogar als olympische Sportarten geführt wurden. Die Umbenennung wurde allerdings angenommen, denn schließlich ging es bei dieser Form des Schießens um Sport und nicht um das Abschlachten von Tieren. Bieber konnte bis zum heutigen Tage die Begriffe »Jagdsport«

oder »Angelsport« nicht ausstehen, da bei diesen der Erfolg an der Anzahl gemordeter Tiere gemessen wurde.

Eigentlich hatten Bieber und sein Partner Alexander Prinz vereinbart, in der gemeinsamen Kanzlei möglichst keine Streitigkeiten für Verwandte oder persönliche Freunde zu bearbeiten. Erfahrungsgemäß waren in solchen Fällen die Probleme vorprogrammiert. So auch bei diesem Clubmitglied. Er hatte sich, bei einem für den Rechtsanwalt zunächst als zufällig darstellenden Gespräch im Clubhaus des Schützenvereins, fast aufgedrängt. Die ausweichenden Antworten Biebers, auf seine Bitte zur Mandatsübernahme, akzeptierte er nicht, indem er sie ignorierte. Für die ablehnende Einstellung Biebers in Bezug auf diesen Vereinskollegen war aber auch dessen politische Einstellung ausschlaggebend. Die war rechts außen angesiedelt und wurde von dem Advokaten überhaupt nicht geteilt.

Dieser penetrante Mensch – nach eigenen Bekundungen Börsenspekulant und mehrfacher Millionär – hatte auf unglaublich dumme und leichtsinnige Weise einem sogenannten Geschäftspartner zweihundertfünfzigtausend Euro angeblich kreditiert. Der Prozessgegner sprach im Gegensatz dazu von einer Geschäftsbeteiligung und keinesfalls von einem Kredit. Das Geld jedenfalls war verbraucht, ohne den erhofften Gewinn gebracht zu haben, da das geplante »Russlandgeschäft« eben nicht den gemeinsam gewünschten Erfolg gebracht hatte. Mangels jedweder schriftlicher Unterlagen, bis hin zur Art und Weise der Geldhingabe, die teilweise in bar und ohne Quittung erfolgte, war die Rechtsposition von Biebers Mandant mehr als schwach. Aber auch unsympathischen Millionären mit politisch fragwürdigen Einstellungen stand das Recht zu, ihre berechtigten Ansprüche durchzusetzen. Also übernahm Bieber das Mandat. Letztendlich konnte er eine Vergleichssumme in Höhe von einhundertfünfzigtausend Euro nur durch die Unerfahrenheit des gegnerischen Kollegen, dessen juristische Befähigung sich in schnarrendem Tonfall und arrogantem Auftreten im Vorfeld und später vor Gericht erschöpften, erzwingen. Anstatt froh über den glücklichen Ausgang dieses Verfahrens zu sein – »Egal was rauskommt, jeder Euro wäre ein Gewinn«, hatte der Mandant bei Auftragserteilung getönt – nörgelte dieser jetzt im Nachhinein wegen einzelner Punkte des Vergleichs, insbesondere wegen der Quotelung der Prozesskosten im Verhältnis drei Fünftel zu zwei Fünftel zu Lasten des Gegners. Hier hätte man und damit meinte er Bieber, mehr erreichen können. Biebers Mandant ging der Sachbearbeiterin inzwischen stark auf die

Nerven, während der gegenüber Bieber nicht wagte, seine kritischen Bemerkungen zu wiederholen.

Alsdann befasste sich Bieber in vorauseilenden Gedanken mit dem jetzt anstehenden Telefonat, das durch Blinken der zweiten Leitung bereits angemahnt wurde. Er atmete tief durch.

Melanie Mahler hatte geduldig gewartet und sie würde gleich mit atemloser Stimme loslegen und ihren Wortwust kaum durch Luftholen unterbrechen. Bieber hatte vor wenigen Monaten die Fünfunddreißigjährige als Klientin angenommen, wissend, dass das kein leichtes Mandat werden würde. Es galt, Frau Mahler vor der zwangsweisen Einweisung in die Psychiatrie der Städtischen Kliniken Offenbachs zu bewahren. Er hatte lange Gespräche mit dem Leiter der psychiatrischen Klinik geführt. Dieser hatte ihn seinerzeit, wider Erwarten, in seiner Auffassung nachdrücklich bestärkt, wonach die Frau zwar offensichtlich psychisch schwer krank war, sich jedoch in der Führung ihres Haushalts noch selbst vorstehen konnte. Der Arzt war mit Bieber der Meinung, dass das Krankenhaus nicht der richtige Ort für seine Mandantin war, der man letztlich ohnedies nur medikamentöse Hilfen geben konnte, wie ein genau diagnostizierbares Krankheitsbild ergab. In Folge einer vor gut einem halben Jahr angefallenen, millionenschweren Erbschaft nach dem zuletzt verstorbenen Vater, war Melanie Mahler zusammen mit ihrer Schwester in den Besitz eines großen Vermögens gekommen. Die Zielsetzung von Melanie Mahlers älterer Schwester war klar. Sie wollte möglichst alles. Dieses Ziel verfolgte sie schnörkellos durch das Betreiben des Zwangseinweisungsverfahrens, unter gleichzeitiger Beantragung der Vermögensbetreuung für ihre Schwester, wobei sie sich natürlich als geeignete Person für die Aufgabe der Vermögensbetreuung vorschlug. Ein Plan, der nicht ohne Aussicht auf Erfolg gewesen wäre, hätte Melanie Mahler nicht um anwaltliche Hilfe nachgesucht. Der Zufall wollte es, dass sie an dem Kanzleischild »Bieber Prinz & Partner – Rechtsanwälte Notare« vorbeikam und Bieber gerade keinen Termin hatte.

Bieber konnte beim zuständigen Vormundschaftsgericht, mit Unterstützung der behandelnden Ärzte und dem Einverständnis seiner Mandantin, schließlich erreichen, dass die notwendige Vermögenssorge ihm übertragen wurde. Außerdem wurde die Betreuung auch auf die Personensorge erweitert, nachdem die zuständige Rechtspflegerin die vorgetragenen Bedenken hinsichtlich einer

Einbindung der Schwester, in gleich welchem Umfange, teilte und der Vormundschaftsrichter entsprechenden Beschluss erließ. Das bedeutete, dass die zum gegebenen Zeitpunkt freiwerdenden Gelder, soweit sie Melanie Mahler zustanden, mündelsicher und unter Kontrolle des Gerichts angelegt werden konnten. Weiter wurde durch Bieber sichergestellt, indem er ihr eine größere Wohnung beschaffte, dass Frau Mahler so lange wie irgendwie verantwortbar ihr Leben in eigenen Räumen, nach eigenen Vorstellungen, selbst gestalten konnte.

Harry Bieber drückte die Telefontaste in ergebener Erwartung des Kommenden.

»Hallo, hier Melanie Mahler«, tönte eine zunächst auf kindlich verstellte Stimme im Ohr, die mit Dauer des Gesprächs deutlich aggressiver wurde. »Es ist angeblich jetzt aktuell, dass meine Schwester mit meinem Leben machen kann, was sie will. Da sind die letzten sechs Jahre Unabhängigkeit in freiem Dasein voll dahin undsoweiter. Sie ist eine normale Schülerin und hat nicht wie ich Abitur, oder was weiß ich sonst. Sie ist es, die Wurmscheißerin, die mir voll den Spablizismus verpassen will. Ich habe keine Ruhe mehr. Ich muss aus meiner Wohnung raus. Ich soll hier rummeckern, rumfluchen, und hier ist die Korruption von diesem Herrn Müller oder wie dieser Hausmeisterarsch heißt ganz aktuell. Was soll denn das? Soll das jetzt darauf hinausführen, dass ich in die Klapsmühle komme, wenn ich ihm hier nicht erlaube mit mir zu machen was er will, nämlich ich soll mich von ihm hier ficken lassen oder was soll das. Damit ich ihn angeblich für unschuldig erkläre oder irgend so ein Scheißdreck. Dann kann auf die Vormundschaftstherapie rechts und links genau wie die anderen Scheißkerle, die dazugehören, würde ich sagen.«

»Moment«, unterbrach sie Bieber, nachdem er sie aus Erfahrung erst einmal hatte ohne Unterbrechung reden lassen. Bereits am frühen Morgen hatte er vom Hausmeister der Anlage, in der Bieber für seine Mandantin ein kleines Dreizimmerappartement gekauft hatte, einen Anruf erhalten. Der teilte merklich genervt mit, dass Biebers Mandantin in der Nacht zwischen zwei und vier Uhr Rockmusik in einer Lautstärke abgespielt habe, dass sämtliche Nachbarn bei ihm angerufen hätten, um sich nachhaltig zu beschweren. Er könne unter Berufung auf die mehrfach erfolgten Abmahnungen nunmehr die sofortige Kündigung des Mietverhältnisses durch den Wohnungseigentümer nicht mehr verhindern. Genau das hatte Bieber einkalkuliert. Dem Hausmeister, der üblicherweise wiederum nur mit der

Hausverwaltung zu tun hatte, war nicht bewusst, dass Biebers Mandantin Eigentümerin des Appartements war und damit eine stärkere Position als ein Mieter hatte. Bieber ließ die falsche Vermutung des Hausmeisters unwidersprochen. Warum sollte er ihn verwirren. Außerdem wollte er auf seine Mandantin, die längst wieder vergessen hatte, dass sie Wohnungseigentümerin war, im Bedarfsfalle etwas Druck ausüben können.

Schließlich habe man erst auf heftiges Klopfen gegen die Wohnungstür erreicht, dass drinnen die Musik leiser gestellt wurde, erregte sich der Hausmeister weiter. Dann habe Biebers Mandantin laut gerufen, die Musikmonster würden ihnen allen da draußen die Eier abbeißen. Die in diesem Zusammenhang erneut geäußerte Drohung des Hausmeisters, man werde »der Mahler« kündigen, konnte Bieber wie gesagt mit Ruhe vernachlässigen. Trotzdem hatte der Anwalt, dem selbst an einem friedvollen Umfeld lag, sehr wohl Verständnis für diese mit Frau Mahler gesegneten Nachbarn, die nun einmal ihr Recht auf ungestörte Nachtruhe einfordern durften, gleich ob die psychisch kranke Frau glaubte »musizieren« zu müssen oder nicht.

»Ich werde mal mit dem Hausmeister reden. Ich glaube, dass sich auch die Nachbarn wieder beruhigen. Und Sie versprechen mir, dass sie nicht mehr nachts um zwei die Lautsprecher bis hinten aufdrehen. Das sind halt alles ›Spießer‹, die nicht Ihre ›Ahnung von den Dingen‹ haben und Ihr ›spezielles Gefühl für Musik‹ einfach nicht nachempfinden können. Also, kommen Sie Melanie. Keine Aufregungen mehr. Alle lieben Sie wieder, wenn Sie ein bisschen auf diese ›beschränkten Leute‹ Rücksicht nehmen, ok?« Bieber hatte bewusst, Lieblingsworte und -begriffe seiner Mandantin verwandt, wissend, dass sich diese dann sogleich beruhigen würde.

Und diese erwiderte dann auch wieder ganz liebkind: »Ja, klar. Mach ich doch Herr Bieber. Keine Aufregungen. Alles bestens, grüßen Sie Ihre Leute. Und einen schönen Tag noch, Tschüß« – und aufgelegt hatte sie.

Auch der Anwalt legte den Telefonhörer zurück in die futuristische Apparatur, die heute nur noch mit »Kommunikationsanlage« einigermaßen gerecht beschrieben werden konnte und schaute mit müden Augen aus dem Fenster. Vor den im Erdgeschoss gelegenen Büroräumen spielten, seitlich im Hofraum auf dem Nachbargrundstück, Kinder mit einem bunten Ball. Er verfolgte deren ungelenkes

Gekicke für ein paar Minuten, ohne in dem Spiel der vielleicht achtjährigen Kinder irgendein System erkennen zu können und wunderte sich, dass diese jungen Generationen immer unsportlicher wurden.

Er griff wieder zum Diktiergerät und beugte sich über die Akte, die schon geraume Zeit vor ihm lag, ohne, dass ihm noch etwas, die Sache Voranbringendes, eingefallen wäre. Seine Gedanken verirrten sich immer wieder, kaum, dass er ein paar Sätze diktiert hatte und klammerten sich an Erinnerungsfetzen, die sich mit allem Möglichen verbanden, nur nicht mit diesem Vorgang. Es war Mittwoch. Mittwoch und schwül und das im Rhein-Main-Kessel. Dazu hatte den Advokaten eine gepflegte Sommermelancholie befallen, wie er beschloss. Auf eine solche Melancholie, die dann auch Frühjahrs-, Herbst- oder Wintermelancholie bei ihm heißen konnten, griff Bieber ganz gerne zurück, wenn ihn seine immer vorhandene Arbeitsunlust all zu stark überkam, die andere schlicht auch als Faulheit bezeichneten. Oft klingelte gerade an solchen Tagen das Telefon ohne Unterbrechung. Was die Menschen veranlasste, bei solch negativem »Stimmungswetter« Gläubigervertreter anzurufen, blieb Bieber unerfindlich.

Erneut klingelte das Telefon. »Ich sagte doch, dass ich nicht andauernd … Nein das ist in Ordnung. Stell durch«, schnarrte Bieber, und die Stimme seiner Bürofee Babette klang schon etwas schrill als sie die Anruferin avisierte. Wusste sie doch, was sie gleich zu hören bekommen würde, und doch hatte sie das Gefühl gehabt, es sei wiederum wichtig. »Nur in wichtigen Sachen verbinden«, pflegte er zu sagen, wenn er diktieren wollte. »Für wen wichtig? Für den Anrufer oder mich oder dich«, maulte Babette bei solcher Gelegenheit. »Das spürt man, ob was wichtig ist«, vertrat Bieber dann nachhaltig und ungerührt immer wieder seinen Standpunkt, grinste und entzog sich jedweder Diskussion, wenn Babette ihn einmal festlegen wollte. Heute hatte er – trotz Diktierens – immer wieder, wenn auch grummelnd, abgenommen, und ein paar ganz vernünftige Vereinbarungen waren herausgekommen, die letztlich auch Geld brachten für die Kanzlei. Mit Forderungsinkasso war gutes Geld zu machen. Das wusste Bieber, das wusste sein Partner Alexander Prinz, aber nicht immer verstanden es die angestellten, meist jungen Anwälte, die diese Kanzlei zu einer der größeren Anwaltsbüros der Lederstadt zählen ließ. Und hin und wieder erläuterten die beiden Namensgeber der Kanzlei dies auch Kollegen, die wegen einer solch

»unjuristischen« Arbeit gelegentlich die Nase rümpften. Die Partner hatten schon früh festgestellt, dass oft genug diejenigen, die sich ob dieser »Kaufmannstätigkeit« am lautesten hinter ihrem Rücken monierten, an jedem Ersten darum bangen mussten, dass die ausstehende Leasingrate für die »Protzkarre«, die Büromiete oder das Gehalt für die Sekretärin zusammen gekratzt werden konnte.

»Hallo Frau Volz«, sagte Bieber überrascht, »ich habe ja eine Ewigkeit nichts von Ihnen gehört. Geht es Ihnen und Ihrem Mann gut? … Ja sicher. Nein ich komme bei Ihnen vorbei. Das ist einfacher. Mir macht es nichts aus. Ja ich würde sagen so in einer Stunde? … Natürlich weiß ich noch wo ihr Haus ist. Ok. Also, dann in einer Stunde.«

Er warf den Telefonhörer in die Halterung. Er hatte früher, das heißt, noch vor rund zehn Jahren, für Volz gearbeitet. Der betrieb damals eine Anwaltskanzlei mit zwei angestellten Anwälten und sechs Büroangestellten. »Wir nehmen alles, wenn's nichts Vernünftiges gibt«, lautete Volzens Arbeitsmaxime. Vernünftig war für ihn, wenn ein dickes Honorar hängen blieb und wenig dafür zu tun war. Früher hatte Bieber – und das gestand er heute gerne zu – eine solche Einstellung für unmoralisch gehalten. Damals wollte er unbedingt ein Vertreter der Armen und Entrechteten sein. Das hatte sich gelegt, seit er selbständig war und öfter als ihm lieb sein konnte erkennen musste, dass viele »Arme und Entrechtete« diesen Status pflegten, der ihnen ohne Arbeit ein erträgliches Leben sicherte. Und seither galt auch für ihn das Volzsche Motto: »Alles wird angenommen!« Bieber war es mittlerweile gleich, ob für das Mandat viel oder wenig gearbeitet werden musste. Neue Mandate mussten her. Denn bei der zur Zeit herrschenden sogenannten Anwaltsschwemme und der Bildung immer größerer, überörtlicher Anwaltsgemeinschaften stand der Kampf um jedes Mandat für »den kleinen Laden, den wir betreiben« – wie er sich zu Prinzens Leidwesen manches Mal gegenüber Dritten auszudrücken pflegte – mehr im Vordergrund als früher. Sein Partner Alexander Prinz – die eindeutig ordnende Verwalterhand der Kanzlei – teilte nicht immer diese, seine Auffassung. Gerade in den letzten Monaten hatte er weniger und weniger Arbeitslust an den Tag gelegt und begann verstärkt zu delegieren, was für Prinz letztlich mehr »ordinäre Arbeit« nach sich zog. Prinz musste die jungen Kollegen verstärkt kontrollieren und zu ordentlichem Arbeiten anhalten, hier und da die entscheidenden Hinweise geben und sie von zeitraubenden und damit kostenintensiven Recherchen abhalten. Bieber wiederum war der Auffassung, diesem Anflug von Midlife-Krisis nicht widerstehen, sondern sich der gar hingeben zu dürfen. Er pflegte, ja genoss geradezu diesen Zustand, an dem andere Menschen zu seiner Verwunderung, wahnsinnig litten.

In einer Stunde wollte Bieber bei Frau Volz sein. Das bedeutete für ihn sofortigen Aufbruch. Ein willkommener Grund dieses grässliche Schriftsatzdiktat abzubrechen, nach hinten zu verschieben. War Fristablauf doch erst am nächsten Tag. Er würde halt am Nachmittag oder Abend weiter diktieren, die Sache dem externen Schreibdienst einwerfen, und morgen Früh könnte man mit Funkboten den Schriftsatz zum Gericht schaffen.

Frau Volzens Stimme hatte mehr als besorgt geklungen, hell in der Tonlage, fast weinerlich. Bieber war sicher, sich dies nicht eingebildet zu haben. Er wollte die Besorgnis nicht nur herausgehört haben, um dem Büroalltag zu entfliehen. Jedenfalls erklärte er Prinz, dessen Büro neben dem seinen lag und durch eine Zwischentür verbunden war, seinen eiligen Abgang mit einigen unklaren Bemerkungen über Schwierigkeiten bei Volz, dessen Frau und einer kurzen Fahrt nach Frankfurt.

Er warf sich, plötzlich bester Laune und vor sich hinpfeifend, in seinen Benz, fuhr über den Main, die »Skyline Mainhattens« nicht beachtend, durch das Bankenviertel, das Universitätsgelände passierend, in den Stadtteil Ginnheim. Am Markus-Krankenhaus vorbei, die zweite oder dritte – es war die dritte – links rein und dann das fünfte Haus auf der rechten Seite. So hatte er sich den Weg bereits vor zehn Jahren gemerkt. Den komischen Straßennamen konnte er bis zum heutigen Tage nicht behalten.

Er hatte etwas Mühe, den großen Wagen vor Volzens Haus zu parken. Aber solch kleine Hindernisse nahm Bieber gerne auf sich, seit er die Sternenmarke fuhr. Als junger Mensch hatte er immer über die Mercedes-Fahrer gelästert und bemerkt, so alt könne er gar nicht werden, um mit solchen Schlitten herum zu kutschieren. Solch jugendlichem Denken war Bieber mittlerweile entwachsen und er konnte sich die Fahrzeuge aussuchen, die seinem inzwischen gestiegenen Bedürfnis an Bequemlichkeit und Funktionalität entsprachen.

»Ich bin Ihnen so dankbar, dass Sie gekommen sind, Herr Bieber. Ich habe überlegt, ob ich mich überhaupt an Sie wenden sollte. Sie wissen, wie sehr Sie mein Mann schätzt und so dachte ich, zumal Sie ja unsere Situation kennen, dass ich es wagen kann«, sprudelte Frau Volz los, als sie die Tür öffnete. Bieber wusste, dass Volz mächtig sauer auf ihn war, als er bei ihm ausschied. Er konnte sich noch genau entsinnen, wie das Erstaunen in Volzens Augen einer aufkeimenden Wut gewichen war, als er ihm eröffnete, sich selbständig machen zu wollen. Für Volz war das Verrat, für Bieber Notwehr. Volz hatte seinen Schwiegersohn Günther Paulsen in die Kanzlei aufgenommen, als Partner – einen unglücklichen Menschen, für den der Beruf des Rechtsanwalts alles andere als geeignet war. Vielleicht hatte ihn die Familie gedrängte und er hat sich dem Druck seiner Tochter nicht entziehen können. Bieber war damals gekränkt. Hatte er doch erwartet, dass ihm in Kürze die echte Partnerschaft angeboten würde; schließlich machte er doch die hauptsächliche Arbeit in der Kanzlei. Manch eine heikle Sache konnte er damals beibiegen. Er war oft genug dabei auf dem schmalen Grad der Legalität gewandert, zum Nutzen der Kanzlei, persönliche Risiken dabei bewusst in Kauf nehmend.

Aber das alles lag schon so weit zurück und heute bereute er den Schritt in die Selbständigkeit nicht mehr, waren doch die schlimmen Zeiten vorbei, in denen er jede Mark zweimal umdrehen musste, bevor er sie dann doch nicht ausgab. Seine schon früh gemeinsam mit Prinz betriebene Kanzlei lief gut und erwirtschaftete zunehmend steil ansteigende Umsätze.

Innerlich war Bieber leicht zusammengezuckt, als er der jetzt in den Sechzigern stehenden Frau gegenübertrat. Noch immer schlank. Haltung aufrecht, leichter norddeutscher Akzent. Ihre Augen, diese bernsteinfarbenen Augen, die jeden Mann bezaubern konnten, hatten ihr Feuer verloren. Ihr Mund wirkte verzagt, das Haar, früher auffällig blondiert, zeigte graue Strähnen und war unordentlich frisiert. Ihre rechte Hand lag auf ihrer linken Brust als sei sie herzleidend.

Bieber hatte seine Jacke ausgezogen, im Flur über einen Garderobenhaken geworfen, den angebotenen Platz an einem kleinen Tisch eingenommen und von dem guten schwarzen Kaffee getrunken. Frau Volz hatte sich ein Wasser eingeschenkt und sich ihm gegenüber gesetzt.

»Also, was gibt's, was ist los, was ist passiert«, wollte er, seine Tasse absetzend, wissen.

»Das ist ja fast wie früher«, sagte sie, »Jacke aus, die Hemdsärmel aufgekrempelt und gleich auf den Punkt kommen.« Die Bernsteine funkelten leicht und etwas Röte kam in ihr Gesicht, was ihr gut stand.

»Sie haben recht«, fuhr sie fort, »kommen wir gleich zur Sache.«

Sie setzte sich vorne auf die Kante ihres Stuhles und informierte Bieber, den Ex-Mitarbeiter ihres Mannes, über die Geschehnisse der letzten Jahre im Zusammenhang mit dem, was sie bedrückte.

Teilweise war diesem natürlich bekannt, was er da zu hören bekam. Insbesondere was den Mandantenschwund betraf, der mit einem dramatischen Rückgang der Honorareingänge einherging. Das hatte Bieber aus der sich nach seinem Weggang ergebenden Distanz verfolgt. Natürlich waren auch bei seinem Ausscheiden aus der Kanzlei Volz einige von seinen Mandanten mit ihm gegangen, zumal er deren Vorgänge alleine bearbeitet hatte.

Eine Zeit lang erlitt Volz erhebliche Einbußen durch eine konsequentere Rechtssprechung in Sachen »Haustürgeschäfte«. Vorbei waren die Zeiten, in denen dubiose Vertriebsfirmen Rentnern oder Hausfrauen Mixgeräte, Höhensonnen oder Hartwürste, mehr oder weniger ungestraft, andrehen konnten. Bieber erinnerte sich noch gut an dieses Vertriebsklientel in Volzens Kanzlei. Insbesondere an solche Extremfälle, in denen z.B. einem Kneipenwirt kostenlos für jeden Tisch seiner Gaststätte ein Hartwurstautomat zur Verfügung gestellt wurde. Die Hochrechnung des Verkäufers ergab, dass an jedem seiner zehn Tische am Abend mindestens fünf Hartwürste nebenbei gegessen würden, so dass er im Monat leicht eintausendfünfhundert Würstchen zusätzlich verkaufe, die aufgrund der gastwirtfreundlichen Würzungen auch noch den Getränkeumsatz verdoppeln könnten. Nicht zweitausendfünfhundert Stück »exzellenter Hartwürste«, die er geglaubt bestellt zu haben, wurden angeliefert, sondern fünfundzwanzigtausend Stück wie der Bestellschein merkwürdigerweise deutlich auswies. Zu zahlen war binnen zwei Wochen. Die Würste waren fett, schmierig und letztlich konnte der Kneipier froh sein, wenn an einem Abend wenigstens ein paar Stück dieses phantastischen Produkts verkonsumiert wurden. Allerdings waren die Mistdinger haltbar, worauf der Wirt vertröstet wurde, verbunden mit dem Ausdruck des Bedauerns, dass er den schlechten Geschmack seiner Gäste wohl verkannt habe.

Volz hatte, bis solchen von ihm vertretenen Firmen die Basis entzogen wurde, gut zu tun. Vergessen hatte er, Rücklagen zu bilden. Im Glauben, dass alles ewig dauern könnte, hatte er den teuersten

Mercedes gekauft, ein Haus gebaut und überließ sein Klientel Bieber, der, jung und hungrig, verbissen arbeitete. Später trat an dessen Stelle Paulsen, der von hehren, ruhmreichen Auftritten vor Gericht träumte, anstatt sich um die Alltagsprobleme der Kanzlei zu kümmern. Volz spielte währenddessen Tennis und Golf, und alles wurde von den Banken gerne finanziert. Paulsen brachte kein einziges Mandat, kostete aber das angemessene Entgelt eines Schwiegersohns. Er beriet Volzens Mandanten so lange bis diese auf einen Prozess verzichteten, dank seiner einzigen Begabung, die darin bestand, den Mandanten das kleinste Prozessrisiko in so grässlichen Farben zu schildern, dass selbst der Prozesswütigste es mit der Angst zu tun bekam.

Paulsen schied dann auch, wenige Jahre nach Biebers Weggang aus der Kanzlei aus und Volz versuchte mit seinem bald auf eine Sekretärin geschrumpften Personal über die Runden zu kommen. Das gelang mehr schlecht als recht, obgleich seine Frau schließlich die Buchhaltungsarbeiten zwecks weiterer Kostenersparnis übernahm. Nachdem sämtliche Lebensversicherungen kapitalisiert waren, um die drückenden Hausschulden zu minimieren beschränkte sich der Mandantenzuwachs auf die paar Billigmandate aus seiner Tätigkeit für die Rechtsberatungsstelle des Amtsgerichts Frankfurt. Volz war es nicht mehr gewohnt, selbst hart zu arbeiten, und er glaubte auch, dass er Besseres verdient habe.

Was seiner Frau seit nahezu zwei Jahren auffiel, war, dass am Monatsletzten immer »Entnahmen« im Tausenderbereich durch ihren Ehemann feststellbar waren, über die er keine Auskunft gab. Das sei seine Sache. Eine alte Schuld, die er abtragen müsse. Mehr sagte Volz nicht dazu und, seine Frau hatte schon lange aufgegeben zu insistieren.

Gleich wie sich der Monatsumsatz darstellte – mittlerweile ohne jede Angestellte – wurden die zweitausendfünfhundert Euro monatlich durch Volz entnommen, ohne dass seiner Frau klar wurde, was mit diesem Geld geschah. Aber vielleicht wollte sie es auch gar nicht so genau wissen, und Bieber konnte sich vorstellen, was sie alles vermutete und wieder verdrängt hatte in all den langen Monaten.

In letzter Zeit hatte sich die finanzielle Situation der Kanzlei dramatisch zugespitzt. Volz hing mit zwei Büromieten. Das Firmenkonto war total überzogen. Die Bank hatte eine Fremdgeldweiterleitung von zehntausend Euro nicht mehr ausgeführt und seit drei Monaten konnten, mangels ausreichenden Umsatzes, von Volz auch die dubiosen Beträge nicht mehr abgehoben werden. Was die Kanzlei am Leben erhielt, waren die »dicken Brocken«, die so alle zwei bis drei Monate am Finanzamt vorbei, bar eingingen, jeweils nach etwa dreitägiger oder auch längerer Abwesenheit von Volz, der das mit auswärtiger Beratungstätigkeit erklärte. Frau Volz hatte es aufgegeben, über die Herkunft des Geldes Fragen zu stellen und vereinnahmte die Beträge stillschweigend außerhalb der Bücher.

»Klaus ging schon nicht mehr ans Telefon«, meinte Frau Volz, ihre Tasse, mittlerweile kalten Kaffees, in der Hand haltend und lehnte sich zurück. »Ich musste ihn seit Tagen verleugnen. Mit immer neuen Ausflüchten verließ er das Büro, irgendwelche Amtstermine vorschiebend, und selbst zu Hause verlangte er von mir, dass ich nicht ans Telefon gehen sollte. Heute morgen rief im Büro ein Herr Bander an. Ich habe ihn mit Klaus verbunden. Er wolle in einer neuen Sache mit meinem Mann sprechen, hat er gesagt. Klaus nahm ihn auch entgegen. Die beiden sprachen dann nur kurz miteinander. Als Klaus aus seinem Büro kam, war er leichenblass im Gesicht. Ich habe ihm einen starken Kaffee gegeben. Meiner Frage, was mit ihm sei, wich er aus. Er meinte, es sei die Luft. Wir machen noch immer Mittwochmittags zu. Klaus meinte, ich solle mit der U-Bahn voraus fahren. Er habe noch mit jemanden eine Verabredung und käme später nach. Auf meine Frage, er meine doch wohl Herrn Bander, den Anrufer, sagte er kurz ja und drängte mich zu gehen, da er sich auf das Gespräch vorbereiten müsse. Sie kennen ihn ja. Stur wie ein Ochse und wenn er nichts sagen will, ist aus ihm nichts heraus zu bekommen. Ich bin dann auch gegangen. Ich hatte ohnedies noch etwas für heute Abend einzukaufen und machte mir weiter keine Gedanken. Sie können mir glauben, ich habe in den letzten Jahren gelernt, mir über manche Dinge nicht mehr als nötig Gedanken zu machen«

Frau Volz setzte die Tasse ab und sich in ihrem Stuhl gerade, bevor sie fortfuhr: »Vielleicht eine halbe Stunde, bevor ich Sie anrief, klingelte es hier an der Tür. Ich öffnete. Die Tür wurde hart aufgestoßen und ich fiel beinahe rückwärts in den Flur. Ein Mann drängte in das Haus. Er packte mich am Arm und stieß mich hier in das Wohnzimmer hinein. Ich fiel auf die Couch und sah einen eher kleinen, schlanken, dunkelhaarigen Mann mit auffallend blassgelbem Gesicht vor mir. Dunkle Augen, gebogene, leicht schiefe Nase. Diese Halunkenvisage werde ich mein Leben lang nicht vergessen. Ich überwand den ersten Schreck zu meiner eigenen Verwunderung recht schnell. Dann erst sah ich, dass er eine Pistole in der Hand hielt, die er auf mich richtete.«

Bieber, der mittlerweile auf der Kante seines Lehnstuhles saß, konnte kaum fassen, was ihm da berichtet wurde und hörte weiter verblüfft zu.

»Los, alles Geld her, schnauzte der Kerl mich an«, erzählte Frau Volz, ihre Augen leicht zusammenkneifend, »auf meine Beteuerungen, dass außer den zweihundertfünfzig Euro Haushaltsgeld die ich ihm geben wolle, sich kein Geld in der Wohnung befände, sagte dieser fürchterliche Mensch, er werde schon zu seinem Anteil kommen. So oder so. Auch wenn mein Mann die Verabredungen nicht einhalte. Er zerrte noch ein paar Schubladen auf und verschwand dann, mit meinem restlichen Haushaltsgeld, genauso schnell wie er hereingekommen war mit der Bemerkung: ›Wenn Sie die Polizei rufen, wird es Ihr Mann bereuen.‹ Ich wollte zunächst trotzdem die Polizei alarmieren. Dann dachte ich, dass es besser wäre, wenn ich zuerst meinen Mann informieren würde. Er hat aber nicht abgenommen. Ich habe dann gegenüber vom Büro die Reinigung angerufen. Die haben wir bereits mehrfach in kleineren Schadensersatzfällen und auch einmal in einer Arbeitsgerichtssache vertreten, so dass die Klaus ganz gut kennen. Frau Becker, die Reinigungsangestellte, klingelte im Büro ohne Erfolg. Sie sagte aber, sie habe Licht im Büro gesehen und deshalb eine Nachricht unter der Tür durchgeschoben, wonach mein Mann mich anrufen solle. Und dann habe ich einfach Angst gekriegt. Meine Tochter wollte ich nicht anrufen – wir haben uns schon vor Jahren verkracht wegen meinem Schwiegersohn und den wollte ich mir jetzt wirklich ersparen. Das Auftauchen dieses Kerls und das merkwürdige Verhalten meines Mannes. Irgendwas stimmt da nicht. Und ich weiß nicht weshalb, plötzlich musste ich an Sie denken. Wir hatten doch früher einen so guten Kontakt und ich dachte auch gar nicht weiter nach und handelte sofort. Vielleicht übereilt, und Klaus wird vielleicht ärgerlich sein, wenn er davon erfährt.«

Bieber beruhigte die jetzt wieder aufgeregt wirkende Frau, deren Augen feucht glänzten, mit einigen seiner Standardformulierungen für solche Fälle. Er versprach, nach dem Rechten zu sehen und gleich zu berichten, wenn er etwas erfahren habe. Er gab ihr seine Handy-Nummer, mit der Bitte, ihn sofort zu informieren, falls sich ihr Mann melde. Überdies habe sie überlegt gehandelt, denn die Polizei wollte auch er zunächst nicht wegen des Eindringlings eingeschaltet wissen, zumindest so lange nicht bis klar war, ob und gegebenenfalls in welche Situation sich Volz mit seinen offenkundig dubiosen Geschäften gebracht hatte. Öffentlichkeit war somit tunlichst zu vermeiden.

III.

Bieber setzte sich wieder in sein Auto, fuhr die paar Meter die Einbahnstraße rückwärts auf die Ringstraße und am Markuskrankenhaus vorbei zurück in die City. Aus dem Auto rief er sein Büro an.

»Kanzlei Bieber, Prinz und Partner, guten Tag«, klang es ihm fröhlich entgegen.

»Ich bin's«, brummelte Bieber ins Telefon. »Siggi, gib mir mal den Alex.«

»Wo bist Du denn? Wann kommst Du wieder rein? Da hat auch einer vom Club angerufen und heut' Mittag kommt die Maklerin vorbei, und ich soll Dich auch noch an den Schriftsatz erinnern und ...«

»Gib mir den Alex«, unterbrach Bieber den Wortschwall und musste leise lachen. Einige im Büro kannten sich über lange Jahre hinweg. Der harte Kern, wie Bieber das Gründerteam nannte, duzte sich, gleich in welcher Position man tätig war. Das mochte manch einer als ungewöhnlich in einer Anwaltskanzlei ansehen, aber so hatten sie es seit jeher gehalten. Und Siglinde Rehbäcker, die personifizierte gute Laune des Büros, war eine Mitarbeiterin aus den ersten Tagen dieser Kanzlei. Bieber konnte sich nicht erinnern, dass sie in den langen Jahren ihrer Tätigkeit für das Büro auch nur einmal schlechte Laune gehabt hätte.

»Ja, Prinz«, meldete sich Biebers Partner und Freund knapp und ließ für den Anrufer erkennen, dass er mitten in einer höchst wichtigen Arbeit steckte, in der er eben gerade unterbrochen worden war.

»Hallo Prinzgemahl«, antwortete Bieber, ein Lachen unterdrückend.

»Du Witzbold, Du treibst dich in der Gegend rum und hier geht das Telefon ohne Unterbrechung. Ich habe ein hoch kompliziertes Computerproblem zu lösen und werde ständig gestört. Weil Du das nicht können willst, bin ich ja der Einzige, der sich mit dieser hochsensiblen Materie befassen muss, damit wir nicht weiter in der technischen Steinzeit verharren. Du pflegst bewusst Dein Unverständnis und bist darauf auch noch stolz.«

»Reg Dich ab Alex. Atme tief unter den Bauchnabel und denk an was Schönes. Und gebrauche nicht ständig dieses Unwort ›stolz‹, das schon von jedem Dummbeutel strapaziert wird, der sich in den Medien über sich selbst äußert. Dummheit und Stolz sind aus gleichem Holz, lehrte mich mein Vater und der war ein ebenso einfacher wie weiser Mann«, ereiferte sich Bieber, der sich jedes Mal bei dem Wort »stolz« ebenso aufregte wie er sich amüsierte, wenn Prinz etwas »hoch Kompliziertes« zu erledigen hatte. Dann kam er zu seinem eigentlichen Anliegen: »Ich weiß nicht, ob ich heute noch mal reinkomme. Die Maklerin kannst du mir ja mal abnehmen und den Schriftsatz in dieser drögen Sache Blumenthal mache ich morgen Früh und lass ihn mit Funkboten zu Gericht bringen. Das langt und ist nur eine Stadtfahrt, die wir dem Kundenkonto belasten. Schließlich ist der ja auch erst gestern mit seinen ebenso überflüssigen wie dürftigen neuen Informationen angetanzt. Und schieb die Maklerin nicht an einen Kollegen weiter. Die ist zu wichtig für das Geschäft; denk daran, die bringt Kohle, auch wenn Dich das Notariat nicht interessiert. Also, Tschüß ›Herr Prinz‹ und spiel schön weiter«, neckte Bieber abschließend und beendete schnell das Telefonat, bevor ihm Prinz sein sicher gerade in Arbeit befindliches, hoch kompliziertes Problem und seine damit verbundene Arbeitsüberlastung nochmals erläutern konnte.

Alexander Prinz war gar nicht so humorlos wie er auf Menschen, die ihn nicht näher kannten, wirkte. Sie hatten sich auf einem juristischen Seminar bereits vor Jahren kennen gelernt und sich bald auch angefreundet. Im Gegensatz zu Bieber, dem gedrungen wirkenden Sanguiniker, war sein jetzt schon langjähriger Partner fast grazil zu nennen, mit einem blassen, eher ungesund wirkenden Teint. Vielleicht gerade weil sie so unterschiedlich waren, was sich nicht nur auf ihr äußeres Erscheinungsbild beschränkte, sondern insbesondere auch ihre Arbeitsauffassung und -weise betraf, nutzten sie die erste sich bietende Gelegenheit, sich beruflich zu verbandeln. Schmal, dunkelhaarig und braunäugig, wie Prinz war, hatte er sich fast immer in große blonde Frauen verliebt. So war es für diejenigen, die seine Vorlieben kannten, nicht überraschend, als er die damals vielversprechende und heute fast berühmt berüchtigte Staatsanwältin Henriette Pekk ehelichte. Eine Frau, die Prinz beinahe um Haupteslänge überragte und über wesentlich breitere Schultern verfügte als er und die Bieber bei ihrem ersten Kennenlernen sofort nachhaltig korrigierte: »Pekk, mit zwei ›k‹ und trotzdem mit gedehnt gesprochenem ›e‹, darauf bestehe ich.« Bieber hatte nie mehr gewagt, sie mit Frau Peck anzusprechen. Hinter vorgehaltener Hand sprach man in den für gewöhnlich gut informierten Kreisen heutzutage auch von »Peitschen-Henny«. Diesen despektierlichen Namen verdankte sie einem Prozess, in dem sie als Staatsanwältin die kriminellen Machenschaften eines Sado-Maso-Kreises aufarbeitete. Schließlich hatte sie die Materie so fasziniert, dass sie einige Praktiken an ihrem Ehemann ausprobieren wollte, der dafür nun aber überhaupt kein Verständnis aufbrachte, mit der Folge, dass sich die beiden entfremdeten und die Ehe gar zu scheitern drohte.

Prinz reagierte sich ab durch ebenso wahllose wie relativ unkontrollierte Frauenbekanntschaften, die er sorgfältig vor seiner Frau geheim hielt. Er meinte, sie noch immer zu lieben, obgleich sie ihm einige Sado-Maso-Affären mit Staatsanwälten, juristischen Seminarleitern und Richtern eingestanden hatte. Prinz konnte mit Biebers abschließendem Rat nichts anfangen, seine Frau zu verlassen oder ihr die Prügel zu verpassen, die sie sich von ihm möglicherweise erhoffte. Ein Drama.

Bieber hatte Glück, er war flott durch den Innenstadtverkehr gekommen und suchte einen Parkplatz am Frankfurter Gericht, unweit der Straße, in der Volz seine Kanzlei im zweiten Stockwerk hatte. Er hätte es einfacher haben und im Parkhaus am Gericht einchecken können. Bieber aber liebte seine stillen Wetten gegen Politessen. Würde er erwischt werden oder nicht. Er wurde auf seiner Suche nach einem geeigneten Parkplatz für seinen Benz »abgetrieben« bis in die Breitegasse, in der er unter einem Parkverbotsschild sein Fahrzeug abstellte. »Die Wette gilt«, dachte Bieber. »Ich werde nicht aufgeschrieben, weil die denken, dass die S-Klasse mit Offenbacher Nummernschild ein Szeneauto ist, und mit den Gestalten legt sich eine Frankfurter Politesse, die regelmäßig in dieser Gegend ihren Dienst schiebt, nun einmal nicht an. Handy nicht vergessen, elektronisch verriegeln und die paar Meter um die Ecke zu Volzens Büro zu Fuß werden auch nichts schaden«, dachte Bieber und machte sich auf den Weg.

»Na Kleiner, willsde nett mal mit rumkomme unn die Muddie zu

Haus vergesse«, wurde Bieber aus einem pastellfarbig renovierten Hauseingang heraus angesäuselt. Ein prüfender Blick bestätigte seine Vermutung. Frau Mitte fünfzig, verlebt aussehend, dreißig Kilo zu viel, grell geschminkt und mit gewaltigen, hochgeschnallten Hängebrüsten. »Gesegnet oder gestraft, das kommt auf die Sichtweise an«, dachte Bieber, der die Frau im Hauseingang übersehen hatte und beinahe erschrocken war. Eine von den »Überlebenden«, den schon etwas älteren deutschen Huren der Frühschicht, die morgens bis in den frühen Nachmittag hinein noch abgriffen, was abzugreifen war und zu den interessanteren Abend- oder Nachtzeiten jungen, oft wirklich attraktiven Frauen den Platz räumen mussten, die sich heute überwiegend aus den Ostblockstaaten rekrutierten. Manch eine von diesen »Überlebenden« war früher Kunde bei Volz gewesen und umgekehrt. Autounfälle, Mietsachen, Forderungsabwehr und kleinere Strafsachen waren die Hauptanliegen, weshalb die Damen den früher recht erfolgreichen und nicht unbekannten Volz in seiner Eigenschaft als Rechtsberater aufgesucht hatten.

Bieber war beinahe versucht, ihr einen Schein in die Hand zu drücken, weil sie ihm einfach leid tat, unterließ es aber, da eine ordentliche Frankfurter Hure ihren Stolz hatte und auch zu dieser Tageszeit immer noch ihre Kunden fand, vom Schüler mit Mutterkomplex bis hin zum verklemmten Beamten, der es indirekt seiner Frau mal so richtig geben wollte.

Bieber betrat das Haus, in dem sich Volzens Kanzlei befand. Ein alter Aufzug trug ihn, beachtliche Geräusche von sich gebend, in den zweiten Stock. Er stieß die Aufzugstür mit der Hand auf und stand auch schon vor der Eingangstür zur Anwaltskanzlei. »Klaus Volz Rechtsanwalt und Notar« stand in schwarzen Lettern auf einem Messingschild, neben dem sich die Klingel befand. Bieber klingelte zweimal kurz und einmal lang, wie er es vor Jahren so oft getan hatte, weil er ständig die Büroschlüssel verlegte. Eine Untugend, die ihn bis heute verfolgte. Er hatte nicht erwartet, dass man ihm öffnete, drückte rein vorsorglich noch einmal den Klingelknopf und griff dann zu einem kleinen Besteck, das er einmal von einem Kriminalbeamten bekommen hatte, der mit ihm im Schützenclub Mitglied war. Mit diesem Gerät war es selbst für den handwerklich bedauerlich unbegabten Bieber ein Leichtes, das Schloss zu öffnen, das nicht verriegelt, sondern nur eingerastet war.

»Hallo, Herr Kollege«, rief Bieber sicherheitshalber, »sind Sie im

Büro? Die Tür war offen!« Bieber ging über den Flur, durch das Sekretariat, dem man ansah, dass dort nicht sehr viel gearbeitet wurde und betrat Volzens Arbeitsraum, der im Dunkel lag, ebenso wie alle anderen Büroräume auch.

Volz lag eher, als dass er saß in seinem Bürosessel. Der massige Kopf – oder das was davon übrig war – lag weit im Nacken. Der Mund stand offen. Die obere Schädelhälfte war durch einen Schuss zertrümmert, offensichtlich aus einem Revolver, der noch an Volzens rechtem Zeigefinger hing.

Bieber befiel eine lähmende Gleichgültigkeit, die auf jeden Außenstehenden befremdlich wirken musste, hätte er Bieber jetzt sehen können. Das war ihm schon öfters in außergewöhnlichen Situationen widerfahren, in Situationen, von denen er überrascht wurde. Bieber nahm die Szenerie auf wie er einen Film angesehen hätte. Er setzte sich und musste sich nicht zwingen, diese blutige Masse vor sich distanziert zu betrachten. Das Blut, das den Arm heruntergelaufen und in den Teppichboden eingedrungen war, den Revolver abgekippt noch immer am rechten Zeigefinger baumelnd, die Brille auf dem Schreibtisch auf einer aufgeklappten Akte.

Bieber stand schließlich auf und benachrichtigte die Polizei, nachdem er die Telefonnummer des Polizeipräsidiums Frankfurt aus dem Telefonbuch herausgesucht hatte. Der Notruf 110 war ihm nicht eingefallen.

Zunächst kamen uniformierte Polizisten in die Kanzlei gestürmt, rissen den dort noch immer im Sessel sitzenden Bieber hoch, beugten ihn über einen Tisch und vermeldeten per Funk die Festnahme eines Tatverdächtigen, weil Bieber – wie immer – keinerlei Papiere bei sich hatte und nur mühsam beherrscht schließlich erklären konnte, dass er derjenige gewesen war, der die Leiche gefunden und die Polizei informiert habe.

Dann folgte eine Welle »Zivilbullen«, wie Bieber Kriminalpolizisten gerne bezeichnete, die sich um ihn aber zunächst überhaupt nicht kümmerten und schließlich die Truppe mit Taschen und Gerätschaften, die sich über sämtliche Gegenstände der Einrichtung mit Gummihandschuhen hermachten, während der Mann mit der bauchigen Tasche sich an der Leiche zu schaffen machte.

Bieber hatte man schließlich in das Präsidium gebracht. Es folgte ein ruhig geführtes Gespräch mit dem diensthabenden Ermittlungsbeamten der Polizei, die Aufnahme eines Protokolls und Bieber konnte bereits am späten Nachmittag nach Hause fahren, nachdem seine Identität endlich zweifelsfrei feststand und eine Streife ihn dankenswerterweise zu seinem Auto gefahren hatte.

Den Strafzettel über zehn Euro für unzulässiges Parken steckte Bieber ein, ohne sich darüber zu wundern, dass die Frankfurter Politessen offenbar keinen Respekt vor der Szene zeigten.

Bieber hatte seinen Partner auf der Rückfahrt nach Offenbach gerade noch im Büro erreicht. In knappen Worten hatte er das Geschehene geschildert und seinen Kollegen gebeten, den Fristenschriftsatz für ihn zu fertigen, die Abgabe bei Gericht sicherzustellen sowie seine Termine am kommenden Tag zu übernehmen oder verschieben zu lassen.

Ihn überkam ein Gefühl der Dankbarkeit, als Alex Prinz ohne große Nachfrage schnell die außergewöhnliche Situation begriffen hatte, ihm die aktuelle Arbeit ohne Wenn und Aber abnahm und ein eingehendes Gespräch auf den kommenden Tag verabredete.

Erstmals seit Stunden wurden ihm die Geräusche vorbeifahrender Fahrzeuge wieder bewusst; er hörte das Dröhnen eines Flugzeugs über sich, im Landeanflug auf den Frankfurter Flughafen und seine Beine begannen plötzlich unkontrolliert zu zittern. Bieber fuhr kurz vor dem Kaiserlei-Kreisel rechts auf die Nothaltespur und versuchte das Schütteln, das seinen Körper plötzlich gepackt hatte, unter Kontrolle zu bekommen, was ihm nach annähernd fünf Minuten auch gelang.

Die Polizei schloss Selbstmord nicht aus, wie man ihm gegenüber andeutete, als er das Präsidium verließ. Er hatte erklärt, er sei zufällig in der Gegend gewesen und habe seinen Kollegen und früheren Arbeitgeber, einem spontanen Entschluss folgend, einmal besuchen wollen. Sein Gespräch mit Frau Volz und deren Anruf zuvor hatte er nicht erwähnt, ohne eigentlich zu wissen, warum. Er würde sich mit Schock oder Ähnlichem herausreden, sollte Frau Volz insoweit Angaben machen. Diese würde er erst später anrufen, wenn sich die erste Aufregung gelegt hatte.

Er hatte eine gewisse Scheu, vielleicht sogar Abneigung, Frauen gegenüberzutreten, die ihren soeben verstorbenen Mann beweinten.

Bieber fuhr schließlich weder in sein Büro, noch zu seiner Freundin Claudia, einer selbstbewussten Architektin, sondern ohne diese über die jüngsten Ereignisse näher zu informieren in seine Wohnung. Er gab in dem kurzen Telefonat mit ihr vor, Kopfschmerzen zu haben.

V.

Zwei Wochen waren vergangen. Bieber hatte Gelegenheit, einem Kommissar Berthold, der ihn zu einem ergänzenden Gespräch geladen hatte, seine Mordtheorie darzulegen. Sie stützte sich hauptsächlich darauf, dass Volz Linkshänder war. Der Revolver aber hing an einem Finger der rechten Hand.

»Der zerfetzte Kopf weist Verbrennungsspuren auf«, hatte Berthold erwidert, »alles deutet auf einen aufgesetzten Schuss hin. Sie werden doch nicht glauben, dass sich das Opfer seelenruhig in seinen Sessel setzt und offensichtlich ohne Reaktion duldet, dass man ihn mit einem aufgesetzten Schuss tötet. Es gibt keinerlei Hinweis auf irgendeine Abwehrreaktion oder Ähnliches. Linkshänder hin, Linkshänder her. Der hat sich selbst weggepustet. Die Waffe weist eindeutig nur die Fingerabdrücke von Volz aus.«

»Eben, genau das ist doch komisch. Fingerabdrücke am Abzugsbügel und Revolvergriff und sonst nichts«, entgegnete Bieber.

»Eben nicht! Am Lauf und am Revolverrahmen sind Abdruckfragmente, die eindeutig Volz zugeordnet werden müssen«, entgegnete Berthold, räumte dann jedoch ein, »ich muss allerdings zugestehen, dass sich ein Linkshänder normalerweise auch mit der linken Hand erschießt. – Aber das ist auch schon alles. Aber über solche Einzelheiten möchte ich mich mit Ihnen auch gar nicht unterhalten. Bitte haben Sie Verständnis dafür.«

Bieber war sich darüber im Klaren, dass die Ermittlungsbehörden ihm, dem Zeugen, nicht die aktuellen Erkenntnisse mitteilen würden. Er verzichtete deshalb auf die Frage, ob denn an der rechten Hand von Volz Schmauchspuren oder auf den Patronen seine Fingerabdrücke festgestellt werden konnten. Auch hatte er den Eindruck, dass man die Zufälligkeit seiner Anwesenheit in der Kanzlei nicht so recht glauben wollte, aber mangels irgendwelcher Ansatzpunkte seine Aussage zumindest zunächst so stehen ließ. Elisabeth Volz hatte anscheinend seinen Besuch bei ihr nicht erwähnt.

Hauptkommissar Berthold war Leiter einer Bieber gegenüber bisher nicht näher spezifizierten Sondereinheit, gehörte also nicht der Mordkommission an. Die Abteilung habe den Fall nur deshalb übernommen, hatte Berthold zu Beginn des Gesprächs erklärt, weil die Person Volz in anderen Zusammenhängen Erwähnung gefunden habe. Nebelwerferei, hatte Bieber dazu stillschweigend angemerkt.

»Wir haben, ich bitte Sie auch hierfür um Verständnis, natürlich einige Recherchen über Sie, Herr Bieber, Ihren Geschäftspartner, Ihre Kanzlei et cetera angestellt. Sie sind genau der Mann, den wir suchen. Was ich Ihnen jetzt sage, muss vertraulich bleiben, das brauche ich nicht zu betonen«, begann Berthold schließlich die folgende über eineinhalb Stunden andauernde Information.

Bieber, der zunächst nicht sicher war, ob er Verständnis dafür zeigen sollte, dass eine Ermittlungsbehörde seine geschäftlichen und privaten Verhältnisse bis ins Einzelne ausgeforscht hatte, erfuhr, dass Volz nicht nur finanziell knapp sondern auch kokainsüchtig gewesen war. Auch seinen damit verbundenen erhöhten Geldbedarf hatte er, nach allen bisherigen Erkenntnissen, durch Handlangerdienste im Bereich der Geldwäsche für eine mafiose Gruppe finanziert.

Eine Methode des Geldtransfers sei unter anderem gewesen, dass Volz von in Deutschland lebenden, ausländischen Mitbürgern beauftragt wurde, die natürlich Strohmänner dieser mafiosen Einrichtungen waren, eine angebliche Erbschaft zu realisieren. Die Erblasser saßen unter anderem auch in Zypern. Dort schuf ein zwischengeschalteter Rechtsanwalt die grundsätzlichen Voraussetzungen, dass die Erbschaften, die immer in Bargeldbeträgen bestanden, an den Vertreter des Erben, hier also Volz, ausgezahlt werden konnten. Er brachte dann die Gelder in bar nach Deutschland, richtete diverse Notaranderkonten ein und baute diese durch mehrfache kleinere Einzahlungen, die keinerlei Kontrolle unterzogen wurden, schnell auf.

Die Auszahlungen erfolgten gemäß Weisung eines Abtretungsgläubigers des Erben an Personen, die wiederum der gleichen Interessengruppe angehörten, die zuvor die Gelder in Zypern den »Erblassern« zur Verfügung gestellt hatten. Immer floss inoffizielles Mafiageld offiziell an die Mafia zurück über den Mittelsmann Volz, der daran natürlich verdiente.

»Wahrscheinlich hat der das schwarz irgendwo gebunkert«, lachte Berthold an dieser Stelle auf und zuckte resignierend mit den Schultern, »hoffentlich war Frau Volz eingeweiht, sonst ist das Geld verloren. Aber das ist natürlich nicht meine offizielle Meinung.«

Nach dem Tod von Volz und Sichtung aufgefundener Unterlagen hatte sich schnell herausgestellt, dass bei nordzypriotischen Banken noch Konten existierten. Sie liefen auf seinen Namen und wiesen erhebliche Summen aus. Sie waren jetzt von der dortigen Justiz unter Verwaltung gestellt, bis eine berechtigte Person gefunden war, an die bedenkenlos ausgezahlt werden konnte. Diese war zunächst natürlich zu sehen in der Ehefrau des Verstorbenen als gesetzlicher Erbin. Aber es bestand auch ein gültiges, sogenanntes Berliner Testament, in dem sich die Eheleute wechselseitig zu alleinigen Erben eingesetzt hatten. Die Schwierigkeiten bestanden darin, dass in Nordzypern den Banken ein Testament präsentiert wurde, wonach eine Frau alleinige Erbin des Barvermögens sein sollte. Eine Verfügung von Todeswegen mit Schreibmaschine geschrieben, mit Datum wenige Wochen vor Volzens Tod versehen. Anscheinend von diesem unterzeichnet, denn seine Unterschrift war von einem dortigen Notar beglaubigt.«

»Wäre hier ungültig«, unterbrach Bieber.

»Richtig, ein nach deutschem Recht nicht ausreichendes Papier, das aber durchaus den dortigen Bestimmungen genügt. Auch sind dort Notare keine Juristen, die mit deutschen verglichen werden können. Die Personen, die dieses Amt ausüben, verfügen lediglich über eine Berechtigung zur Beglaubigung von Unterschriften und müssen keinerlei Einfluss auf den Inhalt von Schriftstücken nehmen.«

Berthold hatte endlich, nachdem er während seiner Ausführungen alle Schubladen durchsucht und seine Hosentaschen abgeklopft hatte, eine Zigarette aus einer verknitterten Schachtel geklopft und mit einem billigen Gasfeuerzeug angezündet. Er fuhr fort: »Uns allen ist klar, dass es sich hier zweifelsfrei um Mafiagelder handelt und das zypriotische Testament nachträglich erstellt wurde, gleich welches Datum es trägt. Frau Volz, die bereits hier bei dem Frankfurter Nachlassgericht einen Erbscheinsantrag gestellt hat, ist mehr als gefährdet, wenn sie versucht, auf diese Konten Zugriff zu nehmen. Auf der anderen Seite können die dortigen Banken auch nicht an die andere Person auszahlen, nachdem der Anspruch von Frau Volz angemeldet ist und widersprechende Testamente vorliegen. Es scheint hier um Millionen zu gehen.«

Berthold hatte sich in seinem alten Bürostuhl – die neuen Möbel gehen in die neuen Länder, hatte er zwischendurch zynisch bemerkt – zurückgelehnt

»Sie fragen sich wahrscheinlich, warum ich Ihnen das erzähle. Ich kann Ihnen insoweit Klarheit verschaffen. Sie sind einfach der geeignete Mann für uns und auch für Frau Volz, die anscheinend viel von Ihnen hält. Sie sind Jurist, daran gewöhnt, geschäftsmäßig zu handeln. Wie uns das Vormundschaftsgericht Offenbach mitteilte, haben Sie in den letzten Jahren größere und oft schwierige Vermögensbetreuungen beanstandungsfrei und immer im ausschließlichen Interesse der zu betreuenden Person abgewickelt. Sie sind bereits in dieser Sache involviert und wir glauben, dass sie in der Lage sind, selbständig am Ort die richtigen Entscheidungen zu treffen. Sie sind geschieden und unterhalten eine eher lose Verbindung zu der Architektin Claudia Kohl, was Sie nicht zwingt, spezielle Rücksichten zu nehmen in privater Hinsicht, wenn ich das einmal so salopp formulieren darf.«

Die Tür öffnete sich mit einem Seufzen und ein uniformierter Polizist brachte zwei Tassen dünnen Kaffees, wie Bieber still bemerkte, nachdem er vorsichtig von dem Gebräu gekostet hatte. Ihm war auch nicht schlüssig, weshalb der Beamte »spezielle Rücksichten in privater Hinsicht« bei einer Lebensgefährtin anders als bei einer Ehefrau bewertete, wollte diesen Gedanken aber nicht vertiefen, zumal Berthold fortfuhr: »Was wir an Ort und Stelle benötigen, sind Vernunft, Sinn für praktische Lösungen, Improvisationsvermögen, und Sie müssen einer Überprüfung durch die andere Seite standhalten. Wir brauchen eine stich- und nagelfeste Legende und das sofort. So etwas können auch wir nicht auf die Schnelle wasserdicht konstruieren. Ihre dortige Rolle als Nachlasspfleger, bestellt durch das hiesige Amtsgericht, ist glaubhaft aufgrund ihrer beruflichen Tätigkeiten. Nachdem zwei widersprechende Testamente vorliegen, hält Ihre Einschaltung einer Überprüfung stand. Wir wollen über diese sich bietende Möglichkeit möglichst Einblick in die Strukturen der dortigen Organisation erhalten. Wer agiert wie und mit welchem Nachdruck? Wer ist der hiesige Kontaktmann, der die Abwicklung in Deutschland steuert? Und wir müssen Frau Volz schützen, die nur an ihr Vermögen kommen will und die damit verbundenen tödlichen Risiken verdrängt.«

Berthold inhalierte tief, gesellte den Zigarettenstummel zu einem guten Dutzend anderer und zündete sich eine neue an, obgleich er den leicht angeekelten Gesichtsausdruck Biebers sah. »Ich weiss, ich sollte nicht soviel rauchen. – Der Tod von Volz kann nicht im Interesse seiner Auftraggeber gelegen haben. Wer steckt dahinter? Uns geht es dabei nicht so um das Geld, sondern um Machtstrukturen. Nur wenn wir die kennen, haben wir eine Möglichkeit, die Geschäfte aufzudecken, die solche Geldmengen abwerfen. Das zu eruieren, ist unser eigentliches Interesse und Ihre Aufgabe. Für Sie kein großes Risiko. Allerdings kann ich nicht leugnen, dass bei aller Deckung, die wir Ihnen zu geben in der Lage sind, ein gewisses Restrisiko besteht. Schließlich kommen Sie in Kontakt zu internationalen Verbrecherkreisen. Bei dieser Menge des deponierten Geldes bleibt es ein Abenteuer allemal.«

Berthold räkelte sich in seinem morschen Sessel, bevor er fortfuhr: »Aber dieses Angebot hat auch für Sie einen positiven Aspekt. Falls Sie dort unten einen entscheidenden Erfolg erzielen, haben Sie Ihren Schnitt gemacht, wie Frau Volz andeutete. Einzelheiten möchte ich gar nicht wissen, sonst werde ich am Ende noch neidisch. Klären Sie das bitte direkt mit Frau Volz. Für die Spesen und Auslagen kommen wir auf; das ist unser bescheidener Beitrag, denn ob Sie Erfolg haben werden, ist nicht sicher. Für solche Fälle verfüge ich über einen Spezialfonds, den ich nicht centgenau abrechnen muss.«

Bieber hatte schweigend zugehört und sagte auch jetzt nichts zu diesem Szenario, was Berthold zu einer letzten Bemerkung veranlasste: » Überlegen Sie sich die Sache noch einmal grundsätzlich. Und lassen Sie sich nicht von den mit diesem Auftrag verbundenen Gefahren einschüchtern. Auch hier besteht ein nicht unerhebliches Risiko, wenn Sie über die Straße gehen. Auch die dortige politische Situation sollte nicht übermäßig dramatisiert werden. Besprechen Sie den Vorgang mit Ihrem Kollegen, jedoch erst, wenn Sie sich selbst entschieden haben. Ich bitte Sie. weihen Sie so wenig Personen wie möglich ein, in deren ureigensten Interesse.«

IV

Bieber war auf dem Weg zu Elisabeth Volz, der Frau des koksenden Mafiosoanwalts, wie er jetzt wusste. Als sie die Haustür auf sein Klingeln hin öffnete, machte sie auf Bieber erneut diesen fast verhärmt wirkenden, mitleidheischenden Eindruck, obgleich sie sich offensichtlich nach seinem den Besuch ankündigenden Telefonat hergerichtet hatte. Dezentes Augen-Make-up und etwas Rouge in dem schmalen Gesicht konnten aber nicht über die fahle Gesichtsfarbe und die eingefallenen Wangen hinwegtäuschen.

Bieber stand etwas hilflos da, als ihm die Frau seines früheren Arbeitgebers, mit der er zwischenzeitlich nur einmal kurz telefoniert hatte, um sein Beileid auszudrücken, dann auch noch aufschluchzend in die Arme sank. Er schämte sich, dass er nicht mitfühlen konnte. Was wusste sie von den Aktivitäten ihres Mannes? Von seiner Drogenabhängigkeit? Von den kassierten schwarzen Mafiosogeldern?

»Kommen Sie Frau Volz, lassen Sie uns arbeiten. Wir müssen herausfinden, was da wirklich geschehen ist«, flüsterte Bieber ihr ins Ohr und schob sie ins Haus Richtung Wohnzimmer. »Erzählen Sie mir alles«, insistierte Bieber und setzte sich der Witwe gegenüber auf einen Stuhl.

Bereits nach etwa einer halben Stunde hatte ihm die Witwe alles mitgeteilt, was sie wusste oder erahnte. Er musste erkennen, dass das gleich Null war. Es gab nichts Greifbares. Nichts was eine Schlussfolgerung zuließ, warum sich Volz selbst umgebracht haben könnte oder weshalb er ermordet wurde.

»Die Polizei will die Sache tot machen. Ein Selbstmord versaut nicht die Statistik. – Aber das war Mord«, bemerkte Frau Volz abschließend, »Klaus hätte sich nie umgebracht. Außerdem hatte er erst vor eineinhalb Jahren eine neue Lebensversicherung zu meinen Gunsten abgeschlossen. Und wie haben wir die Prämie zusammengekratzt Monat für Monat. Da erschießt man sich doch nicht und riskiert die Auszahlung der Versicherung, die mich später schließlich einigermaßen absichern sollte«, schloss Elisabeth Volz fast in heftigem Ton, um dann zu fordern: »Sie werden mir helfen. Ja? Versprechen Sie mir das! Wenn das Geld auf seinen Namen steht, gehört es mir. Dann hat er für mich riskante Geschäfte gemacht. Was soll's?«

Bieber verspürte weiter Unruhe. Er glaubte nicht mehr an ihre Ahnungslosigkeit, die sie vorgab. Er merkte, dass er hier und heute nicht weiterkam. Aber eines vergaß er nicht: »Ach ja, Frau Volz. Eines sollten wir vielleicht jetzt gleich klären. Wenn ich mich dazu entschließe, Ihre Interessen in Nordzypern zu vertreten, wie kann ich Ihnen gegenüber abrechnen?«

Ein Wandel erfolgte auf Seiten der Witwe, der Bieber in Erstaunen versetzte. Eine sachliche Geschäftsmäßigkeit gewann die Oberhand.

»Darüber habe ich mir natürlich längst Gedanken gemacht, mein Lieber. Was halten Sie von fünf Prozent Erfolgsprovision, das dürfte doch angemessen sein, oder?«

»Das mag gelten für eine reine Verwaltungstätigkeit, liebe Frau

Volz. Hier haben wir es mit einer doch sehr heiklen Mission zu tun. Sie ist zeitaufwendig dazu. Der Erfolg nicht sicher. Unser Büro berechnet vierzig Prozent Erfolgsprovision für die Beitreibung einer Forderung auf eigenes Risiko.«

»Vierzig Prozent? Das können Sie mir nicht zumuten. Da bleibt ja für mich nichts mehr übrig. – Also, gut. Zehn Prozent und ich versteuere das Geld zuvor.«

»Einverstanden mit dieser Regelung, wenn Sie zwanzig Prozent sagen.«

»Abgemacht, fünfzehn Prozent, steuerfrei für Sie.«

»Einigen wir uns auf achtzehn Prozent plus Auslagen und Tagesspesen von fünfhundert Euro, ebenfalls nur zahlbar im Falle des Erfolges.«

»Sie sind ein zäher Hund geworden, Harry Bieber. Abgemacht.«

Sie schüttelten sich die Hände wie zwei Pferdehändler, wobei jeder davon ausging, einen guten Schnitt gemacht zu haben.

»Allerdings habe ich mich noch nicht entschieden, ob ich hier überhaupt einsteige«, verabschiedete sich Bieber und ging mit der Zusicherung, sich bald wieder zu melden.

Bieber fuhr zu Volzens Büro.

»Menschenskind«, murmelte er vor sich hin. Er war drauf und dran Detektiv zu spielen? Mimte er den Agenten? Wollte er aus sentimentalen oder rein finanziellen Gründen einer Witwe zur Seite stehen, oder nahm er nur die Gelegenheit wahr, sich aus der Lebensroutine, die er als belastend empfand, herauszustehlen? Wahrscheinlich war es eine Mischung aus allem. Bieber beschloss, das für sich jetzt auch nicht zu klären, sondern sich einfach treiben zu lassen.

Im Treppenhaus zur Kanzlei des Toten roch es muffig nach feuchtem Karton oder ähnlichem Müll.

Das Schloss der Bürotür war mit einem Papiersiegel überklebt, das Bieber mit seinem Klappmesser, das immer im Handschuhfach seines Autos lag und schon gute Dienste geleistet hatte, vorsichtig löste, um dann die Tür in bewährter Manier zu öffnen.

Bieber betrat das Büro. Nach seinem Gefühl hatte ihn niemand gesehen. Es war später Nachmittag. Alles sprach dafür, dass er nicht gestört werden würde. Von dem blutigen Vorfall zeugte lediglich noch ein dunkler Fleck auf dem Teppichboden und gelblich-rote Reste von Hirn und Schädelknochen an der Wand. Die Kripo hatte den Metallschrank offenkundig untersucht, der hinter Volzens

Schreibtischsessel stand. Desgleichen die Schreibtische des Büros, wie die hinterlassenen Male der Spurensicherung auswiesen. Bieber suchte woanders. Er nahm sich die Akten vor, die in alten Regalen lagen und die mit unterschiedlichen »Aktenschwänzen« gekennzeichnet waren.

Rechtsanwälte legen für alle Vorgänge Akten an, gleich ob im beruflichen oder privaten Bereich. Das kannte Bieber von sich und seinem Partner. Und am besten versteckt man Akten unter anderen Akten.

»Da hat sich nichts verändert in den letzten zwanzig Jahren«, dachte Bieber, als er sich genauer umgesehen hatte. »Technik wie aus dem vorigen Jahrhundert im Vergleich zur Ausstattung unserer Kanzlei.« Unwillkürlich musste er lächeln. Seinen Aktivitäten war die vollcomputerisierte Büroausstattung der Kanzlei Bieber, Prinz und Partner nicht zu verdanken. Das war einzig und alleine Prinzens Aktivitäten zuzurechnen, der mit seinem mathematischen Verständnis und seiner »Buchhalterseele« – wie Bieber innerlich immer lästerte, wenn ihm auch ob dieser Begabung der pure Neid überkam – nur zu leicht diese Neuerungen in der Kanzlei durchsetzen konnte. Prinz musste seinem Partner allerdings versprechen, dass sich dieser um nichts zu kümmern und nur zu sagen brauche, was er benötige. Mit der Programmierung habe er nichts zu tun, hatte der Computerfreak versichert und so wurde bereits in der kleinen Rechtsanwaltskanzlei der beiden in ihrer Anfangszeit mit einer »hochleistungsfähigen Technik«, wie sie Prinz den Mandanten immer darstellte, gearbeitet, um die sie manche Großkanzlei beneidete. Diese früh genutzte Technik war ein maßgeblicher Stein auf dem Weg zum Erfolg des heute angesehenen und bekannten Büros.

Die veraltete Technik des Volzschen Unternehmens hatte jedoch einen entscheidenden Vorteil, nämlich den, dass man alles verstecken konnte. Kein Computer zeigte hier summierte Aktenanzahl, Gebühreneinnahmen, Auslagenaufkommen, Fremdgeldbestände oder Ähnliches an. Eine Steuerprüfung würde hier etwa den zehnfachen Zeitaufwand erfordern, allein, um die Daten erst einmal zusammenzutragen, die eine Computeranlage auf Knopfdruck lieferte.

»Ja, auch die alten Bearbeitungsmethoden hatten ihre Vorteile«, nuschelte Bieber vor sich hin, mittlerweile bei den Vorgängen mit den roten Aktenschwänzen angekommen. »Grau sind Zivilsachen, Rot Strafsachen und Gelb Notariat, haben Sie das verstanden, Elfriede«, hörte Bieber den alten Volz gegenüber seiner Sekretärin poltern, die eigentlich Ingrid Jäger hieß, von ihm aus unerfindlichen

Gründen Elfriede gerufen wurde und wieder einmal einen Vorgang bei der falschen Farbengruppe gesucht hatte.

»Gerd Uwe Krimm« stand auf einem der roten Aktenschwänze. Damit konnte Bieber etwas anfangen. Krimm kannte er noch aus seiner Zeit in der Kanzlei Volz. Ein windiger Hund. Zeitweise Boutiquenbetreiber in der Fressgasse, Makler in der Neuen Kräme, Restaurantbesitzer in der Kleinen Bockenheimer Straße, manches zur gleichen Zeit.

»Der Kerl hat von nichts eine Ahnung und davon recht viel«, hatte Bieber den alten Volz immer gewarnt, wenn dieser wieder einmal sehr zufrieden war, weil Krimm ein faules Geschäft durchgezogen hatte und Volz eine saftige Gebührenrechnung stellen konnte. Meist für den Entwurf von Verträgen oder Konzipierung vertraglicher Vereinbarungen, die einseitig zugunsten Krimms gestaltet waren. Das wurde den Vertragspartnern Krimms meist erst zu dem Zeitpunkt klar, an dem es ums Bezahlen ging.

Bieber dachte an die Personenbeschreibung des Eindringlings in Volzens Wohnung. Klein, schlank, blass, dunkelhaarig. Zufall? Bieber glaubte nicht an Zufälle. Er konnte sich genau an diese windige Gestalt erinnern, die stets der Duft eines Eau de Cologne begleitete, das sich einfach keinem Geschlecht zuordnen ließ. Der Kerl hatte eine Visage, die eher eingeölt als glatt rasiert wirkte. Er überflog die weiteren Aktenbestände. Die Namen sagten ihm nichts, was seine Vermutung verdichtete, dass er hier weiter nachforschen musste. Er kopierte den Akteninhalt Krimm, ohne eingehende Prüfung, steckte die Kopien in eine Klarsichthülle und legte die Akte zurück in den Schrank. Er verließ das Büro unter Mitnahme einer kleinen Flasche Papierkleber. Den benötigte er zum Bestreichen der Siegelteile an der Eingangstür, die hinterher – zumindest oberflächlich – wieder unversehrt aussahen.

Zurück in seiner Kanzlei las Bieber, nachdem er sich einen Kaffee von Babette hatte bringen lassen, den Akteninhalt. Die Akte enthielt belanglose uralte Korrespondenz neben einer Forderungsaufstellung. Auffällig blieb letztlich nur, dass der abgeschlossene Vorgang noch nicht weggelegt war. Zumindest sollte es so aussehen, als sei dies eine alte Akte.

Bieber addierte die monatlich mehrfach ausgewiesenen Eingangszahlungen und kam auf Summen zwischen eineinhalb- und zweieinhalbtausend Euro pro Monat.

Das mussten die Zahlungen an Krimm sein, die sich Volz aufnotiert hatte, indem er einfach eine Forderung Krimms gegen einen fiktiven Schuldner auflistete, das Forderungsdatum zehn Jahre zurückdatierte und die monatlichen Summen in mehrfache Beträge über den laufenden Monat aufteilte, um Rückschlüsse zu erschweren. Den Zahlungseingängen standen entsprechende monatliche Fremdgeldweiterleitungen gegenüber, so dass das »Mandantenkonto«, ausschließlich über die Kasse abgewickelt, letztlich immer Null nach Weiterleitung der »Monatseinnahme« an den Mandanten auswies. Volz hatte vergessen, wenigstens ein paar Euro als Gebühren zur Tarnung zu übernehmen. Klar, hier handelte es sich um einen Pseudovorgang. Bieber überlegte, ob er Berthold insoweit informieren sollte. Krimm war ein kleiner Drecksack, aber kein Mörder, entschied Bieber für sich. Also hatte das Zeit, folgerte Bieber und zweifelte nicht eine Sekunde an seiner Einschätzung.

V.

Du kommst auch jeden Tag früher nach Hause«, bemerkte Biebers Freundin, sich träge auf der Couch räkelnd und in der Fachzeitschrift »Der Innenarchitekt« blätternd. Als sie ihn kennen gelernt hatte, etwa ein halbes Jahr nach seiner Scheidung, die jetzt auch schon wieder drei Jahre zurück lag, war für den engagierten Anwalt ein Zwölfstundentag im Büro das Normale und nicht, wie in den letzten Wochen, die extreme Ausnahme. »Suche noch ein bisschen nach Erleuchtung. Das Abendessen ist in einer Dreiviertelstunde auf dem Tisch. Ich habe versäumt etwas vorzubereiten«, fügte sie entschuldigend hinzu.

Bieber wusste nicht so recht, wie er diese Bemerkung werten sollte und zog seine linke Hand zurück, die er eben noch unter ihren Pullover schieben wollte. Claudia Kohl arbeitete meist als Subunternehmerin für ein großes Architekturbüro im Bereich der Innengestaltung von Büros. Sie war mit Bieber seit gut zwei Jahren befreundet. Zu einer verbindlicheren Bezeichnung als »mein ständiger Freund oder mein liebster Bekannter« konnte sie sich nicht entschließen, wenn sie Bieber Dritten vorstellte. Der wiederum beschränkte sich auf ein neutrales »und das ist Claudia« und überließ es seinem Gegenüber, das nach eigenen Vorstellungen einzuordnen. Jeder hatte seine eigene Wohnung beibehalten, wenngleich es sich im Laufe der Zeit manches Mal schwierig gestaltete, zusammengehörende Kleiderteile auch beieinander zu finden. Trotz dieser, von beiden Seiten bewusst eingehaltenen Lockerheit in der Beziehung, hatte sich eine Routine in die Freundschaft eingeschlichen, die beide enttäuschte, ohne dass sie sich dies eingestehen wollten. Bieber jedenfalls bereute seit langem, dass er sich auf dieses Verhältnis so relativ schnell nach seiner Scheidung eingelassen hatte. Auf eine Beziehung, die ihm, nachdem ihn seine Frau ohne Angabe vernunftbezogener Gründe verlassen hatte, die Möglichkeiten einschränkte, seine Wut und Frustration ob dieser Erfahrung auszuleben. Alles lief zu schnell wieder, wenn auch nicht in eheähnlichen, aber doch in geordneten Bahnen, was er damals wie heute aus Mangel an Entschlusskraft sogar mit einer gewissen Zufriedenheit hinnahm.

Bieber ging in Claudias Arbeitszimmer, zog Schuhe und Hose aus, wobei er genau darauf achtete, dass die Schuhe ordentlich ausgerichtet und die Hose »achtsam«, im Gegensatz zu seiner sonst sprichwörtlichen Schlampigkeit, über eine Stuhllehne gehängt war. Er setzte sich auf den Boden, um sich zu einer abendlichen Zazen-Übung zu sammeln.

»Zazen ist eine Zen-Buddhistische Übung, die letztendlich zu einer Erleuchtungserfahrung nach den Theorien der Zen-Buddhisten führen kann, aber auch zur allgemeinen Entspannung tauglich ist«, referierte Bieber nur zu gerne und eifrig, wenn er gefragt wurde, was er da eigentlich mache, wenn er sich auf den Boden setze und die Wand anstarre. Bieber praktizierte seit mehr als einem Jahr diese Übungen, meist morgens nach dem Aufstehen, hin und wieder – wie an solchen Tagen – auch abends vor dem Abendessen. Er störte sich nicht an dem nachsichtigen Lächeln Claudias oder dem Gekicher der Mitarbeiterinnen im Büro, als er dies einmal erwähnte. Er spürte, dass etwas mit Körper und Geist geschah, dessen Ausmaß er aber nicht – oder noch nicht, wie er sich tröstete – ermessen konnte. Da ihm zu Beginn seiner Bemühungen schon bei der sogenannten Viertel-Lotus-Haltung, wobei der linke Fuß auf der Wade des rechten Beins ruht und beide Knie auf der Matte auftreffen, nach zehn Minuten die Beine so unangenehm eingeschlafen waren, dass er an nichts anderes als an das Kribbeln in ihnen denken konnte, hatte er – auf Anraten seines Lehrers – die sogenannte Burmesische Haltung ausprobiert. Bei der wurden die Beine nicht verschränkt, sondern ein Fuß locker vor dem anderen Bein deponiert, wobei trotzdem beide Knie die Matte berührten, was für einen festen Sitz ausschlaggebend war. Obgleich er sein Leben lang, wenn auch nicht fanatisch, Sport getrieben hatte und sich trotz seiner mindestens zwölf Kilogramm Übergewicht fit fühlte, wollte er diese ihm extrem erscheinenden Verrenkungen der Beine nicht aushalten. Deshalb gab er der Burmesischen Haltung den Vorzug.

Er rief sich die Weisungen seines Lehrers, des Roshi, wie ein Japaner sagen würde, in Erinnerung. An die konnte er sich noch genau erinnern. »Der Rücken und der Kopf sind gerade zu halten«, hatte der kleine Mann mit leiser Stimme, die zur Aufmerksamkeit zwang, gesagt. »Das Gesäß wird durch ein gerolltes Kissen oder eine ähnlich feste Unterlage gestützt. Die Atmung geht durch die Nase, etwa eine Handbreit unter den Nabel. Die Augen behalten Sie offen und leicht gesenkt, etwa zwei bis drei Meter vor sich ausgerichtet, ohne etwas zu fixieren. Wir wollen ja weder träumen, noch etwas anstarren.« Das Lächeln des Roshi vertiefte sich damals und Bieber überlief noch heute ein leichter Schauer, wenn er an diese erste Unterweisungsstunde bei dem japanischen Bankmanager dachte. Eine sogenannte »Valentinsparty« bei Mike Cowe, einem Topmanager einer der großen deutschen Banken, der Biebers Leidenschaft, das Trap-Schießen teilte, hatte sie zusammengeführt. Solche Parties – »Ziehe etwas Rotes an« – waren eine Folge amerikanischer Einflüsse in den Bankenkreisen.

»Willkürlicher Anlass für dummes Geschwätz«, hatte Bieber damals gemurrt und der Architektin gesagt, sie möge »etwas Rotes« überziehen, was diese mit »mir stehen keine roten Klamotten« kommentierte und dann doch ein Teil fand, das dem Anspruch des Abends gerecht werden konnte.

»Die rechte Hand, Handfläche nach oben, wird in den Schoß und die linke, ebenfalls mit der Handfläche nach oben in die rechte Hand gelegt«, hatte der Roshi seine erste Unterrichtsstunde fortgeführt. »Die Daumenspitzen berühren einander leicht. Im Gegensatz zu den geöffneten Augen ist der Mund geschlossen zu halten. Die Zungenspitze liegt innen an den oberen Schneidezähnen an. Der Körper wird dabei von der Taille an aufwärts schwerelos und frei von Druck oder Anspannung gehalten. Beim Einatmen zählen Sie Eins – beim Ausatmen Zwei. Einatmen Drei – Ausatmen Vier und sofort bis Zehn, dann wieder von vorne. Üben Sie das. Wenn Sie wissen, dass Sie diese einfache Übung beherrschen, zählen Sie nur noch beim Einatmen. Nach Beherrschung nur noch beim Ausatmen. Schließlich verfolgen

Sie geistig den Weg, den die Atemluft durch die Nase bis eine Handbreit unter den Bauchnabel macht und zurück. Nicht mehr zählen. Irgendwann beherrschen Sie auch das. Dann sitzen Sie einfach ohne zu zählen, ohne die Atemluft geistig zu verfolgen, einfach ohne zu denken. Shikantaza! Diese Übung wird mit Shikantaza bezeichnet. Ganz einfach«, hatte Bankei-Roshi seinem Zuhörer damals gesagt und war in ein ebenso kindliches wie lautes Lachen ausgebrochen.

Bieber hatte Jukio Joshi Bankei in den letzten zwölf Monaten dreimal aufgesucht, nachdem der Roshi auf diesem Valentins-Empfang meinte, Bieber als erklärter Atheist müsse doch eigentlich eine Affinität für buddhistisches Gedankengut haben. Er als Banker und Mann der Zahlenwelt übe Zazen zweimal täglich und er könne das jedem anderen nur wärmstens empfehlen. Schaden könne es einem nervösen Atheisten mit Sicherheit nicht.

»Sie denken so viel unnützes Zeug«, hatte ihm Bankei mit einer verzeihenden Verbeugung bei seinem ersten Besuch gesagt. Und etwas später, sich auf dem Boden aufrecht gegenüber sitzend: »Wie ich schon betont habe, bilden flüchtige Gedanken an sich kein Hindernis. Darüber ist man sich leider im Allgemeinen nicht im Klaren. Sie müssen wissen, wie intensiv auch immer Sie Ihre Atemzüge zählen, Sie immer noch das wahrnehmen, was in Ihrer Blickrichtung liegt. Ihre Augen sind ja geöffnet. Sie hören auch Geräusche um sich herum. Denn Ihre Ohren sind nicht verstopft. Ihr Gehirn ist aktiv. Sie sind wach und träumen nicht. Gedanken schwirren in Ihrem Kopf herum. All das sind keine Hemmungen, wenn Sie nicht beginnen, die Gedanken zu werten. Einzuteilen in gut oder schlecht. Oder das muss ich noch erledigen und das hat Zeit. Sie dürfen an solchen Gedankenfetzen nicht klammern oder sie verdrängen. Man muss diese Wahrnehmungen und Empfindungen nicht als Behinderung für Zazen ansehen.« Und verbal nachfassend: »Sie dürfen nicht nachhängen. Verstehen Sie das. Die Konzentration auf die Atemzüge wird nur beeinträchtigt, wenn Sie ›Nachhängen‹, wenn Ihr Blick beim Sehvorgang an Objekten haftet, beim Hören Ihre Aufmerksamkeit bei Geräuschen verweilt und beim Denken Ihr Verstand an Ideen klammert. Konzentrieren Sie sich mit aller Energie auf das Zählen der Atemzüge.«

Seitdem übte Bieber »Sitzen in ruhigem Geist«. Seine Ergebnisse beim Wurfscheibenschießen stabilisierten sich, und er war auch nicht mehr so aufbrausend, meinte jedenfalls Alexander Prinz.

Nach knapp dreißig Minuten atmete Bieber sehr tief ein und heftig aus, pendelte in der Sitzposition verbleibend kurz und dann stärker von links nach rechts, erhob sich und fühlte sich entspannt.

Auch wusste er jetzt, dass er sich auf das Abenteuer Nordzypern einlassen würde.

VI.

Eine weitere Woche war vergangen, in der Bieber versuchte, alles so normal erscheinen zu lassen wie möglich. Doch für ihn war seit seinem Entschluss, sich auf das Abenteuer Nordzypern einzulassen, nichts mehr im durchschnittlichen Bereich. Er hatte mehrfach mit Hauptkommissar Berthold telefoniert, um Einzelheiten abzuklären.

Auch an diesem Tag hatte der sich wieder gemeldet und ihn ins Präsidium gebeten. Bieber war am späten Nachmittag dieser Bitte gefolgt. Dort legte der Beamte ihm ein Schreiben des Hessischen Innenministers vor, das ihn als Sonderbeauftragten im Dienste des Landeskriminalamtes Wiesbaden bestätigte.

»Dieses Papier kann ich Ihnen aushändigen, sofern Sie endgültig zusagen«, erklärte Berthold und suchte dabei einen festen Augenkontakt mit dem Rechtsanwalt. Dann fuhr er fort: »Dieses Papier darf unter keinen Umständen die Büroräume der Kanzlei Bieber, Prinz und Partner, besser deren Safe, verlassen, bevor die Aktion abgeschlossen ist. Und nach Abschluss der Aktion ist dieses Papier zu vernichten.«

Alexander Prinz hatte auf einer Erklärung der Behörde bestanden, damit Bieber, wenn er und damit auch die Kanzlei diesen Auftrag übernehme, abgesichert sei. Harald Bieber las das Schreiben langsam und aufmerksam. Die Hoffnung, dass der Text etwa schwammig und damit für ihn unakzeptabel gewesen wäre, wollte er sich nicht eingestehen. Bieber stand noch immer in Distanz zu dieser Sache, obgleich ihn das Abenteuer reizte. Er wartete vergeblich auf ein inneres Signal, das ihn vor diesem idiotischen Job bewahren würde. Als ihn dann, fast überfallartig panische Gedanken überkamen, war er überrascht: »Es ist besser, wenn du ablehnst. Du kannst diesem Wahnsinn noch immer ein Ende machen. Keiner wird dir das verübeln. Das ist ein unkalkulierbares Risiko. Und für wen eigentlich? Was willst du dir beweisen? Und was kann dabei alles passieren?«, flüsterten undeutbare Stimmen. Solches Hin und Her war nicht seine Art. Bieber lief plötzlich rot an. Schweiß trat auf seine Stirn, aber er sagte kein Wort. Hauptkommissar Rainer Berthold, der eine zerknautschte Jacke über einem schwarzen T-Shirt und Jeans mit weißen Turnschuhen trug, interpretierte den Gesichtsausdruck seines Gegenüber völlig falsch. Er glaubte, kaum zu zügelnde Begeisterung zu erkennen, die es zu dämpfen galt.

Er räusperte sich, setzte sich hinter seinem Schreibtisch gerade auf und zündete sich eine Zigarette an. »Sind Sie schon einmal in Zypern, ich meine, Nordzypern, gewesen?«

»Nein«, entgegnete Bieber und betrachtete Berthold, der erneut tief inhalierte, »ich weiß nicht mehr als die meisten anderen über Nordzypern. Also, fast nichts.«

Bieber hatte sich, entgegen seiner zur Schau gestellten Ahnungslosigkeit, natürlich bereits einen Überblick verschafft. Er kannte den Namen des Staatsoberhaupts der »Türkischen Republik Nordzypern«, die nur von der Türkei diplomatisch anerkannt wurde, Rauf Denktaş.

Dieses kleine Land war erst am 15. November 1983 als eigenständiger Staat proklamiert worden. Voraus ging die Besetzung von fast vierzig Prozent der Insel durch türkische Truppen. Das war im Jahr 1974. Davor war Zypern eine unabhängige Republik. Die Türkei wollte damit ihren Unmut über die seit Mitte der sechziger Jahre andauernde politische Unterdrückung der von Griechenland gestützten griechisch-zypriotischen Machthaber gegenüber dem türkischstämmigen Bevölkerungsteil Ausdruck verleihen. Dieses Nordzypern war nun relativ dünn besiedelt von türkischstämmigen Zyprioten. Die türkische Regierung siedelte Bauern aus Anatolien auf dem dünnbesiedelten Gebiet im Norden der Insel an und gab Anreize für den Zuzug sonstiger Türken und Arbeitskräften aus Pakistan. Im Süden, der etwas mehr als sechzig Prozent der Insel abdeckt, befand sich die griechisch gesteuerte Republik Zypern. Diese war von der Weltpolitik merkwürdigerweise als selbständiger Staat anerkannt, obgleich politisch von Griechenland ebenso abhängig wie der Norden von der Türkei. Und darin lag ein nicht zu unterschätzendes Konfliktpotential.

Berthold trommelte mit den Fingern seiner rechten Hand auf der Schreibtischplatte einen zackigen Marsch und sagte, dabei aus dem Fenster schauend: »Wir haben, wie Sie wissen, gegen Klaus Volz seit geraumer Zeit ermittelt, seine Aktivitäten beobachtet. Er war ein leidlich guter Anwalt. Es ist einfach lächerlich, dass er sich auf solche Abenteuer einließ, die ihn ganz offensichtlich letztendlich das Leben kosteten.«

Berthold beugte sich vor und schnippte die Asche, die auf seine Hose gefallen war, als er heftig an seiner Zigarette zog, auf den Boden und meinte abschließend: »Ich höre also von Ihnen, spätestens bis morgen Früh neun Uhr. Wenn Sie akzeptieren, müssen Sie damit rechnen, noch am gleichen Tag abzureisen. Soweit wir konnten, sind wir auf Ihre Forderungen eingegangen. Entscheiden Sie sich also endgültig und schnell.«

Sie schüttelten sich wie zwei alte Kameraden kraftvoll die Hände, so, als würde einer den anderen in eine unwägbare Mission verabschieden.

Bieber zog seine dunkelbraune, knautschige, dreiviertellange Lederjacke über, ging durch die eher düsteren Flure des Frankfurter Polizeipräsidiums hinaus auf den Hof, wo er seinen Pkw mit einer Ausnahmegenehmigung hatte parken dürfen. Er wollte in sein Büro, kaufte dann jedoch unterwegs an einem Kiosk eine Zeitung, setzte sich an der Mainschleuse auf eine Bank und blätterte unaufmerksam in den Seiten. Er genoss die den Rhein-Main-Smog durchdringenden Sonnenstrahlen.

Aber er hielt es nicht lange aus auf der Bank. Nachdem eine langbeinige Schöne ihn zusammen mit einem vorsichtig trippelnden Königspudel passiert hatte, stand er auf, querte die hochgestellten Bänke des Gartenrestaurants Gerbermühle und setzte sich in sein Auto, um nunmehr endlich in sein Büro zu fahren. Er überfuhr zwei Verkehrsampeln, die gerade auf Rot sprangen, hätte beinahe einen Rentner angefahren, der aus einem Taxi nach der Straßenseite ausgestiegen war, ohne nach hinten zu sehen und stand zehn Minuten später vor seiner Bürotür. Doch er entschloss sich anders und ging zum Auto zurück. Er wollte seine endgültige Entscheidung erst treffen, wenn er mit Alex Prinz eine Regelung gefunden hat. Das musste er vorbereiten. Er rief ihn an und verabredete sich mit ihm für den nächsten frühen Morgen im Büro, wobei er nur kurz andeutete, dass er die Zypernsache durchziehen werde. Prinz kannte ihn gut genug, um zu wissen, dass diese Entscheidung endgültig war und aktzeptierte, wobei Einzelheiten in dem zu führenden Gespräch festgemacht werden sollten.

VII.

Ganz anders war Biebers noch am selben Abend mit seiner Freundin Claudia geführtes Gespräch verlaufen.

»Für wen willst Du diese Vorstellung geben«, hatte sie betroffen gefragt, als er ihr von seinen Plänen erzählte. »Ich sehe hier nur unabwägbare Risiken. Und so schlecht geht es Dir doch hoffentlich finanziell nicht, dass Du Dich auf einen solchen Agentenquatsch oder was immer das sein soll, einlassen müsstest, oder? Verzichte auf diesen Unfug und sag ab.«

Harry Bieber ballte die Faust und schlug gegen den Türrahmen zur Küche, in der seine Freundin stand, um ein fettarmes und doch geschmacklich ansprechendes Abendessen zu kochen, obgleich Bieber ein paar belegte fettige Wurstbrote vorgezogen hätte.

»Deine Arbeit in Eurer Kanzlei sollte wichtiger sein als diese Indianerspiele«, setzte die Architektin nach und blies eine Haarsträhne aus ihrem Gesicht. Sachlich, ruhig und kühl hatte sie diese letzte Bemerkung in den Raum gestellt. Claudia besaß einen klaren, unterscheidenden Verstand, was Bieber zu schätzen wusste, und er hatte ihr gegenüber früher seine Gefühle immer offen darlegen können.

»Ich will nicht feige sein«, bemerkte Bieber schließlich halblaut und setzte sich an den Küchentisch. Sie nahm ihm gegenüber Platz und unterdrückte den Wunsch, seine Hand zu ergreifen. Sie hatte schon längere Zeit die wachsende Distanz Biebers ihr gegenüber registriert. Aber auch sie war sich nicht darüber im Klaren, ob sie dieser Entfremdung entgegenwirken sollte und überhaupt wollte.

»Du willst mein Verständnis. Meinen Segen. Ich könnte für dieses Zeugs vielleicht Verständnis aufbringen, wenn ich früher Cowboy und Indianer gespielt hätte. Ich verstehe das nicht. Die wievielte Midlife-Krise nimmst Du Dir gerade? Aber mache es, wenn Du es unbedingt machen musst und ich Dir vollkommen egal bin. Vielleicht glaubst Du sonst für den Rest Deines Lebens, dass Du etwas Existentielles versäumt hättest. Du hast Dich doch schon längst entschieden. Wie lange wird Dein Egotrip dauern, zwei Wochen, zwei Monate, ein halbes Jahr?«

»Jetzt drehe nicht durch Claudi«, versuchte Bieber mit beruhigender Stimme die Emotionen zu glätten, nichts war ihm mehr zuwider als eine schrille Frauenstimme. »Ja, ich habe mich entschieden. Ein paar Wochen, denke ich und dann bin ich doch schon wieder hier. Das ist doch nicht wirklich schwierig für Dich, oder?«

»Aber nein. Ich bin doch sowieso alleine. Mach Dir deshalb nur keine Sorgen. Weder entgeht mir was, noch bringe ich mich um vor Gram, nur weil mein Kerl 'nen Krimi erleben will«, blaffte sie zurück und wandte sich mit heftiger Bewegung dem Herd zu. Harry Bieber glaubte, dass die Sache damit geregelt sei. Er hatte zwar den bitteren Unterton vernommen, wollte den jedoch nicht wahrhaben. Er setzte sich zurück, dachte an sich, an seine gescheiterte Ehe, seine jetzige Beziehung, die für ihn von Anfang an und in keinem Fall zu einer zweiten Ehe führen würde. Die Architektin war für ihn nie die vollkommene Frau gewesen. Er fürchtete sich nicht mehr davor, dass diese Beziehung vielleicht einmal schneller als bisher vermutet zu Ende gehen könnte.

»Also ruf schon den Krimiheini an«, riss sie ihn aus seinen Gedanken mit heller Stimme, »sonst schiebst Du das bis morgen Früh, und ich hoffe bis dahin vergebens. Ich weiß, dass Du den Unfug nicht lässt.«

Bieber, dankbar, dass er zum Handeln getrieben wurde, griff zum Telefon, wählte Bertholds Handy-Nummer und sagte, nachdem sich dieser mit einem brummigen »Ja« gemeldet hatte, kurz: »Alles Ok. Die Sache läuft.«

»Sehr gut, Herr Bieber«, antwortete Berthold. Sie fliegen mit der Lufthansa nach Istanbul um neun Uhr dreißig. Dort haben Sie einen Transferaufenthalt. Dann fliegen Sie mit der Cyprus Turkish Airlines weiter auf die Insel. Sie sollten eine Stunde vorher da sein zum Einchecken. Nehmen Sie eine Taxe. Flugtickets und Spesenvorschuss lasse ich Ihnen zum Lufthansaschalter bringen.«

»Sie sagten soeben Tickets. Wird nicht durchgebucht? Ich möchte nicht, dass ich dort ohne Gepäck ankomme«, meinte Bieber irritiert.

»Wir haben nach unserem letzten Gespräch hier noch einmal die Angelegenheit durchdacht. Sie werden am Flughafen eine unserer Beamtinnen treffen, die als Ihre Sekretärin fungieren wird. Wir dachten, wir geben Ihnen jemanden mit, der die dortigen Verhältnisse kennt. Jasmin Ülkü stammt aus einer deutsch-türkischen Familie und verfügt über ein breites Spektrum an Fähigkeiten«, schloss Berthold seine überraschenden Neuigkeiten.

»Geht in Ordnung, also dann«, wiegelte Bieber ab und wusste, dass er Claudia von dieser Begleitung nichts sagen würde, um keine weiteren Emotionen aufkommen zu lassen. »Viel Glück. Wenn ich könnte, würde ich für Sie fahren, das können Sie mir glauben«, sagte Berthold und dann: »Harry, seien Sie vorsichtig. Spielen Sie nicht den Helden. Sie gehören jetzt dazu.«

Harald Bieber legte den Hörer langsam auf. Berthold hatte ihn bei seinem Vornamen genannt und in einem eindringlichen Ton das Telefonat beendet. Bieber hatte plötzlich Herzklopfen und einen trockenen Mund. Anscheinend hatte Berthold keinen Zweifel gehegt, dass er sich auf das Abenteuer einlassen würde, was er nicht einmal erstaunt registrierte. Er schenkte sich ein Bier ein. Jetzt, da alles klar war, brauchte er zunächst nichts zu tun. Er hatte noch einen Abend und eine ganze Nacht vor sich. Er würde morgen Früh in seine Wohnung fahren, packen, mit Prinz abschließend sprechen und sich direkt zum Flughafen bringen lassen.

»Ich muss daran denken, meinen Revolver mitzunehmen«, bemerkte Bieber, als Claudia wieder zu ihm kam.

»Essen wir jetzt oder was ist los? – Übrigens, wenn Du einen Revolver mitnimmst, wirst Du über das Einchecken nicht hinauskommen. Ist noch was?« – Bieber war schon wieder aufgestanden. Ihm war plötzlich bewusst geworden, dass er keine Ahnung hatte, wie er die Sache angehen, wie er auf die Kontaktpersonen zugehen sollte. Er brauchte Hilfe oder wenigstens eine Absicherung außerhalb des offiziellen Polizeirahmens. Renzo Severgnini, klar, Renzo. Warum war er nicht gleich auf den gekommen. Severgnini war als achtzehnjähriger, junger Mann aus Sizilien nach Deutschland gekommen und hatte als Gehilfe in einer Pizzeria seines Onkels angefangen zu arbeiten. Er beherrschte bald weitgehend die deutsche Sprache und wurde schließlich Geschäftsführer der Pizzeriakette seines Onkels. Er übernahm den Betrieb bereits mit sechsundzwanzig Jahren, nachdem sich sein Gönner, der selbst keine Kinder hatte, altersbedingt zurückgezogen hatte, um seinen Lebensabend in seinem sizilianischen Geburtsort zu verbringen. Renzo Severgnini verpachtete schließlich seine Pizzateigtempel, gründete eine Wach- und Personenschutzgesellschaft, einen Großhandel für Lebensmittel und einen anderen für Baustoffe, besetzte die Führungspositionen mit seinen beiden Brüdern und einigen Cousins und konnte heute mit achtundvierzig Jahren auf ein florierendes Geschäft blicken. »Zahle Deine Steuern und man lässt Dich in Ruhe« und »Nehmen und Beschenken lassen«, waren seine Leitmotive. Die italienischen Geschäftsleute wussten seine Ratschläge und Hilfen in unangenehmen Lebenslagen zu würdigen, und er half wo er konnte. Dafür kaufte man in seinen Großhandelsläden ein und nahm in Kauf, dass seine Waren preislich etwas über denen seiner deutschen Mitbewerber angesiedelt waren. Eine prachtvolle Villa am Rande Bad Homburgs, ein Ferrari, ein 500er Mercedes der S-Klasse sowie ein BMW Z8 zeigten auch nach außen, dass es das Schicksal mit Severgnini bisher gut gemeint hatte.

Severgnini teilte mit Bieber eine Leidenschaft, das Trapschießen. Beide schossen heute in der Altersklasse des Deutschen Schützenbundes, also in der Gruppe der Siebenundvierzig- bis Fünfundfünzigjährigen. Und beide waren im Team gemeinsam für den »Ersten Trap und Skeet Club Bad Homburg« mehrfach bei den nationalen Meisterschaften auf dem Treppchen gestanden und hatten im letzten Jahr sogar Gold für ihren Club als Team geholt. Dabei hatte Severgnini noch den Einzelsieg und Bieber Bronze nach Hause geholt, was dazu führte, dass beide seitdem sportlich einen halben Meter über dem Boden schwebten. Bieber hatte sehr wohl bemerkt, dass seine Beliebtheit oder auch den Respekt, den er bei der starken italienischen Schützengruppe in seinem Verein genoss, nicht nur darauf zurückzuführen war, dass er ein überaus aufgeschlossener Mensch gegenüber ausländischen Mitbürgern war. Vielmehr war dieser darauf begründet, dass Severgnini, dem die Sizilianer den Respekt eines Patrone entgegenbrachten, ihn immer in einer aufwendigen Begrüßungszeremonie umarmte, auf beide Wangen küsste und mit »mein Präsidente« in der Öffentlichkeit anredete, was Bieber oft mit einem etwas hilflosen Kichern quittierte.

»Ich muss noch mal weg«, rief Bieber, seine Jacke grapschend, schon halb im Treppenhaus über die Schulter zurück, »mir ist noch was eingefallen, stell bitte das Essen warm, ich bin in zwei, drei Stunden wieder zurück.« Bieber hörte nicht mehr das »Du kannst mich mal!« und das Knallen einer Tür. Er fuhr mit quietschenden Reifen los, griff zum Handy, kündigte Severgnini sein Kommen an und raste Richtung Bad Homburg, die neue Autobahnverbindung über den Kaiserlei-Kreisel nutzend, die ihn in weniger als zwanzig Minuten die Kurstadt erreichen ließ.

»Hallo Präsidente, wase führt Dich zu mir?« Zwei schwere Hände krachten auf Biebers Schultern, und er fand sich kurz darauf an der Brust seines Schützenfreundes wieder, der ihn nach der Begrüßungszeremonie mit ausgestreckten Armen von sich hielt. Dunkelbraune Augen unter kurzgeschnittenen, eisgrauen Haaren strahlten Bieber an und zwei Reihen weiß verblendeter Zähne – »dase Stücke für dreitausend Dollar«, hatte er Bieber einmal anvertraut – vermittelten jedem die Vitalität dieses einsfünfundsechzig großen und gedrungen wirkenden Mannes.

»Meine Frau ist mit meiner Mutter im Theater. Du kommst mir gerade richtig, ich habe mich einsam gefühlt. Carlo ist mit Freunden unterwegs. Ich mach mir Sorgen, er ist immer unterwegs und lässt seinen Papare hier in dem großen Haus alleine herumsitzen, wo er doch alles hat und seine Freunde mitbringen kann.«

Bieber lachte auf und musste wieder einmal an den Schauspieler Mario Adorf denken, dem sein Sportsfreund irgendwie glich, wenn der einen italienischen Paten mimte. Severgnini hatte nur den einen Sohn und verwöhnte diesen mit der blinden Großzügigkeit, die italienischen Vätern zu eigen sein scheint. Bieber mochte nicht daran denken, was wäre, wenn sein Freund Renzo als einziges Kind eine Tochter gehabt hätte. Deren Männerbekanntschaften jedenfalls hätten es mehr als schwer gehabt, dem liebenden Vater zu gefallen.

»Du kannst den beiden Knaben sagen, dass sie sich wieder zum Toreingang ›verpinkeln‹ können, ich bin ja gesund angekommen und auch Dir ist nichts passiert«, grinste Bieber, mit dem Kopf zu zwei Gestalten nickend, die sich im Schatten seitlich stehend und dunkel gewandet, noch immer aufhielten. Severgnini lachte auf: »Du weißt, es gibte immer mehr Neider. Dase Gesindel mehrt sich. Unsere Polizei ist zu lasch und ich muss schon aus Prestigegründen vermeiden, dass man hier, bei dem Chef einer Bewachungsorganisation, einbricht. Stell Dir mal die Häme der Konkurrenz vor, ein Amateur würde mich auserauben – Leute vom Fach wagen dase sowieso nicht. Nichte auszudenken. – Komme rein, Harry.«

Bieber hatte Mühe, den feurigen Südländer davon zu überzeugen, dass er keine Zeit für eine Weinprobe hatte, nichts Essen und auch nicht die neue, sechzigtausend Euro teure Perazziflinte ansehen wollte, die wohl Fünfundzwanziger-Trefferserien in der Garantie enthalten musste, um den Preis nach Biebers Verständnis zu rechtfertigen. Aber es gelang ihm schließlich, seinen Gastgeber für sein Problem zu interessieren, und es wurde zwei Uhr nachts bis Bieber wieder bei Claudia in der Wohnung angekommen war.

Severgnini teilte erstaunlicherweise Claudias Befürchtungen und gebrauchte ähnliche Worte, wusste jedoch, dass es einen Rückzug ohne Gesichtsverlust nicht mehr geben konnte. Er wollte sich ein paar Gedanken machen. Und auf Biebers Einwand, dass ihm dazu nicht allzu viel Zeit bliebe, er würde schon rechtzeitig von ihm hören – wann, das blieb offen. Severgnini hatte Bieber nur ungern ziehen lassen und verabschiedete ihn mit beruhigenden Worten und leicht zusammengekniffenen Augen: »Du brauchsde keine Angsd zu haben. Iche lasse mir wase einfallen mein Lieber.«

Hatte er wirklich Angst? Möglich, jedoch keine von der Art, die einem anfällt wie eine Schlange, die umschlingt, würgt, lähmt. Eher die von der Sorte, die hilft Gefahren richtig einzuschätzen, die es ermöglicht, Aufgaben oder Probleme zu bewältigen, und die das Handeln beschleunigt durch Freisetzung von Adrenalin im Körper. Und es gab nur einen Weg, Angst zu besiegen, nämlich ihr zu begegnen, sie zu erfahren. Das war Bieber lieber, als sich einem Angstanfall hinzugeben. Zumal er für Menschen kein Verständnis aufbringen konnte, die unter ihren Alltagsängsten litten bis hin zu plötzlichem Zittern, Schwitzen, Übelkeit und Herzrasen. Er war sich nicht einmal dahingehend sicher, dass er mehr oder weniger unbewusst sogar insbesondere diejenigen verachtete, die an Sozialphobien litten, also die Sorte Kranker, die sich davor ängstigte, eine eigene Meinung gegenüber Dritten zu vertreten oder sich Befehlen nicht erwehren konnten, bis hin zu kriminellen Inhalten, nur weil diese durch einen Dienstvorgesetzten erteilt wurden. Zu solchen Menschen, die oft jede Selbstachtung verloren und zu »Bucklern«, »Wegguckern« oder gar »Mördern aus Angst« gerieten, wollte sich Bieber nicht zählen lassen. Dabei war er sich allerdings klar, dass es bestimmt auch eine exakte Bezeichnung für diejenige Phobie gab, die man mit Angst vor Angsthaben bezeichnen könnte.

Bieber war um fünf Uhr morgens schon wieder wach. Trotz der nur drei Stunden Tiefschlaf fühlte er, der immer meinte, mindestens acht Stunden Schlaf zu benötigen um fit zu sein, sich erstaunlicherweise frisch,leistungsfähig, beinahe aufgekratzt.Er verabschiedete sich von Claudia ohne ein Frühstück zu sich zu nehmen.

»Zieh hin mein Freund, wenn Du's nicht lassen kannst und lass Dir Zeit«, hatte sie gebrummelt und sich nicht die Mühe gemacht aufzustehen und ihn in das Abenteuer zu verabschieden, was Biebers Ego nachhaltig verletzte.

Er fuhr in seine Wohnung. Sein Revolver lag im Safe, ordentlich in einem Schulterhalfter steckend. Er öffnete den Holsterriemen und wog die 357er Smith & Wesson Magnum in der Hand. Schwarz brünniert, mit dunklem, schmalen Holzgriff. Die Waffe lag gut in der Hand. Schwer. Kühl. Vertrauenserweckend. »Wir drei, Smith, Wesson und ich könnten das schon schaukeln«, dachte Bieber, lachte vor sich hin und legte die Waffe wieder in den Safe zurück. Natürlich konnte er den Revolver nicht mitnehmen, obgleich dieser sein Gefühl für Sicherheit erhöht hätte. Er konnte ganz gut mit dieser Kurzwaffe umgehen, obgleich er Wurfscheibenschütze war. Er hatte sehr oft und mit gutem Erfolg mit dem Revolver auf die üblichen Scheiben der Duellanlage bei einem befreundeten Schützenverein geschossen.

Bieber suchte noch ein paar Kleidungsstücke zusammen und rief dann seinen Geschäftspartner an. Der hob brummelnd ab und nuschelte, bevor Bieber etwas sagen konnte: »Ja, ich bin schon unterwegs. Bis gleich in der Kanzlei. Koch' weil ne Kanne von der schwarzen Brühe, dieser Hinterlassenschaft aus den Türkenkriegen.«

Es dauerte dann an diesem frühen Morgen noch eine gute Stunde, bis er Alexander Prinz die Vorteile dieses Unternehmens in wirtschaftlicher Hinsicht endgültig schmackhaft gemacht hatte. Er wusste, dass ihm das nur gelungen war, weil er sich auf Zahlen beschränkt hatte, auf Zahlen, die sich als Gewinn niederschlagen würden, insbesondere dann, wenn sich die nicht unerhebliche Erfolgsprovision an einer respektablen Vergleichssumme festmachen ließe. Auch von der würde Prinz natürlich seine fünfzig Prozentanteile bekommen. Er musste schließlich auch die Kanzlei in Biebers Abwesenheit alleine leiten. Die dort erwirtschafteten Gewinne flossen in den gemeinsamen Pott, so wie man das seit Jahr und Tag zum wechselseitigen Nutzen hielt. Es war für Bieber keine wirkliche Überraschung, dass sein sonst so oft moralisierender Partner, der bedenkenlos auch in »Grenzfällen« mitkassierte, wenn Bieber die Drecksarbeit erledigte, auf seine Frage: »Also, was meinst Du was ich machen soll?«, zwar zunächst mit einem »das ist nicht meine Angelegenheit« auswich, dann aber gleich hinzusetzte, »aber, wenn Du meinst, dass Dir die Sache von Nutzen sein kann«, die Aktion absegnete.

VIII

Die Bewölkung über dem Frankfurter Flughafen war aufgelockert. Harald Bieber sah aus dem Kabinenfenster und konnte schon nach wenigen Minuten die ihm bekannte Landschaft kaum mehr zuordnen, da die Umrisse des Landes unter ihm plötzlich einer Landkarte ähnelten. Die Sonne schien ihm in die Augen, und er wandte blinzelnd seinen Kopf in das Innere der Flugzeugkabine. Sein Blick fiel auf die schlanke, sportliche Frau neben ihm, die er auf etwas über dreißig Jahre schätzte. Das schwarze, kurz geschnittene Haar rahmte ein schmales Gesicht mit hohen Wangenknochen und dunklen, ruhigen Augen, die jetzt geschlossen waren, ein. Er hatte gerade fünf Minuten am verabredeten Lufthansaschalter gewartet, als die etwa einsfünfundsiebzig große Frau, wie er schnell taxierte, auf ihn zutrat und ihm die Hand entgegenstreckte.

»Jasmin Ülkü«, sagte sie mit einem sparsamen Lächeln und hielt ihm einen Dienstausweis vor die Augen.

»Kripo Berlin, abgestellt zur Sommerfrische mit Babysitting.«

»Ich bin dann wohl das Baby«, antwortete Bieber, auf ihren leichten Tonfall eingehend. »Harald Bieber. Freunde nennen mich Harry.«

Er war sofort angenehm berührt von der jungen Frau und taxierte sie mit einigen schnellen Blicken, was ihr offenbar nichts ausmachte. Bieber nahm sein Ticket entgegen, sowie einen Umschlag mit Bargeld, für den er erstaunlicherweise nicht quittieren musste. Sie übergab ihm weiter die gerichtlichen Bestallungspapiere, die ihn als Nachlasspfleger nach dem verstorbenen Klaus Volz auswiesen. Berthold hatte diese Papiere erst früh am Morgen besorgen können, obgleich sie eine Woche zurückdatiert waren. Maßarbeit, schlussfolgerte Bieber still, wenn man bedachte, dass solche Unterlagen oft Wochen benötigten von der Antragstellung bis zum Erlass, von den umständlichen Schreibpools der gerichtlichen Behörden erst gar nicht zu reden.

»Legen Sie Ihren Koffer hier auf den Wagen. Wir checken in Halle A gleich ein. Sie wissen über die Einzelheiten ja sicher Bescheid. Und wir haben ein paar Stunden vor uns, in denen wir Details abstimmen können«, meinte Bieber und schob den Kofferwagen Richtung Schalterreihe.

Er war froh, dass sie nicht den Fensterplatz für sich beanspruchte und nicht sofort ein Informationsgespräch beginnen wollte.

Sie saß jetzt entspannt links neben ihm auf dem Mittelplatz.

»Konfektionsgröße Achtunddreißig, je nachdem wie die Klamotten ausfallen. Einen Meter dreiundsiebzig groß und alles Muskeln«, sagte sie plötzlich, das rechte Auge hochziehend. »Spezialausbildung an allen Kurzwaffen, Aikido 1. Dan, vierunddreißig Jahre alt,

Computer kein Problem, Türkisch perfekt in Wort und Schrift, in Englisch kann ich mich gut verständigen und Deutsch mit leichtem Berliner Akzent, wie Sie schon bemerkt haben werden. Sind Sie bitte nicht böse, wenn ich versuche etwas zu schlafen. Ich habe erst gestern, spät am Abend, von diesem Einsatz erfahren und musste sofort aufbrechen. Ich habe gerade drei Stunden geschlafen.«

Sie wendete Bieber den Kopf zu und sah ihn direkt mit ihren dunklen Augen, die fast schwarz wirkten, an. Sie sagte nichts weiter, sondern lächelte und schloss wieder die Augen. Bieber hätte wetten können, dass sie nach drei Minuten fest schlief. Er legte – noch immer angeschnallt – die Stirn an das Fenster und starrte in die Wolkenlandschaft, die an ihm vorüberflog.

Alexander Prinz hatte es sich nicht nehmen lassen, ihn zum Rhein-Main-Flughafen zu begleiten, was für Bieber das Anhören von dreißig Minuten Ermahnungen, Hinweisen und nochmals Ermahnungen bedeutete. Prinz kannte seinen Partner gut und wusste von dessen Fähigkeiten, sich in unmögliche Situationen zu bringen, aus denen er dann erwartete, dass er gerettet würde. Von wem? Na von Prinz natürlich, dachte dieser und war ebenso aufgeregt wie Bieber.

Das Flugzeug war in unmittelbarem Anflug auf den Flughafen Istanbul. Eben noch über dem Meer warf es einen Schatten über recht hässliche Plattenbauten. Wenige Minuten später radierten die Gummireifen die Landebahn und die Maschine rollte zu den Flughafengebäuden. Bieber öffnete den Sicherheitsgurt, den er während des gesamten Fluges geschlossen gehalten hatte, bevor das Flugzeug zum Stehen gekommen war. Seine angebliche Sekretärin hatte, offensichtlich einer inneren Uhr folgend, nach zwei Stunden die Augen geöffnet und war wach. Sie hatte tief geschlafen und sich durch den Servicebetrieb an Bord nicht stören lassen. Bieber hatte ihr nachgeblickt, als sie auf die Toilette gegangen war und ihren weichen, rhythmischen, irgendwie gleitenden Gang bewundert, obgleich ihr Körper eher kraftvoll kompakt als schlank grazil wirkte und damit eigentlich nicht in Biebers Idealbild einer Frauenfigur passte.

Während des neunzigminütigen Aufenthalts im Istanbul-Airport, dessen Hallen ganz offensichtlich funkelnagelneu zu sein schienen und international hohem Standard leicht gerecht wurden, trank Bieber drei Glas frisch gepressten Orangensaft, zwei Kaffee und war eben bei einem Gin-Tonic angelangt, als die Ansage – ebenfalls internationalem Standard gehorchend und damit flughafentypisch undeutlich – die Fluggäste wissen ließ, dass sich der Flug der Cyprus Turkish Airlines nach Ercan Nordzypern um voraussichtlich eine halbe Stunde verzögern würde. Die junge Polizistin saß ihm gegenüber – ganz offensichtlich nicht gewillt in eine informative Unterhaltung einzutreten – und las in einem türkischen Taschenbuch, dessen Cover auf eine wilde, leidenschaftliche Story schließen ließ. Bieber überkamen Zweifel. Weiblicher Bruce-Lee, verträumt, gefangen in einer Liebesschnulze, bei lebensrettendem Einsatz.

Als sie endlich einmal aufblickte, sagte er: »Sie haben einen ungewöhnlichen Namen. Jasmin Ülkü.«

»Mein Vater ist Türke, meine Mutter Deutsche. Aber Jasmin ist ein durchaus auch in der Türkei gebräuchlicher Vorname, wenngleich etwas anders geschrieben.«

Und als sie wieder einmal den Blick hob, nutzte er die Gelegenheit: »Haben Sie eine klare Vorstellung von unserer Aufgabe, Jasmin?«

»Nur im Prinzip. Ich habe mich mit Einzelheiten noch nicht auseinandergesetzt, muss ich zugeben. Ich erhielt meine spezifischen Instruktionen erst kurz vor dem Abflug in Frankfurt heute Morgen. Ich werde sie mir noch zu Gemüte führen.«

»Wir müssen im Wesentlichen so schnell wie möglich versuchen, mit den Banken und dem Notar in Verbindung zu treten, bevor die Gegenseite eine Möglichkeit findet, die Sache irgendwie direkt zu regeln.«

»Ich glaube nicht, dass man bereits direkt mit der Bank verhandelt hat. In der Türkei, ebenso wie in dem türkisch kontrollierten Zypern, sind die Machtstrukturen zwar oft unübersichtlich für den Außenstehendenden, aber sie sind fest gefügt. – Harry.«

Und damit war die Sprachregelung der Anrede geklärt.

»Kennen Sie sich aus in Zypern?«, wollte Bieber wissen.

»Ich habe während meiner Kindheit dort oft die Ferien verbracht, bei einem Onkel väterlicherseits, der leider verstorben ist. Später war ich nur sporadisch als Touristin da. Das Land und insbesondere der nordzypriotische Teil hat sich in den letzten zehn Jahren total gewandelt.«

An dieser Stelle wurde ihr Gespräch unterbrochen durch die Aufforderung, sich zu Gate Drei zu begeben, nachdem Cyprus Turkish Airlines Flug Nr. YK 009 mit nun doch fünfzigminütiger Verspätung »pünktlich« starte. Damit war man aber noch lange nicht in der Luft. Die Passagiere mussten sich im Flugzeug noch weitere dreißig

Minuten gedulden, da man auf vier Fluggäste, die schließlich verschwitzt und mit Tüten überfrachtet ihre Sitze im hinteren Teil des Flugzeugs suchten, wartete.

Es war siebzehn Uhr dreißig Ortszeit, rund eineinhalb Stunden später als der Flugplan vorsah, als sich die Maschine im Anflug auf Ercan befand. Windböen hatten das Flugzeug einige Male zum Schaukeln gebracht. Bieber saß vorgebeugt bei heruntergeklapptem Tisch und machte sich Notizen. Er versuchte, einige Stichworte niederzuschreiben, um sich eventuell so einen Plan seiner Vorgehensweise zu erarbeiten. Eine Angewohnheit, der er seit Jahren nachhing, um Ordnung in seine Gedanken zu bringen, wenn sich diese überschlugen. Es hatte sich öfters als sinnvoll erwiesen, und er behielt diese Marotte bei, obgleich Kollege Prinz wegen dieser Methode nur nachsichtig lächeln konnte. Die Frau neben ihm schlief bereits wieder den ganzen Flug, mit regelmäßigen Atemzügen. Als er sie erneut betrachtete, fiel ihm auf, wie angestrengt und vielleicht sogar nervös ihr Gesicht gewesen war, als sie sich unterhielten. Jetzt war es wieder offen, entspannt und zeigte die sanften Linien eines etwas zu groß geratenen, kleinen Mädchens. Bieber faltete seinen Notizzettel zusammen und steckte ihn ein. Er hatte über den Tag hinweg seine unbewusste Unruhe weitgehend verloren. Er wurde müde.

Es war geradezu lächerlich, dass die Griechen ihr Veto einlegten und damit einen direkten Anflug auf Nordzypern verhinderten. Die Zwangspause auf türkischem Boden war Pflicht. Dann galt der Weiterflug als Inlandflug in die Türkische Republik Nordzypern.

»Ein perfider Schachzug der griechischen Seite«, wie Jasmin Ülkü spitz bemerkt hatte, »denn der wirtschaftliche Aufschwung Nordzyperns wäre ungleich nachhaltiger und vergleichbar mit dem griechischen Süden, wenn ein direkter Anflug möglich wäre. Zumal sich im Norden der Insel die zweifelsfrei schöneren Strände und Landschaften befinden«, endete ihr ärgerliches Statement.

»Fragt sich nur wie lange. Wenn der Massentourismus erst einmal ins Rollen gekommen ist«, hatte Bieber angemerkt, konnte aber nicht zu den wütend blitzenden Augen der jungen Frau durchdringen, die den Zypernkonflikt offensichtlich verinnerlicht hatte. Wohl aufgrund ihrer früheren und vielleicht auch noch heute bestehenden, familiären Bindungen, mutmaßte Bieber, um sich dann wieder gedanklich seinen anstehenden Verhandlungen zuzuwenden. Er begann, seine Einstellung zu den ihm gestellten Aufgaben in dieser Sache zu festigen, indem er sich bewusst machte, dass er ihnen zweifelsfrei gewachsen war. Seine berufliche Biografie wies bisher zwar keine Aktivitäten im kriminellen Milieu aus, aber er hatte sich in vielen zivilrechtlich verzwickten Situationen des Geschäftslebens durchgesetzt und schwierige Verhandlungen zwischen scheinbar unvereinbaren Parteien zu einem guten Abschluss gebracht. Er verfügte über die Fähigkeit, zerstrittene Lager auf der Basis der Vernunft wieder zusammenzubringen. Es sollte folglich möglich sein, auch diese Angelegenheit zu einem befriedigenden Ende zu bringen.

Das Flugzeug landete weich. Bieber war sich nicht im Klaren darüber, weshalb er dem Piloten eine saubere Landung nicht zugetraut hatte. Die Passkontrolle verlief, für Bieber wiederum erstaunlich, einfach und unkompliziert. Er hatte mit Schwierigkeiten gerechnet, obgleich er den Erzählungen eines Bekannten, der im Süden der Insel Urlaub gemacht hatte, keinen Glauben schenken wollte, wonach im Norden alles desolat sei. Jasmin Ülkü, darauf angesprochen, korrigierte entrüstet, dass es auch im Norden eine reguläre Ordnungsmacht, keine ewigen Warteschlangen bei der Passkontrolle und funktionierende Verkehrsmittel gäbe. Die Straßen seien weder desolat, noch würde überall geklaut und auch Frauen würden nicht ständig sexistisch angegangen, was man im Süden gerne behaupte. »Was kann man von den Griechen schon erwarten«, war der Kommentar der jungen Beamtin, die in diesem Moment recht türkisch auf Bieber wirkte und ihren väterlichen Genen freien Lauf ließ.

Der übliche Blick in die Augen, Überprüfung der Daten durch den Computer, die freundliche Nachfrage bei Vorlage des Reisepasses, ob man den Einreisestempel in den Pass tatsächlich wolle oder einen Einreisezettel ausfüllen möchte, der dann mit dem Pass zu führen sei, waren die Formalitäten. Ülkü erklärte den Hintergrund, nämlich, dass die griechischen Behörden die Einreise in ihr Land oder auf eine der griechischen Inseln glatt verweigerten, wenn Einblick in die Papiere genommen und ein nordzyprischer Stempel entdeckt würde.

Bieber ließ in das Ausweispapier stempeln, Jasmin Ülkü ebenfalls, schließlich hatten sie nicht vor, noch einen Insel-Urlaub auf der anderen Seite anzuhängen. Ein Lächeln des Beamten, ein Nicken und hindurch. Die Gepäckstücke polterten bereits auf dem Förderband. Keine nachhaltigen Kontrollen am Zoll bei offensichtlichen Touristen, zu denen man auch die beiden zählte. Rechtsanwalt

Harald Bieber mit Sekretärin Jasmin Ülkü waren auf Nordzypern angekommen.

Bieber war trotz der warmen Flugzeugluft noch auf das eher kühle, wenngleich sommerlich frische Wetter Deutschlands eingestellt und wurde überrascht von der trockenen Wärme, die ihnen entgegenschlug.

Der Anwalt ging vor seiner Begleitung durch eine sich nur schleppend öffnende Automatiktür nach draußen, den Gepäckwagen vor sich herschiebend und wollte gerade eine Taxe rufen, als ein dunkelblau und weiß lackierter Polizeiwagen mit quietschenden Bremsen vor ihm anhielt. Das Fahrzeug einer französischen Marke war mit Funkantenne, Signalleuchte und Suchscheinwerfer auf dem Dach versehen und wirkte so aufgemotzt wie ein Fahrzeug des New Yorker Police Departments. Die Beifahrertür des Fahrzeugs, verziert mit einem Stern und der Aufschrift POLIS, öffnete sich und ein Offizier in enganliegender, dunkelblauer Uniform stieg aus.

Er salutierte recht zackig und sagte: »Hoşgeldiniz, willkommen in der Türkischen Republik Nordzypern. Sie müssen Avukat Bieber sein.«

Seine Stimme hatte einen angenehmen Klang. Er lachte leise, als er in die erstaunten Augen Biebers blickte, der erklärte, ihm sei unbekannt, dass er erwartet würde. Bieber warf einen schnellen, verwirrten Blick auf seine Begleiterin, doch deren Gesicht wirkte völlig ausdruckslos.

»Leutnant Cemal. Ich habe den Befehl, Sie abzuholen und in das Präsidium zu begleiten zu einem kurzen, informellen Gespräch mit meinem Vorgesetzten, Oberst Rasin. Mehr weiß ich auch nicht. Ich bitte Sie, mir zu folgen. Ihr Gepäck wird sofort in Ihr Hotel in Catalköy gebracht.«

Bieber war sofort klar, dass er hier nicht blocken konnte. Nachgeben war angesagt und die leicht zusammengekniffenen Augen der Frau an seiner Seite bestätigten seine Gedanken zum Thema Geheimhaltung. Sie nahmen im Fond des Wagens Platz.

»Sie sprechen ein ausgezeichnetes Deutsch«, meinte Bieber zu dem jungen Offizier, der sich auf den Beifahrersitz, links neben dem Steuer gesetzt hatte, als das Dienstfahrzeug der nordzypriotischen Polizei sich zügig mit Blaulicht aber ohne Signalhorn in Bewegung setzte.

»Danke«, antwortete der Polizist, eine Reihe blendend weißer

Zähne unter einem gepflegten Schnauzbart zeigend. »Ich wohnte bis zu meinem zwanzigsten Lebensjahr in Hannover. Die schwachen Berufsaussichten in Deutschland wie in der Türkei brachten mich auf die Idee, mich hier im Polizeidienst zu bewerben und dank der Fürsprache meines Onkels konnte ich hier die Offizierslaufbahn bei der Polizei einschlagen. Deutschsprechende Polizisten werden gesucht, aufgrund des zwar langsam aber stetig expandierenden Tourismus auf Nordzypern, der immer stärker auch von deutschen Besuchern getragen ist.«

Über die gut ausgebaute Schnellstraße erreichte das Fahrzeug binnen fünfzehn Minuten Lefkoşa, wie der Nordteil des geteilten Nikosia von der türkischstämmigen Bevölkerung genannt wurde. Am Kyrenia-Tor vorbei, das etwas verloren inmitten des umtosenden Straßenverkehrs stand und früher den nördlichen Durchgang zum alten Stadtkern bildete, fuhr die Gruppe über die verkehrsreiche Girne-Straße und bog am Atatürk-Platz rechts ab, wie Bieber anhand der Straßennamen verfolgte. Das Fahrzeug fuhr sodann in den Hof des alten Polizeipräsidiums ein, einem Gebäude, das im britischen Kolonialstil gebaut war und das noch heute eine Spezialeinheit beherbergte, wie der junge Leutnant fast entschuldigend erklärte, verbunden mit dem Hinweis, dass das neue Präsidium wesentlich moderner sei und allen technischen Anforderungen genüge.

Der Wagen hielt und Leutnant Cemal öffnete die Fondtür. Bieber stieg auf der linken Seite aus. Mit einiger Verzögerung öffnete Jasmin Ülkü ihre Tür und patzte über das Wagendach hinweg: »Wohl zum Fundi geworden, oder?«, was dem jungen Offizier die Röte in die Wangen trieb, ihn aber nicht daran hinderte, allen voran in das Gebäude zu gehen, mit der Aufforderung, ihm zu folgen. Im ersten Stockwerk, das über eine relativ schmale Holztreppe erreicht wurde, klopfte Cemal an die Tür, wartete einen Laut ab, der wohl ein türkisches »Herein« bedeutete und rapportierte mit schnarrender Stimme, die Finger an die Schirmmütze anlegend, was dazu führte, dass Biebers Begleiterin die Augen verdrehte.

Ein Polizist, der vor dem Zimmer stand, gab der Frau ein Zeichen, dass sie draußen bleiben solle und Harry Bieber betrat ein geräumiges Zimmer mit einfachem Schreibtisch und Ledersesseln. An der Wand hingen Urkunden, die was immer auch bestätigen sollten, neben einem imposanten schwarz-weißen Bild des Begründers der Türkischen Republik, Kemal Atatürk sowie einem, welches das lächelnde Konterfei des Staatspräsidenten Rauf Denktaş in Farbe zeigte.

Oberst Rasin erhob sich und bat Bieber Platz zu nehmen, ohne ihm die Hand zu schütteln. Bieber registrierte einen in den Mittsechzigern stehenden Mann, mit einer grauen Millimeterfrisur, die nach oben ein ovales Gesicht abschloss, das von einer leicht gebogenen, kräftigen Nase und zwei hellbraunen, wachen Augen dominiert wurde. Kaffee in kleinen Mocca-Tassen, jeweils mit einem Glas Wasser, wurde gebracht und auf dem Schreibtisch abgestellt.

Leutnant Cemal übersetzte die üblichen Begrüßungsformeln, das Erkundigen nach dem Verlauf des Fluges, die Entschuldigung, dass man ihn noch so spät belästigen müsse an diesem langen, beschwerlichen Reisetag und endete zunächst mit der Bemerkung, dass man sich kurz zu unterhalten habe, damit keine Irrtümer aufkommen könnten.

IX.

Das Taxi, eine ziemlich neue 230er Mercedes Limousine der E-Klasse, hatte Allahallahallah – wie der Fahrer gelegentlich vor sich hinmurmelte, wenn ihn ein anderes Fahrzeug in den engen Straßen Lefkoşas schnitt oder er einen Mitbewerber um die Ideallinie fahrtechnisch nötigte – eine funktionierende Klimaanlage. Die Temperaturen draußen bewegten sich, obgleich die Sonne jetzt schon recht tief stand, noch immer um die fünfunddreißig Grad Celsius im Schatten. Bieber hatte gespürt wie die Schweißbahnen, die bereits auf den wenigen Metern vom Polizeigebäude zu dem Taxistand vor dem Kolonialstilhaus sein lichtes Haupthaar einnässten, auch über Gesicht und Nacken in breiten Bahnen geflossen waren.

Er hatte die von Oberst Rasin angebotene Fahrt in einer Polizeilimousine zum Hotel abgelehnt, wenngleich seine Zweifel an der Geheimhaltung sich im Laufe des Gesprächs nicht nur vertieft hatten, sondern die Vermutung eines Lecks bei dieser »Sondermission Nordzypern« war zur Gewissheit geworden.

»Das Einzige, was ich für Sie tun kann, ist, Sie unserer Unterstützung zu versichern, obgleich wir nicht offiziell informiert wurden, was wir bedauern. Wir schätzen es nicht, wenn unsere Insel zum Spielfeld von Agenten wird. Schon gar nicht ohne unser Wissen«, hatte Leutnant Cemal fließend übersetzt. Bieber versicherte daraufhin, dass er in seiner Eigenschaft als Nachlassverwalter sich nicht als Agent irgendeiner staatlichen oder privaten Interessengruppe sehe, sondern ausschließlich im Rahmen seiner gerichtlichen Bestallung Aufklärungsarbeit zu leisten habe, die in keinem Fall nachteilig die Interessen des nordzypriotischen Staates tangieren könnten. Im Gegenteil, denn er hege keinen Zweifel daran, dass die regierungsstaatlichen Stellen alles Interesse an einer gesetzmäßigen Abwicklung dieses Vorganges haben würden. Er legte offen seine Absichten dar, die auf den Namen des verstorbenen deutschen Notars bei verschiedenen Banken hinterlegten Gelder freizubekommen und nach Deutschland zurückzuführen.

»Ihr Auftrag ist delikat, denn an der Auszahlung des Geldes sind auch Personen interessiert, die – so bedauerlich dies ist – unklare Einflussnahmen vornehmen können und die verhindern wollen, dass das Geld von Ihnen, den gesetzlichen oder testamentarischen Erben oder den deutschen Behörden vereinnahmt wird. Jeder, der diesen Interessengruppen im Wege steht, lebt gefährlich und es kann zu misslichen Situationen für Sie und Ihre Begleitung kommen. Sie sind hierher gekommen als Tourist. Ich kann Sie nicht einmal offiziell unterstützen, da ich von Ihrer Aufgabenstellung nur durch … sagen wir Zufall erfahren habe. Erwarten Sie also nicht, dass Ihnen jeder Polizist in schwierigen Situationen sofort helfen kann. Vermeiden Sie um jeden Preis Aufsehen oder gar offene, gewalttätige Zwischenfälle, die internationale Aufmerksamkeit erregen könnten. Wir sitzen wie auf einem Präsentierteller und unsere Nachbarn im Süden warten nur darauf, uns diskriminieren zu können. Ich hoffe, Sie kehren bald und gesund nach Deutschland zurück.«

Oberst Rasin war abrupt aufgestanden, hatte seinem noch sitzenden Gegenüber überraschend die Hand geschüttelt und stürzte fast aus dem Zimmer. Harry Bieber starrte erstaunt auf die geschlossene Tür. Er hatte tatsächlich keine Möglichkeit gehabt, auf diese Abschlussworte noch in irgendeiner Weise zu reagieren.

Auf Leutnant Cemals Hinweis, dass die Situation für alle Beteiligten unangenehm sei, erwiderte Bieber in der Hoffmung, der Polizeioffizier würde dies dem eiligen Obersten schnell berichten, er sei überzeugt, die anstehenden Probleme lösen zu können. Es gehe hier schließlich nur darum, einen Nachlass abzuwickeln, zu dem halt einige Konten zählten, die sich zufällig im ausländischen Nordzypern befänden.

»Du hast einen furchtbaren Fehler gemacht, als du dich auf diese Geschichte eingelassen hast«, signalisierten im Widerspruch zu diesem sachlichen Statement Biebers Selbsterhaltungssysteme wieder einmal ebenso unnütz wie zum falschen Zeitpunkt.

Der Leutnant begleitete ihn und Ülkü vor die Tür, legte seine Hand an die Mütze und sagte zum Abschied: »Ich denke hier weniger an zu lösende Probleme als an Ihre persönliche Sicherheit.«

»Na gut. Jedenfalls ist es jetzt zu spät«, blaffte Jasmin Ülkü neben ihm im Fond des Taxis sitzend, als Bieber diese Bemerkung des Leutnants nochmals zitierte.

»Es ist zu spät sich zurückzuziehen, aber nicht, notwendige Vorkehrungsmaßnahmen zu treffen. Ich bin ja bei Ihnen«, schlug Bieber einen versöhnlichen Ton an, um dann aber doch wieder kritisierend anzumerken: »Und woher wissen die, dass wir hier ankommen, an welchem Tag, mit welcher Maschine? Wer hat denn da geplauscht? Oder sitzt bei Berthold ein Mithörer?«

»Unfug«, erwiderte Ülkü, »Abhöranlagen in deutschen Polizeibehörden gibt es nur in Kriminalfilmen. Darüber hinaus gehören Bertholds Truppe nur ausgesuchte Beamte an, die nicht nur aufgrund irgendeiner Befähigung für Spezialaufgaben von Fall zu Fall in unterschiedlichster Zusammensetzung herangezogen werden. Berthold hatte einmal erwähnt, dass er meine Vita aus hunderten von gesichteten Personalunterlagen herausgesucht hätte.«

Bieber brummelte irgendetwas Belangloses als Antwort und blickte aus dem Fahrzeugfenster.

Die Fahrt führte aus dem Altstadtkern mit seinen verstopften Straßen hinaus. Die Häuser wurden moderner und anschaulicher. Die zweispurige Straße war zwar eingeengt durch parkende Autos und holprig, doch floss der Verkehr zügig und mündete in einen Kreisel, der die Fahrzeuge in die Richtungen Güzelyurt, Girne und Gazimagusa verteilte. Der Taxifahrer, der offensichtlich bemüht war, seine Befähigung als Rennfahrer zu demonstrieren, überholte dank seiner »Teknik Alman«, wie er einmal laut jubilierte, ohne Rücksicht auf Bodenwellen, durchgezogene Verkehrslinien oder schlecht einsehbare Stellen. Als die sich im Ausbau befindliche Straße Lefkoşa – Girne auf dem zu passierenden Bergrücken in eine zweispurig ausgebaute Schnellstraße erweiterte, löste Bieber seine rechte Hand, die in der Türenlehne sich verkrampft hatte und bewegte die Finger möglichst unauffällig. Seine versteckten Bemühungen wurden durch Ülkü mit einem nachsichtigen Lächeln und einem beruhigenden Klopfen auf seinen linken Oberschenkel quittiert.

»Das ist nur das ungewohnte Fahren auf der linken Seite. Man glaubt, man sei ›der Geisterfahrer‹, vor dem gerade gewarnt wurde, und der Sonnendunst macht eine Beurteilung des Abstands doppelt schwierig. Alle optischen Beobachtungen sind bei einem solchen Wetter unsicher. Die Menschen hier sind das gewohnt. Sie können damit umgehen.«

Die Frau an Biebers Seite wirkte gelassen und konzentriert. Sie hatte eine Ray-Bun-Sonnenbrille aufgesetzt mit grünen Gläsern. Ihre Arme lagen im Schoß. Ihre Handflächen waren breit, die Finger, schlank und trotzdem kräftig, waren entspannt.

»Die Straßenzustände sind auf die Hitze zurückzuführen. Der Asphalt wird weich. Die Versuche, mit Beton auszubessern führen dazu, dass die Blöcke aufquellen und zerspringen. Dabei können einem die Nächte direkt kalt vorkommen«, referierte Ülkü.

Harry Bieber blickte mit eng zusammengekniffenen Augen nach vorne und wusste nicht, wie er diese Landschaft einschätzen sollte. Trostlose Abschnitte mit kantigen, verwitterten Steinen und trockenen, struppigen Büschen wechselten jetzt mit einem wunderschönen Panorama. Die Berge hatten den Blick auf das offene Meer und die Stadt Girne, dem früheren Kyrenia, frei gegeben, der sich das Fahrzeug weiterhin zügig näherte. Über einen Verkehrskreisel bog der Taxifahrer nach rechts ab, um schließlich nach weiterem zweimaligem Rechtsabbiegen dem Schild Catalköy zu folgen. Einem Ort, der vor der Trennung der beiden ethnischen Gruppen überwiegend von Zyprioten griechischer Abstammung bewohnt gewesen war. Es ging den Hang hinauf, durch eine enge Straße und ein von kleinen Kaffeehäusern gesäumtes Rund, an alten, flachen, einfachen Häusern vorbei, bis die Hotelanlage Ayçiçek erreicht war.

»Das sieht alles recht ärmlich aus«, hatte Bieber bemerkt.

»Ja schon, aber das täuscht manchesmal auch. Die jetzt türkischstämmigen Bewohner investieren aufgrund der noch immer unklaren Rechtssituation nur ungerne. Sollte es irgendwann zu einem Zusammenschluss kommen, wird genau dieses Problem wieder alte Wunden aufreißen, denn hier wie dort würden die Menschen am liebsten das behalten was sie jetzt haben und zusätzlich das wieder zurückbekommen, was sie einmal verloren. Ein nur schwer lösbares Problem.«

Jasmin Ülkü zahlte einige Millionen türkische Lira von dem Bündel Geld, das ihr Bieber in die Hand gedrückt hatte und wandte sich der Rezeption zu, um einzuchecken, während Bieber das Gepäck im Auge behielt, das der Taxifahrer recht unsanft vor die Eingangstür zur Hotelrezeption eher knallte als abstellte. Vielleicht war Ülkü zu knausrig mit dem Trinkgeld umgegangen, sinnierte Bieber schief grinsend und folgte der Beamtin, nachdem ein Hotelpage die Koffer aufgenommen hatte.

»Wir haben den Bungalow Nummer achtundvierzig, am Ende der Anlage und ruhig gelegen, wie mir der Portier versicherte«, rief die junge Beamtin sich umdrehend Bieber zu, woraufhin sie ihn zur Seite stieß, dass er auf eine dort befindliche Couch sank, um schnell seitlich hinter einen Mann zu gelangen, der in einen Leinenanzug gewandet, mit Strohhut und Sonnenbrille versehen, eben Bieber von hinten auf die Schulter fassen wollte.

Dieser nahm langsam den Hut ab und nuschelte schmallippig mit einem schrägen Blick auf Biebers Begleiterin und steifem Körper: »Darf ich«, und griff, ohne eine Antwort abzuwarten, ruhig in seine Brusttasche. Er holte ein Papier heraus, das sich als ein Fax von Renzo Severgnini erwies, wie Bieber erkannte, nachdem er sich wieder aufgerappelt hatte.

»Lieber Harry, Du bist ein Idiot. Auf was lässt Du Dich ein? Salvatore Tonzu kannst Du vertrauen. Er ist mein Mann. Seine einzige Aufgabe ist, sich um Dich zu kümmern. Du kannst mir glauben, er versteht seinen Job. Denk daran: Halt die Augen offen. Von allen Menschen, die Du da unten triffst, weißt Du nur, dass Du Dich auf Salvatore verlassen kannst. Verlasse Dich auf keinen anderen. Auf keine Polizei, auf niemanden. Hast Du kapiert? Auf keinen. Sag, dass Du ihn als ortskundigen Fahrer angestellt hast, der deutsch spricht, falls Dich einer fragen sollte. Grüße Renzo.« Bieber identifizierte Severgninis schwungvolle Unterschrift und war erstaunt, dass sein Freund ganz anders schrieb als er sprach. Aber wahrscheinlich hatte sein Sohn Carlo diesen Brief verfasst. Das also war das Ergebnis von Severginis »Iche lasse mir wase einfalle.« Noch einen Bodyguard. Was sollte ihm da noch passieren können, bewacht von zwei Profis, wie er unterstellte, die ihr Handwerk verstanden und von Auftraggebern entsandt worden waren, die nicht unterschiedlicher hätten sein können. Jetzt musste er nur noch die beiden unter einen Hut bringen und auf ein gemeinsames Einvernehmen ausrichten.

»Ach, Sie sind Salvatore«, wandte sich Bieber an den drahtig wirkenden Mann mit den tiefliegenden dunklen Augen, die, nachdem er seine Brille abgenommen hatte, ruhig, fast kalt, blickten und von einer langen Narbe ablenkten, die seine linke Wange verunzierte. Und zu Jasmin gewandt: »Darf ich Ihnen Salvatore Tonzu vorstellen. Ich hatte ihn über eine Agentur engagiert als Dolmetscher und Begleiter. Ich wusste ja nicht, dass Sie so kurzfristig mitkommen konnten. Herr Tonzu, meine Sekretärin, Jasmin Ülkü.«

»Sagen Sie Salvatore zu mir, das ist hier üblich, sich beim Vornamen zu nennen und ich bin es so gewohnt«, entgegnete der schlanke Mann, dabei Biebers »Sekretärin« musternd und sich dieser frontal zuwendend, zweideutig: »Ich bin sicher, dass Sie auch andere Qualitäten haben als nur Schreibmaschine zu schreiben.« Dann wandte er sich wieder Bieber zu: »Kann ich Sie einen Moment alleine sprechen, Harald-Bey?«

»Geht Ok«, schnappte Ülkü, um sich dann auf Türkisch mit dem Portier bezüglich des Transports der Koffer in den Bungalow zu verständigen.

Bieber setzte sich an der gegenüberliegenden Wand in den Sessel einer üppigen Polstergruppe, während Salvatore Tonzu auf der Couch, mit dem Rücken zur Wand, Platz nahm.

»Wer ist die Frau? Ihre Sekretärin ist das nicht, oder sie beschäftigen einen weiblichen Bodyguard als Schreibkraft. Von der hat mir niemand was gesagt.«

»Ich habe die junge Dame bei einer Agentur engagiert als Reisesekretärin, weil ich kein Türkisch verstehe. Sie sollte darüber hinaus hübsch und erfahren in der Begleitung allein reisender, gefährdeter Männer sein. Was weiß ich, was die darunter verstanden haben. Ich konnte Sie noch nicht näher befragen. Sie schlief den ganzen Flug. Überdies wusste ich nicht, dass mein Freund Renzo Severgnini mir jemand schicken würde, mit ihren Fähigkeiten. Ich hatte lediglich einen kurzfristigen Rat erbeten und bin jetzt wirklich etwas überrascht.«

»Haben Sie eine Waffe?«

»Ja.«

»Welche?«

»Eine 357er Smith & Wesson.«

»Wie haben Sie die durch die Kontrolle bekommen?«

»Überhaupt nicht. Die ist in Deutschland im Safe, wo sie hingehört.«

»Das ist entschieden der falsche Ort, Harald-Bey. Der absolut falsche Ort. Hierhin gehört sie, hierhin.« Er schlug sich unter die linke Achsel und verzog die schmalen Lippen zu einem schiefen Lächeln.

»Nun seien Sie mal nicht so dramatisch, mein Lieber. Dass Renzo auch immer gleich so übertreiben muss.«

»Hier übertreibt niemand. Ich weiß, dass wir nicht übertreiben. Die türkische Mafia wird verständlicherweise alles daran setzen, an das Geld zu kommen. Der Schlüssel dazu sind Sie. Sie sind fast die einzige Möglichkeit, den Schaden für die Mafia zu begrenzen. Wie können die deutschen Bullen so beknackt sein, so ein Spiel einzufädeln. Das Geld lässt man sausen, wenn man über offizielle Kanäle aufgrund der unklaren rechtsstaatlichen Position Nordzyperns nicht dran kommt. Gerade deshalb ist die ganze Insel ja eine kleine Waschanstalt. Ich habe Ihnen einen 357er mitgebracht. Der Patrone sagte, dass Sie damit umgehen können. Den legen Sie in Ihr Zimmer. Und eine 38er Spezial, die tragen Sie am Körper. Ziehen Sie immer eine leichte Jacke über, da fällt das nicht auf. Schwitzen werden Sie mit oder ohne Jacke. Also kommt es nicht darauf an.«

Während Tonzu eine schwarz brünnierte 357er aus seinem Hosenbund kramte und über den Tisch schob, nachdem er zuvor die handlichere 38er Spezial Bieber verdeckt gereicht hatte, überlegte der, welche Interessen sein Freund Renzo in Nordzypern wohl hatte, wenn er dort einen Mann positioniert hielt.

»Hier sind noch ein paar Patronen für beide Waffen.«

»Ich weiß. Das sind, warten Sie mal, zehn Schuss für jede Waffe. Ist das alles?«

»Die Kanonen sind geladen, plus zehn macht fünfzehn Schuss pro Waffe. Wenn Sie die verballert haben und noch am Leben sind, haben Sie der Polizei einiges zu erklären. Wenn nicht, hätten Ihnen hundert Schuss auch nicht geholfen. Lassen Sie uns den Bungalow ansehen. Ich habe ein Fahrzeug mitgebracht. Unser Auto ist ein fünftüriger Mitsubishi-Pajero, steht übrigens direkt vor der Tür. Hier ein Zweitschlüssel. Den anderen behalte ich.«

Bieber packte die Patronen und eine der beiden Waffen in den Leinenbeutel, den ihm Tonzu reichte, steckte den anderen Revolver vorne in seinen Hosenbund, dabei Tonzus Hut zur Abdeckung verwendend. Er behielt den Autoschlüssel in der linken Hand und folgte seinem – Was war das wirklich? Ein Leibwächter? Ein Bewacher? Ein Aufpasser? – neuen Fahrer in den hinteren Bereich der Empfangshalle. Sie gingen an einer Bar vorbei und blickten in eine wunderschöne, mit den Pflanzen der südlichen Hemisphäre üppig ausgestalteten Anlage, in deren Mitte ein großer Pool gelegen war, den im Abstand von zwanzig bis vierzig Metern Bungalows umsäumten. Der Bungalow Nummer achtundvierzig lag im hinteren Viertel der Anlage. Ein Eckbungalow mit einem Zugang über eine große

Terrasse von der Poolseite in das geräumige Wohnzimmer, darin eine großzügige Sitzgruppe und Ausziehcouch, Fernsehapparat, Kühlschrank und Telefon. Von diesem Wohnraum führte eine Tür in das Schlafzimmer, das mit einem Doppelbett versehen war, dessen Abmessungen aber Biebers Ansprüche an ein Einzelbett gerade genügten. Er war gewohnt, in großen, breiten Betten zu schlafen. »Wahrscheinlich wollte man diesen Schlafraum größer erscheinen lassen oder die Zyprioten pflegten sehr eng beieinander zu liegen«, dachte Bieber und konnte ein Lächeln nicht unterdrücken. Eine große Tür gewährte Zugang zu einer nach Norden ausgerichteten Terrasse, mit Blick auf das Meer. Ein kurzer Verbindungsflur, von dem nach rechts eine etwa zwölf bis fünfzehn Quadratmeter große und fensterlose Küche abzweigte mit einer Kochzeile und links das Badezimmer, komplettierten den Bungalow.

Jasmin Ülkü stand mitten in dem großzügig geschnittenen Wohnzimmer und rauchte. Sie schaute einmal nach hinten durch das Schlafzimmer auf das Meer, dann wieder nach vorne durch den großen Glaseingangsbereich auf die Poolanlage. Der Luftzug der leise summenden Klimaanlage hob ihr kurzes Haar leicht an, und Bieber sah, dass ihr fester Nacken mit kleinen, feinen Schweißperlen bedeckt war, was Bieber ebenso unvermittelt wie peinlich das Blut zwischen die Beine trieb, so dass er sich verwirrt setzte und die Hände in den Schoß legte, wobei ihm der Revolver aus dem Gürtel rutschte.

»Sie ließen sich ausrüsten? Aus welchem Krimi haben Sie denn den Kerl entliehen«, raunzte Ülkü zu Bieber mit blitzenden Augen. »Was geht denn hier ab?«

»Ruhig, alle mal herhören«, griff Bieber ein, der bemerkte, dass Tonzu nicht mehr bereit war, die offene Feindseligkeit Ülküs weiter hinzunehmen. »Sie beide sind engagiert, um mir bei einer für mich ungewohnten Sache behilflich zu sein. Bisher erfahre ich nur Überreaktionen und Empfindlichkeiten von denen, die mir zur Seite stehen sollen. Wenn sich das nicht sofort abschleift, verzichte ich auf Sie beide und überlasse es Ihren Firmen, Ihr Verhalten zu bewerten. Es war nicht meine Idee, dass wir hier zu dritt doch etwas beengter wohnen müssen, als geplant. Ich dachte, der Bungalow wäre größer«, schwindelte Bieber munter drauflos, was ihm aufgrund seiner letzten Anmerkung ein unverschämtes Grinsen Tonzus einbrachte.

»Nun ›Herr Kollege‹«, nahm die beamtete Sekretärin an Renzo Severgninis Mann gewandt, ihre unterbrochene Bemerkung wieder auf, »wir dürften uns doch darüber einig sein, dass dieser Bungalow nicht gerade geeignet ist, eine Person gut abzudecken. Von der Nordseite her offenes Schussfeld über mindestens vierhundert Meter. Die Shadows müssen den ganzen Tag geschlossen sein. Von der Poolseite her ist der Wohnraum über seine ganze Fläche einsehbar. Der Vorhang muss zugezogen bleiben. Ich schlage vor, wir lassen eine Liege in die Küche bringen, auf der Herr Bieber schlafen kann. Ich werde nach der Schlafzimmerseite und Sie zur Poolseite nachts die Deckung übernehmen. Wir benötigen einen weiteren Wagen. Übernehmen Sie das Tonzu.«

»Jawohl Mem Sahib«, zischelte Tonzu und starrte auf ihre Brüste, »sonst noch was?«

»Wechseln Sie mal Ihre Unterwäsche Mister. Was ist mit Biebers restlichem Gepäck?«

»Sagen Sie es jemandem«, entgegnete Tonzu schmallippig.

»Die machen mich beide noch verrückt«, dachte Bieber. Er fühlte sich überrollt von den Aktivitäten seiner beiden von extrem unterschiedlicher Seite zugeteilten »Beschützer«, deren Anwesenheit er weder für sinnvoll noch für notwendig hielt. Schließlich gedachte er die Angelegenheit nicht auszuschießen, sondern er wollte auf dem Wege über Verhandlungen im Rahmen der vorgegebenen Gesetzmäßigkeiten Gelder nach Deutschland zurückführen.

Das Telefon schnarrte. Ülkü hob ab und meldete sich mit einem »Efendim«. Sie hörte kurze Zeit zu und legte dann den Hörer wieder auf.

»Die Rezeption?«, fragte Bieber. »Sie hätten gleich nach meiner braunen Tasche fragen können, die muss noch in der Halle stehen.«

»Nein, die Tasche steht hier unter dem Fernsehtisch. Da war jemand dran, der auf Türkisch meinte, man würde Ihnen die Melone wegpusten, wenn Sie nicht kooperierten.«

Erneut klingelte es. Diesmal schnappte Tonzu den Hörer. Die Rezeption vermeldete den Anruf des Rechtsanwalts Hassan Barak aus Lefkoşa, mit der Bitte um Rückruf wegen einer Terminvereinbarung. Er sei der gerichtlich bestellte, hiesige Vermögensverwalter des Verstorbenen. Auf die Frage, woher der »Avukat« wisse, dass Rechtsanwalt Bieber hier eingecheckt habe, blieb der Anrufer die Antwort schuldig.

Tonzu vereinbarte einen Termin auf den kommenden Tag gegen elf Uhr im Büro des Advokaten, nachdem er sich kurz mit seinem Auftraggeber abgestimmt hatte.

»Eines ist klar, meine Dame, mein Herr«, nahm Bieber die Raumaufteilungspläne Ülküs wieder auf, »so geht das nicht. Und Sie brauchen sich nicht gegenseitig mit Ihren überzogenen Schutzmaßnahmen zu übertrumpfen. Weder werde ich mir 'ne Kanone umschnallen, noch werde ich in einer Kammer ohne Fenster pennen, während Sie es sich in den großen Räumen bequem machen. Vermeintlich notwendige Sicherheitsvorkehrungen hin oder her. Weder beeindrucken mich der lächerliche Anruf eines Anonymus, noch Ihre überzogenen Gewaltphantasien. Wegen mir bleiben die Klappläden im Schlafzimmer zu, schließlich haben wir eine Klimaanlage. Sie, Jasmin, schlafen im Wohnraum auf der Ausziehcouch, wenn Sie wollen bei zugezogenen Vorhängen, und für Sie Salvatore mieten wir den Nachbarbungalow an, der ist offensichtlich frei, und wir können die anrückenden feindlichen Armeen bei Bedarf in die Zange nehmen. Basta und Ende, um die Worte unseres Kanzlers zu gebrauchen.«

Biebers Hilfstruppen hatten leicht verwundert dessen harschen Worte vernommen.

»Akzeptiert«, kam Ülkü Tonzu zuvor, der gerade noch am Atem schöpfen war. »Ich übernehme damit die Nahwache.«

»Nahwache, so nennt man das heutzutage«, nuschelte Tonzu für die beiden anderen Personen nicht verständlich und dann lauter, »Ok, ich werde das in die Wege leiten. Das ist schließlich Ihre Party und ich möchte endlich duschen.«

»Und ziehen Sie sich um zum Abendessen«, rief Ülkü dem Davonziehenden nach.

Eine halbe Stunde später hatte Harry Bieber geduscht und ein schwarzes T-Shirt unter einen leichten, beigen Anzug angezogen. Er trat durch den Wohnraum – die Couch war ausgezogen, ein Koffer stand daneben, ein Slip schaute heraus und ein nasses Handtuch hing über einer Stuhllehne – auf die Südterrasse hinaus, auf der Ülkü vor der Tür saß.

»Ich habe mir erlaubt, das Gastgeschenk Tonzus in der 38er-Ausführung auszuborgen. Sie haben doch nichts dagegen? Und«, kam sie Biebers Frage zuvor, »das schwere Teil sollten Sie mit dem Holster nach innen im Hosenbund tragen. Das fällt nicht so sehr auf. Sie liegt drinnen auf dem Couchtisch. Ich habe sie mir mal angesehen. Absolut funktionstüchtig.«

»Ich denke nicht daran«, entgegnete Bieber, »weder sehe ich eine

Notwendigkeit, noch werde ich Wyatt Earp spielen. Ich lass die mal unter meinem Kopfkissen.«

Jasmin Ülkü wippte mit dem Stuhl. Sie hatte nackte Beine und trug französische Slipper mit Nockensohlen an den bloßen Füßen. Die von der biegsamen weichen Sorte, vermerkte Bieber. Er kannte zwei Läden in Frankfurt, die diese Schuhe führten für einhundertneunzig Euro das Paar. Merkwürdigerweise waren die Pendants dazu für Herren immer hart, festsohlig und rieben an den Versen, weshalb er sie nie gekauft hatte, obgleich ihm die Machart dieser Schuhe gefiel. Sie trug ein dünnes, leicht ausgeschnittenes Kleid und blickte ihm keck direkt in die Augen.

»Na, sind Sie mit Ihrer Sekretärin zufrieden«, lächelte sie und wirbelte mit ihrer Handtasche einen Kreis über dem Kopf. Bieber erkannte plötzlich, dass sie auch schön war.

»Wo haben Sie denn so schnell geduscht?«

»Ich habe den Bungalow unseres ›Gun-man‹ eingeweiht, während der aufpasste, dass der Prinz nicht unterm Shower wegentführt wurde. Gut, wa«, berlinerte Ülkü. »Ich denke, wir gehen Essen in dem kleinen Restaurant, unten an der Straße. Es ist sowieso schon recht spät und das Hotelbuffet werden wir ja noch öfters genießen können. Es soll dort guten Fisch geben und das Lokal wird – was ich gerne mag – nicht nur von Touristen frequentiert. Tonzu soll nachkommen mit dem Mietwagen, den ich zwischenzeitlich auf seinen Namen geordert habe. Der muss gleich gebracht werden«, sprach die junge Beamtin gelöst und lotste Bieber zu dem silbergrauen Pajero, nachdem sie durch das Duschfenster Tonzu informierte, der unartikulierte Laute von sich gab, die entfernt an eine wohl dosierte Auswahl italienischer Flüche erinnerten.

X.

Es war noch ein netter Abend geworden, der sich bis tief in die Nacht ausdehnte, obgleich Tonzu für Biebers Empfinden viel zu schnell nachgekommen war. Sie hatten reichlich und gut gegessen und türkischen Wein getrunken. Die Verabredung zum Frühstück erfolgte morgens gegen Ein Uhr dreißig für neun Uhr.

Das Trio befand sich wieder auf der Fahrt nach Lefkoşa. Sie hatten darüber diskutiert, ob es nicht gleich sinnvoller gewesen wäre, in Lefkoşa ein Quartier zu nehmen, da anscheinend alle Wege über diese Stadt führten, während sich die kontenführenden Banken allerdings ausnahmslos in Girne befanden.

Bieber hatte schließlich bestimmt, dass alles so wie gehabt blieb. Lefkoşa war ihm zu heiß. Er hatte vernommen, dass die auch in Catalköy herrschende trockene Hitze durch eine fast immer vorhandene frische Brise gemildert wurde, die an der dem Meer zugewandten Seite des Beşparmakgebirges aufstieg. Das war schließlich entscheidend für seinen Entschluss.

Das Büro des Anwalts befand sich schräg gegenüber vom alten Polizeipräsidium, indem sie gestern so überraschend empfangen wurden und neben dem sich auch das Gerichtsgebäude befand. Tonzu war zweimal um das Geviert gefahren, bis er einen Parkplatz oberhalb der Rechtsanwaltskanzlei fand, so dass sie nur wenige Minuten zurücklaufen mussten. Es gebe eindeutig zu viele Autos auf dieser Insel, befand Tonzu.

Das Büro war im ersten Stock eines ehemals griechischen Wohnhauses gelegen, das nach seinem äußeren Erscheinungsbild einer Grundsanierung oder besser eines Abrisses bedurft hätte. Am Ende eines weißen Korridors, von dem eine Reihe leerer Räume abzweigten, die offenbar noch auf einen Mieter warteten, schienen sich die Arbeitsräume des Advokaten zu befinden. In allen Räumen herrschte Halbdunkel, da man die Fensterladen zugeklappt hatte, um die Sonnenstrahlen außen vor zu halten. Deshalb war die Luft drinnen eher schwer und staubig, ja fast stickig. »Wer sollte sich je für diese leeren Geschäftsräume interessieren«, dachte Bieber.

Die Büroräume Baraks waren offensichtlich eine umfunktionierte ehemalige Wohnung. Von einem aufwendig neugestalteten Wartezimmer blickte man in die Sekretariatsräume, die, was niemand vermutet hätte, mit neuester Technik ausgestattet waren.

Eine junge, grazile, dunkelhaarige Schönheit bat Platz zu nehmen und sich einen Moment zu gedulden, da der Herr Chef noch beschäftigt sei. Sie bot Kaffee und Tee an und die Gäste machten davon gerne Gebrauch.

Durch die nur angelehnte Tür konnte man kraftvolle Töne eines Saxophons vernehmen. Nicht nur die Qualität dieser Anstrengungen zeugte davon, dass hier keine Musik aus dem Radio ertönte, sondern auch die Schnaufnebengeräusche vermittelten die Bemühungen eines Amateurs, dessen Grenzen sich bei dieser anatolischen

Hirtenmusik, wie Tonzu murmelte, bereits aufzeigten. Na gut, nicht jeder kann ein Stan Getz oder Gerry Mulligan sein, seufzte Bieber gerade innerlich, als die Melodie plötzlich abbrach und ein Mann in die Tür des Musikraumes oder Chefbüros, was immer es für diesen darstellen mochte, trat. Bieber war sich eigentlich nicht bewusst gewesen, welches Erscheinungsbild er einem zypriotischen Kollegen zugedacht hatte. Auf jeden Fall nicht ein solches, das sich ihnen jetzt darbot, wenngleich der Mann sofort die Blicke auf sich zog. Nicht wegen der zu vermutenden Eleganz seines Erscheinungsbildes oder seiner Modernität, auf die man aufgrund der hochtechnisierten Büroausstattung hätte schließen können, sondern wegen seiner offenkundigen Schludrigkeit. Etwa einen Meter sechzig lang oder eher kurz war die mit Spannung erwartete Kontaktperson zu den Millionen. Ein massiger Kopf mit klebrigen, fettigen Haaren, die an diesem Tag weder Shampoo noch Kamm gesehen hatten, thronte offensichtlich ohne Hals auf breiten Schultern, die als Gerüst dienten, um einen mächtigen Bauch zu tragen. Die Hose hing unter diesem Monstrum. Das Hemd klaffte. Ein Zipfel desselben, der von dem irgendwo unter dem Bauch befindlichen Gürtel nicht mehr erfasst werden konnte, lugte über einer welligen Knitterhose hervor und lenkte etwas von den staubigschwarzen Schuhen ab. Bieber dachte sofort daran, in Kürze wieder eine Diät zu versuchen, denn seine begründete Angst, dass sein zweifelsohne vorhandenes Übergewicht einmal solche Ausmaße annehmen könnte, brach spontan auf.

»Hoşgeldiniz. Nasilsiniz«, eröffnete der »Avukat«, wie ein großes weißes Emailleschild an der Tür den Juristen auswies, die Begrüßung und streckte Bieber eine überproportional große, feuchte Hand entgegen, die dieser mit innerem Erschauern ergriff und seiner Gewohnheit nach fest drückte. Er konnte eine gewisse Verwunderung nicht vermeiden, dass er bei diesem Begrüßungszeremoniell kein Wasser aus der Pranke herausquetschte. Bieber hatte Tonzu angedeutet, im Vorraum zu bleiben, während Ülkü ganz selbstverständlich für Bieber die Begrüßungsformalitäten erwiderte und der weitausholenden Geste, in das Zimmer des Rechtsanwalts einzutreten, bereits gefolgt war.

»Herr Barak ist froh, dass er sich mit Ihnen nicht in Englisch auseinandersetzen muss, das er nur unvollkommen beherrscht. Dass wir eine gute Anreise hatten und vorzüglich untergebracht sind, habe ich bereits bestätigt«, fasste Jasmin Ülkü, in dem tiefen stoffüberspannten Sessel fast versinkend, zusammen und übersetzte in der Folge simultan für beide Rechtsanwälte. Nach über zwei Stunden stand fest:

Auf den Namen von Volz existierten in der Türkischen Republik Nordzypern mehrere Konten bei verschiedenen Banken. Diese Konten wiesen Guthaben in Höhe von aktuell US-Dollar 1.800.000,00 bei der Arab Bank, Pfund Sterling 1.320.000,00 bei der Kübrük – und Euro 2.400.000,00 bei der Islambank aus. Außerdem existierte ein weiteres Konto, deren Unterlagen verlegt seien und das man zunächst einmal vernachlässigen könne.

Sämtliche Konten waren innerhalb von zwei Wochen vor rund drei Jahren auf den Namen des Ermordeten eingerichtet worden. Es waren ständig Einzahlungen durch unterschiedliche Personen in unterschiedlichster Höhe in der Währung des jeweiligen Kontos über Monate erfolgt. Die Konten wurden unregelmäßig in kurzen Monatsabständen abgeräumt, und zwar von Volz persönlich. Dieser hielt sich auf Nordzypern jeweils zwischen drei Tagen bis zu zwei Wochen auf und verließ die Republik jeweils noch am gleichen Tag seiner Abhebungen mit dem Flugzeug Richtung Frankfurt.

Wenige Tage vor dem Tod Volzens hatte ein Mann namens Gerhard Behrends unter Vorlage eines Personalausweises der Bundesrepublik Deutschland und einer unbeglaubigten Vollmacht des Kontoinhabers versucht, bei der Kübrükbank das Guthaben abzuheben. Dies hatte die Bankangestellte verweigert, da die Unterschrift unter der Vollmacht nicht von einem hiesigen Notar beglaubigt war. Ein weiterer Versuch, kurz nach dem Tod von Volz die Konten abzuheben, scheiterte an einer Formalie. Wiederum war Behrends erschienen und hatte nunmehr unter Vorlage einer ordnungsgemäß beglaubigten Vollmacht – merkwürdigerweise per Datum zwei Tage vor dem Tod des Kontoinhabers – die Auszahlung der Gesamtguthaben bei allen drei Banken gefordert, unter gleichzeitiger Vorlage einer ebenfalls beglaubigten Ausfertigung der Sterbeurkunde von Volz nebst beglaubigter türkischer Übersetzung. Wenn sich Banken untereinander nie einig sind, bei der Auszahlung größerer Geldbeträge sind sie es. Die Vollmacht enthielt keine Verfügungsgenehmigung über den Tod hinaus. Man vertröstete den Bevollmächtigten mit der Erklärung, ohnedies soviel Geld nicht auszahlungsfähig zu haben und benachrichtigte das Gericht sowie das Polizeipräsidium.

Die Justiz, deren Mühlen normalerweise auch in Nordzypern langsam mahlten, verhängte sofort eine Verfügungssperre und setzte den Avukaten Barak als Treuhänder ein, der nur im Zusammenwirken mit dem zuständigen Richter, gleichwie verfügen durfte.

Eine spätere Überprüfung der Angaben des Bevollmächtigten Behrends durch die Polizei ergab, dass dieser nicht offiziell eingereist war. Der deutsche Personalausweis war gefälscht. Die Hoffnung der Polizei, Behrends zu fassen, zerschlug sich. Er tauchte nie wieder auf. Das Geld saß fest.

Bieber präsentierte nunmehr die Ausfertigung eines deutschen Erbscheins mit türkischer Übersetzung, wonach Volzens Witwe als alleinige Erbin ausgewiesen war. Barak nahm die Erklärungen zur Akte und versicherte, die Unterlagen zur Prüfung dem Gericht vorlegen zu wollen. Nicht jedoch ohne den Hinweis, dass das hiesige Vermögen nur verteilt werden könnte gemäß den hiesigen gesetzlichen Bestimmungen, also ein deutscher Erbschein nicht anerkannt werden könne, wenngleich er ein Indiz hinsichtlich des Letzten Willens des Verstorbenen sei. Überdies gebe es ein mit Computer geschriebenes und von Volz unterzeichnetes Testament jüngeren Datums, das eine türkische Frau als Alleinerbin ausweise. Zum Teil greife jedoch auch die gesetzliche Erbfolge.

Man werde den Sachverhalt wohl durch das Gericht entscheiden lassen müssen. Das könnte Jahre dauern, es sei denn, die Interessenparteien könnten sich außergerichtlich einigen. Dann wäre er als Treuhänder in der Lage, ohne Gerichtsentscheid zu handeln.

Er habe jetzt noch einen weiteren Termin, würgte Barak eventuelle weitere Erörterungen ab, erhob sich, schüttelte aufgeräumt Biebers Hand und hinterließ erneut einen feuchten Eindruck. Wieder fühlte sich Bieber abrupt verabschiedet und vorgeführt, zumal die Gruppe, nachdem sich auch Tonzu von der grazilen Sekretärin losgerissen hatte, schon im Treppenhaus wieder die lauten Saxophonübungen des überstrapazierten Anwalts vernehmen konnten.

Bieber war sauer. Er spürte, wie ihm der Ärger zu Kopf stieg und atmete mehrfach tief unter den Bauchnabel. Er wusste natürlich, dass er sich in einer – zunächst, wie er sich beruhigend einredete – schwachen Position befand, nicht zuletzt, weil sich ihm ein eigenes Konzept noch nicht erschlossen hatte. Muddle-through, Durchwursteln, war angesagt.

»Ich weiß nicht, was sie da drinnen über eine Ewigkeit hinweg herumpalavert haben«, mokierte sich Tonzu. »Ich weiß aber von der liebreizenden Sekretärin des Klarinettenspielers …«

»Saxophonisten, wäre richtiger, wenn man ihm schmeicheln will«, unterbrach ihn Ülkü.

»… ich weiß aber von der wirklich Liebreizenden, haben Sie mal die schlanke Figur beachtet, die gazellenhaften Beine, die zartgliedrigen Finger, die wunderschönen, gepflegten langen Haare und die sanften Augen, also ich weiß von dieser beachtlichen Schönen, dass unsere Leiche hier so etwas wie einen Mitarbeiter hatte, der ihm immer zur Seite stand und die Laufarbeiten übernahm, wenn Volz hier war.«

»Machoarsch«, dachte Ülkü unverblümt, die sich wider Erwarten tangiert fühlte, ob dieser Beschreibung der Wunderfee, zumal sie sehr wohl registriert hatte, wie Tonzu bei jeder Beschreibung dieser Attribute der jungen Sekretärin des Anwalts, ihre entsprechenden Körperteile anstarrte und dabei erkennen ließ, wie weit weniger ihn ihre sportlich durchtrainierte Figur interessierte.

»Wir müssen also herausfinden, wer ist dieser Mann, wo finden wir ihn«, unterbrach Bieber die beiden, bevor Ülkü, deren Augen sich merklich verengt hatten, sich wieder eine Replik einfallen ließ, die das Reizklima weiter aufgeladen hätte.

»Schon erledigt«, meinte Tonzu und schwenkte einen Zettel mit ausgestreckter Hand über seinem Kopf. »Name und Adresse, bitte sehr.«

Es ging wieder zurück nach Girne. Pendelverkehr Girne, Lefkoşa, murrte Bieber innerlich. Mittlerweile war ihm das Straßenbild vertrauter geworden. Er hatte sich bereits an den Linksverkehr gewöhnt und blätterte in einer englischsprachigen Zeitung. In einem Artikel mit dem Titel »Milosevic cash found in S. Cyprus« hatte ein sogenanntes US-Treasury‹s Office of Foreign Assets Control, wer immer das war, aufgedeckt, dass eine Billion US-Dollar von Jugoslawien über deren Zentralbank nach der Republik Zypern – also dem südlichen griechischen Teil der Insel – unter der Regentschaft des politischen Verbrechers Milosevic innerhalb von rund zehn Jahren verbracht worden waren, um dort gewaschen zu werden.

Bieber faltete das Blatt zusammen, nachdem er noch den Essenstipp einer Engländerin überflogen hatte, mit dem festen Entschluss, dieses empfohlene Lokal nicht aufzusuchen. Wenn man nicht weiß, was man machen soll, sollte man nichts machen, entschloss sich Bieber und gab Weisung zunächst wieder zurück ins Hotel zu fahren, um zu duschen.

Eine Stunde später hatte Bieber auch das erledigt und ein frisches schwarzes Armani-Shirt zur hellbeigen Hose angezogen.

»Ich geh jetzt auch duschen«, rief die schwarzhaarige Frau zu Tonzu und reckte die Arme in die Luft, einen katzenartigen Schnurrlaut dabei von sich gebend. Tonzu saß still auf einem Stuhl vor dem Bungalow neben der Tür, die Hände auf den Knien.

Das Telefon klingelte und Bieber hob ab.

»Ja, Bieber am Apparat«, meldete sich dieser, nicht daran denkend, dass ihn sicherlich niemand verstand.

»Hab ich Sie endlich mal direkt an der Leitung. Wir erinnern Sie daran, dass sie in Kürze tot sein werden«, hörte Bieber eine dunkle Stimme, die ihn in Englisch ansprach. »Da können Sie sich mit so vielen Leibwächtern umgeben wie Sie wollen. Da wir aber nicht blutrünstig sind, geben wir Ihnen die Gelegenheit, das Land sofort zu verlassen, heute noch. Das ist ein Rat, der ernst gemeint ist. Leben Sie wohl.«

Die tiefe Stimme des Mannes klang nicht einmal unfreundlich, eher geschäftsmäßig oder gar fast freundlich besorgt.

Bieber ging schnellen Schrittes in sein Schlafzimmer, schloss die Tür, fühlte plötzlich wieder sein Herz rasen, spürte wie ihm trotz der vor kurzer Zeit erfolgten erfrischenden Dusche und der eingeschalteten Klimaanlage der Schweiß den Rücken herunterlief. Das Rauschen des Wassers im Badezimmer war zu hören. Bieber realisierte das Bild einer vielleicht etwas zu muskulösen, nackten Frau, der das schaumige Wasser über die Brüste floss, während sie das kühle Nass mit zurückgelegtem Kopf, offenem Mund und zusammengekniffenen Augen genoss, während der Mann vor der Tür vornüber gesunken war, mit einem Loch in der Stirn.

Bieber hörte ein Geräusch im Vorzimmer. Wo war der Revolver? In der Besucherritze des Doppelbetts. Bieber sprang fast auf das Bett und grabschte nach der Waffe. »Wahnsinn«, dachte er, riss die Tür auf und streckte die revolverbewehrte Hand in den Raum, in dem sich niemand befand. Die Dusche wurde gerade ausgedreht und Tonzu hustete, ohne Loch in der Stirn vor der Verandatür, nachdem er geräuschvoll die Nase hochgezogen hatte. Harry Bieber ging etwas beschämt in den Raum zurück. Er spürte, wie ihm das schwarze Shirt am Rücken klebte. Noch immer lief ihm der Schweiß den Hals herunter. Er blickte auf den Revolver, sah, dass er das von ihm entladene Teil vergessen hatte nachzuladen. Er holte dies sofort nach, indem er die Trommel drehte und sie mit sechs der Torpedos im Kaliber 357er Magnum versorgte bevor er sie wieder verwahrte. Es klopfte. Jasmin Ülkü steckte den Kopf durch die Türspalte und Bieber konnte sehen, dass sie, ohne ihre nicht allzu großen, festen Brüste bedeckt zu haben, mit einer Hand die kurzen, schwarzen Haare trocken rubbelte.

»Is was? – Wir sollten Volzens Gehilfen herzitieren oder besser, von Salvatore holen lassen, sonst kommt sich der Knülch noch wichtig vor, Ok?«

»Ja, ja«, stotterte Bieber, »veranlassen Sie das.«

Bieber, der sich nach dem Duschen die Achselhöhlen mit einem Deo-Stein ausgerieben hatte, schwitzte bereits wieder unter den Armen, wobei er sich nicht sicher war, ob dieser Schweißausbruch auf seinen Angstanfall oder auf seinen voyeuristischen Blick auf die straffen Brüste der jungen Frau zurückgeführt werden musste. Bieber vermerkte beschämt, dass er eigentlich spießig dachte, während Ülkü ganz offensichtlich seinen verwirrten Blick nicht einordnen konnte oder zumindest so tat, als wäre es ganz normal, barbusig mit einem doch eher fremden Mann zu plauschen.

Bieber und Ülkü saßen vor der Hotelbar unter einem Sonnenschutz und nuckelten an einem alkoholfreien Mixgetränk, während die Musikanlage die Terrasse mit für Biebers Ohren fremd klingender Musik berieselte. »Wie im Orient bevorzugt, wird gesungen von Liebe, Leid und Weh«, sagte Ülkü, Biebers Frage zuvorkommend, als Salvatore Tonzu einen Mann Mitte zwanzig zunächst durch die Hotelhalle und schließlich in Richtung Biebers Tisch schubste. Bieber deutete auf einen Stuhl und Tonzu stieß den jungen Mann ziemlich grob darauf. Er hatte außergewöhnlich lange, schwarze, leicht gewellte Haare. Ansonsten ein Dutzendtyp mit Normvisage und einem leicht dümmlichen Grinsen.

Nachdem Salvatore Tonzu kurz angedeutet hatte, dass der Mann nicht gerade freudig mitgekommen war, sprach ihn Bieber ohne Begrüßung barsch an und Tonzu übersetzte, indem er den barschen Ton steigerte und den Mann duzte. Hasan Pasha, ein gewaltiger Name für ein Schlitzohr, wie Ülkü zwischendurch bemerkte, gab nur knappe Anworten.

»Sie haben für den Rechtsanwalt Volz gearbeitet. Welche Kontakte hatte er?«

»Woher soll ich das wissen? Ich habe dem Avukaten hin und wieder eine kleine Gefälligkeit erwiesen. Von seinen Kontakten weiß ich nichts.«

»Welche Kontakte gedachte er aufzunehmen?«

»Ich sage doch, dass ich von Kontakten nichts weiß.«

»Was haben Sie beim letzten Besuch für den Rechtsanwalt erledigt?«

»Ich persönlich?«

»Von Ihnen spreche ich, von wem sonst?«

»Gar nichts.«

»Was heißt hier gar nichts? Haben Sie ihn nicht zu anderen Personen gefahren?«

»Nein«

»Avukat Volz hatte hier doch eine Freundin!«

»Nein. Davon weiß ich nichts.«

»Wer ist Sara Tonglu?«

»Wer soll das sein?«

»Das frage ich Dich!«

»Die kenne ich nicht. Wenn das eine Freundin sein soll, kenne ich sie nicht. Er hatte hier keine Frau. Er ging abends Essen, tagsüber traf er sich mit Kaufleuten. Mehr kann ich nicht sagen.«

»Er hat Sara Tonglu als Erbin eingesetzt, da muss er sie doch auch kennen! Also raus damit!«

»Ich kenne die aber nicht.«

»Hatte er keinen Besuch? Du warst doch zumindest tagsüber ständig zu seiner Verfügung.«

»Nur wenig.«

»Himmel, lass Dir doch nicht jedes Wort aus der Nase ziehen. Wenn das alles so lange dauert, können wir ja auch in meinen Bungalow gehen und Salvatore-Bey wird sich dann etwas Zeit für Dich nehmen. Also, mit wem hat Herr Volz verhandelt?«

»Ich weiß von keinen Verhandlungen. Ösker Alsancak war einige Male hier und ein gewisser Mehmet Bosan. Zwei, drei andere Männer, die kenne ich aber nicht. Alles Kaufleute, denke ich mir.«

»Was machte Avukat Volz in den Tagen, während er hier in Nord-Zypern war?«

»Er saß meistens hier im Hotel und telefonierte, abends ging er zum Essen aus. Sagte ich doch schon.«

»Den können wir vergessen«, warf Jasmin Ülkü ein und sah Bieber nachdenklich an. Der junge Mann wirkte eingeschüchtert, war bemüht, alles zu sagen. Alles den Wünschen entsprechend zu sagen, die er zu erraten suchte, insbesondere wenn er zwischen den Antworten ängstlich in Tonzus Augen blickte, obgleich er kaum willig zur Zusammenarbeit war. Sein Atem roch mittlerweile nach verdorbenem Hackfleisch.

»Kann ich jetzt gehen?«

Bieber nickte unmerklich und Tonzu raunzte, dass er abhauen möge. Auf die schüchtern vorgebrachte Frage, wie er denn zurückkommen solle, verwies ihn Tonzu schroff auf die Möglichkeit der Benutzung seiner Beine.

Das Telefon klingelte. Ülkü nahm ab und gab sogleich den Hörer mit bedeutungsschwangerem Augenaufschlag an Bieber weiter, mit dem Hinweis, dass Oberst Rasin ihn zu sprechen wünschte.

»Hello, Mr. Bieber«, sprach ihn der Polizeichef auf Englisch an, um dann in seiner schnörkellosen, schleppenden Sprechweise fortzufahren, »ich habe zu spät davon erfahren, dass sie den Avukaten Barak aufgesucht haben. Ich hätte Sie gerne gesprochen. Aber wir sehen uns heute Abend sowieso, denke ich.«

»Wieso?«

»Sie haben keine Einladung bekommen? Das erstaunt mich. Liegt vielleicht noch bei der Rezeption. Ein kleiner Empfang bei dem Unternehmer Ahmed Türk. Sie werden Gelegenheit haben, einige Leute kennen zu lernen, und vielleicht können Sie einige Kontakte knüpfen, die Ihnen hilfreich sein werden. Hier auf der Insel kennt man sich und vieles geht, wenn man Kontakte ausschöpfen kann, was vorher unmöglich gewesen wäre.«

»Ich werde Sie also dort auch antreffen?«

»Aber sicher. Wir haben dann vielleicht Gelegenheit, in Ruhe ein paar Worte zu wechseln. Vielen Dank und bis dann.«

Rasin legte auf, bevor Bieber Gelegenheit hatte, eine Abschiedsfloskel zu gebrauchen. Trotz des etwas barschen Tones, den sich dieser Oberst Rasin wohl zu eigen gemacht hatte, wirkte dieser auf Bieber doch sehr sympathisch.

Jasmin Ülkü rief sofort bei der Rezeption an. Tatsächlich lag dort eine Nachricht, die man vergessen hatte, weiterzugeben. Eine Hausangestellte werde sofort die Nachricht vorbeibringen.

»Ich werde Sie doch begleiten«, stellte Ülkü eher fest, als dass sie fragte, »oder finden Sie es unpassend, wenn ich mitkomme?«

»Überhaupt nicht, ohne Sie bin ich doch aufgeschmissen, wenn einer nur türkisch spricht. Ich werde auch den Polizeichef treffen und vier Augen sehen mehr. Wir sollten auch Tonzu mitnehmen. Der kann fahren und draußen die Augen aufhalten. Das kann nichts schaden.«

»Klar Chef.«

Bieber schaute ihr erstaunt hinterher, als sie lächelnd salutierte, eine perfekte Kehrtwendung machte und mit diesen raubkatzengleichen Schritten, die ihn faszinierten, nach draußen ging.

XI.

Tonzu kannte den Weg.

»Wir brauchen nicht über Lefkoşa zu fahren. Durch Girne hindurch, die Küste entlang Richtung Westen. Das Anwesen Ahmed Türks liegt kurz vor Güzelyurt, flankiert rechts und links von militärischer Sperrzone. Einen besseren Schutz gibt es praktisch nicht. Sie werden sehen.«

»Güzelyurt bedeutet soviel wie ›Schönes Land‹. Das passt sogar ganz gut«, ergänzte Ülkü, die hinten im Fond bei Bieber saß im Ton einer Reiseführerin, »denn es ist eine im wahrsten Sinne des Wortes ›fruchtbare‹ Region. Dort befinden sich große Zitrusplantagen und im Frühjahr herrscht der Duft der Apfelsinen- und Zitronenbäume vor. Teilweise werden die Früchte vor Ort verarbeitet und gehen direkt in den Export. Ein gewichtiger Wirtschaftsfaktor für das kleine Land. In dieser Region werden auch Gemüse und Getreide angebaut. Güzelyurt ist mit rund zwölftausend Einwohnern die größte Gemeinde im Westen der Republik.«

Bieber war dankbar, dass Tonzu nicht allzu schnell fuhr. Er genoss den Blick auf die Berge zu linker Hand und auf der anderen Seite der Straße auf das tiefblaue Meer, das an manchen Stellen eine fast unwirkliche farbliche Intensität aufwies. Die Straße machte schließlich einen scharfen Knick nach links, durchstieß die Bergkette und mündete in einer Art Hochebene, in der eine reiche Anzahl von Braunschattierungen vorherrschte.

»Dort oben befindet sich die Villa«, erläuterte Tonzu schließlich nach einer knappen Stunde Fahrt und deutete schräg rechts nach vorne einen Hang hinauf. Bieber konnte nichts sehen und auch Jasmin Ülkü hielt vergeblich nach einem Haus Ausschau. »Ein echtes Piratennest«, führte Tonzu weiter aus. »Man sieht die Aufbauten des Anwesens weder vom Meer aus, auf das man wider Erwarten von dem Grundstück einen guten Ausblick hat, noch von der Straße. Vollkommen unmöglich. Und doch liegt das Haupthaus mit den Nebengebäuden ganz dicht vorne und wir blicken praktisch schon jetzt darauf, ohne etwas zu sehen. Toll, was?«

Tonzu bog schließlich von der Überlandstraße nach rechts ab, passierte einen militärischen Wachtposten, der angrenzendes Militärgebiet markierte, fuhr durch eine Pinienallee und schließlich auf eine Parkplatzfläche neben einem großen, weiß gestrichenen Haus, gebaut in einem Misch-Stil westeuropäischer Nachkriegsjahre mit Anlehnungen an die Antike.

Die Villa konnte Bieber beim besten Willen nicht als eine architektonische Glanzleistung bezeichnen. Weiß und an einem künstlich bewässerten Hang liegend, mit einer breiten Veranda mit Balustrade und einem pseudogriechischen Säulengang aus weißem Marmor.

Die Dunkelheit breitete sich schnell aus und verdeckte gnädig diesen architektonischen Fehlgriff, zumal die Vielzahl von jetzt aufleuchtenden Glühbirnen diesem grauenvollen Machwerk weichere Formen verlieh. Tonzu bemerkte, er werde sich im Eingangsbereich aufhalten und steuerte sofort auf eine kleine Anrichte zu, an der eine junge Frau diverse Snacks offerierte.

Ahmed Türk war ein Mann Ende fünfzig, mager, fast asketisch und kahlköpfig. Er trug einen dunklen Anzug, der sehr locker saß und betrachtete aufmerksam seine Gäste durch eine braungetönte, altmodische Hornbrille. Bieber hatte den Gastgeber, den ihm ein Bediensteter gezeigt hatte, interessiert betrachtet und überlegte gerade, ob er auf ihn zugehen solle, als dieser sich ihm zuwandte, schließlich auf ihn zukam und ihn ansprach.

»Ah, Sie sind sicher Herr Bieber aus Frankfurt, mit Ihrer Begleiterin. Bitte entschuldigen Sie, dass ich so unaufmerksam war und Sie nicht sofort begrüßte. So viele Gäste habe ich auch nicht jeden Tag.« Sein leises Auflachen wurde von einer weitausholenden Geste der Arme unterstrichen. »Es freut mich, dass Sie sich die Zeit nehmen konnten, zu meinem Empfang zu kommen.«

Seine Stimme war ruhig, emotionslos neutral, und bevor Bieber seiner Verwunderung ob der akzentfreien deutschen Aussprache Ausdruck geben konnte, fuhr er fort: »Ich stehe den Kreisen, die Sie nicht unbedingt zu Ihren Freunden auf dieser Insel rechnen können sehr nahe. Und wenn Sie, wie ich, mehr als dreißig Jahre oder auch nur fünfzehn Jahre hier gelebt hätten, würden Sie das besser verstehen können. Ich möchte Ihnen meine Einstellung von vornherein klarmachen. Ich tätige hier Geschäfte und habe bestimmte Rücksichten zu üben. Meine Familie zählt zu den fünf einflussreichsten in unserer Republik.«

Es war ungewöhnlich, dass ein zypriotischer Türke so direkt und schnörkellos ein Gespräch eröffnete und auf das eigentliche Problem brachte. Das entsprach nun gar nicht althergebrachter orientalischer Tradition. In der konnten sich Begrüßungsformeln nahezu endlos steigern. Fragen nach dem momentanen Befinden, der Anreise, der Unterkunft waren üblich, wobei man in aller Regel mindestens ein »Gut« erwartete, was dann mit einem »Gott sei Dank« kommentiert wurde. Bieber war der direkte Weg angenehmer und dem folgend antwortete er: »Ihre Organisation oder der Personenkreis, dem Sie nahe stehen, wie Sie sagen, hat allem Anschein nach und aus mir unverständlichen Gründen eine Art Todesurteil gegen mich verhängt. Erst heute wurde ich wieder um mein Leben bedroht. Es dürfte doch klar sein, dass nur eine einvernehmliche Regelung weiter führen kann. Es sei denn, die dafür Verantwortlichen hätten keine Scheu, den nicht anerkannten Staat letztlich als Bananenrepublik zu outen, der es nicht wert ist bei den in absehbarer Zeit anstehenden Verhandlungen zum EU-Beitritt Berücksichtigung zu finden.« Und um die Schärfe seiner Replik zu mildern, fuhr Bieber fort: »Sie sprechen ein ausgezeichnetes Deutsch. Darf ich fragen, welchen Umständen ich diese angenehme Konversation in meiner Landessprache zu verdanken habe?«

»Ich habe die ersten zweiundzwanzig Jahre meines Lebens in Hamburg verbracht, bei einem Verwandten, der mit einer deutschen Frau verheiratet war und bei deren Familie wir lebten. Mein Abitur legte ich in Deutschland ab. Ich besuche Ihre Heimat, die zum Teil auch meine blieb, über das Jahr mehrfach, heute leider nur geschäftlich. Meine Eltern sind … früh verstorben. Als es die politische Situation wieder zuließ, kam ich dann zurück nach Zypern. Nachdem am 20. Juli 1974, wundern Sie sich nicht, das ist ein Datum, das hier jedes Kind kennt, die türkischen Truppen aufgrund der politischen Notwendigkeiten intervenierten, zog ich hierher in den Nordteil der Insel. Ich baute mir eine Existenz auf mit Hilfe meiner Freunde, deren politischen Interessen ich auch vertrete.«

Er nahm eine Zigarette aus einem goldenen Etui, nachdem Bieber dankend abgelehnt hatte. Sofort eilte ein junger Mann herbei, der diensteifrig dem eleganten Mann Feuer reichte. Nach einem tiefen Zug, der den süchtigen Raucher erkennen ließ, fuhr er fort, das kurze Aufleuchten in Biebers Augen zutreffend deutend: »Die ganze Insel steht unter Dampf. Und gerade die schweren, dunklen Tabake haben es uns angetan. Reiner Masochismus«, lachte er jetzt laut und Bieber schämte sich ein wenig, dass man ihm sein Erstaunen über diese Atemübung so deutlich angesehen hatte.

»Aber die Organisation, die Sie ansprachen, kann man in keiner Hinsicht als meine Organisation bezeichnen. Es handelt sich eher – wie Sie zu recht vermuteten – um einen Personenkreis, dem ich aus unterschiedlichsten Notwendigkeiten heraus nahe stehe. Aber ich weiß natürlich, dass diese Personengruppe hin und wieder auf ungewöhnliche Methoden, wenn ich dies einmal so ausdrücken darf, zurückgreifen muss. Das sind alles Menschen, die sich ihren Besitz schwer erarbeitet haben und diesen ebenso wie ihre gesellschaftliche Stellung nun auch zu schützen gedenken. Die Möglichkeiten, hier eine Industrie aufzubauen, sind in der Tat beschränkt. Wir haben andere Wege zu finden, unsere wirtschaftliche Basis zu erhalten und zu verbessern.«

»Gut, gut«, murmelte Bieber und blickte hilfesuchend in die aufmerksamen Augen seiner Begleiterin, deren Augenbrauen sich nach oben wölbten, während ihre Mundwinkel sich eher nach unten richteten und ihrem Gesicht einen etwas höhnischen Ausdruck verliehen. »Das alles ist aber doch kein Grund mich und meine Begleiter, die ich mangels vorhandener sprachlicher Fähigkeiten für diese Reise engagiert habe, mit dem Leben zu bedrohen. Wir haben es doch hier nicht mit persönlichen Empfindlichkeiten zu tun, sondern ein rechtliches Problem zu lösen oder auch einen wirtschaftlichen Deal abzuwickeln. Nichts sonst.«

Die Augen Ülküs zeigten ein makelloses Rund, der Mund wurde etwas fester. Bieber verstand, dass sie seine Vorgehensweise nicht billigte. Türk dagegen lächelte freundlich und meinte mit gesenkter Stimme: »Ich denke, Sie sollten diese Anrufe nicht überbewerten. Es gibt in allen Organisationen, Gruppierungen, oder wie man solche Interessengemeinschaften auch immer nennen mag, Heißsporne eben, ungestüme Geister, die gefährliche Spiele spielen wollen. Die sind wie wir vielleicht in diesem Alter auch waren. Die heutige telefonische Bedrohung kommt aber bestimmt nicht von dieser Seite. Die Organisation, deren Interessen tangiert sind, kann zwar nicht kontrollieren was jedes einzelne Mitglied sagt oder denkt. Niemand wird es jedoch wagen, ohne dazu ausdrücklich autorisiert zu sein, irgendeine Maßnahme einzuleiten. Ich denke, Sie sollten einfach abwarten, nichts überstürzen. Ich möchte sagen, führen Sie die Gespräche, die zu führen sind.«

Er ließ sich eine weitere Zigarette anzünden, nachdem er die halb aufgerauchte in den Aschenbecher legte, der ihm von dem erneut beflissen herbei geeilten jungen Mann gereicht wurde.

»Die wirklichen Gefahren, die ich nicht leugnen will, kommen nicht von der Organisation, sondern von der anderen Seite, die gerade kein Interesse daran hat, dass es hier im Norden ruhig zugeht. Darüber sollten Sie nachdenken und sich vorsehen. Diese Einflussnahmen fangen schon mit kleinen Behinderungen an. So erteilen wir ausländischen Gästen aus dem Süden gerne Tagesvisa. Umgekehrt ist das ausgeschlossen. Auf der anderen Seite versucht man mit den dümmlichsten Argumenten Touristen regelrecht abzuhalten, einen Tag in den Norden zu fahren.«

Jasmin Ülkü spitzte mittlerweile zustimmend ihren Mund und mischte sich in das Gespräch ein, was Türk zunächst mit hochgezogener rechter Augenbraue und schließlich einem wohlwollenden Lächeln hinnahm.

»Die sprechen davon, es gäbe hier keine Straßen, Frauen würden vergewaltigt, die Hotels seien Hütten. Das ist eine Tatsache und keine Spinnerei hiesiger Scharfmacher«, hatte Ülkü eröffnet, um dann weiter die nordzyprische Fahne zu schwenken: »An einer Entspannung sind die drüben, trotz anderslautender Bekundungen, überhaupt nicht interessiert. Die wollen ein Zypern mit einseitiger Machtverteilung, wie sie es auch früher angestrebt haben. Es wird mit allen Mitteln, wirklich mit allen, versucht, negatives Klima zu schaffen, wobei die sich selbst als die absoluten Saubermänner darstellen möchten.«

»Bravo junge Dame, nicht jeder hat eine so klare Sicht«, assistierte der Geschäftsmann und sich zur Seite wendend, »ah, der Herr Polizeipräsident.« Er winkte dem soeben in den Raum getretenen Oberst zu, der auf die kleine Gruppe dann auch sofort zukam.

»Rasin Bey Hoşgeldiniz. Ich habe gerade versucht, unserem Gast einige Machtstrukturen dieses Landes zu erklären. Herr Bieber war etwas beunruhigt, ob eines nervenden Anrufs vom heutigen Tage.«

»Natürlich weiß ich von dieser Morddrohung«, übersetzte Ülkü die folgenden, barschen Worte des Obersten, was bedeutete, dass man Biebers Telefonleitung angezapft hatte.

»Der Mann, der sie heute bedroht hat, wurde Minuten später festgenommen. Leider konnte Leutnant Cemal das Verhör nicht führen. Der Verbrecher, der offensichtlich aus dem Süden eingeschleust wurde, versuchte, noch auf der Fahrt ins Präsidium, zu fliehen und stolperte dabei in ein aus dem Boden herausragendes Eisen, das ihn durchbohrte. Er konnte leider nichts mehr sagen. Sie können mir glauben, dass ich das sehr bedauere. In jeder Hinsicht.« Und mit sanfterer Stimme: »Aber lassen Sie uns von erfreulicheren Dingen reden. Wie ich hörte, sind Sie ein ausgezeichneter Trapschütze. Unser Verband richtet morgen ein kleines Hundertscheiben-Turnier in Gönyeli aus. Das sind nur rund zwanzig Kilometer von Ihrem Hotel. Sie sind eingeladen. Eine Flinte kann ich Ihnen mitbringen. Gehörschutz und Schießweste, kein Problem. Einverstanden?«

Natürlich stimmte Bieber zu. Sie verabredeten sich auf neun Uhr auf dem Schießgelände und Oberst Rasin wandte sich in seiner abrupten Weise ab und einer Dame zu, deren Haare honiggelb eingefärbt waren und die einen kleinen, spitzen Schrei der Freude ausstieß, als der Offizier auf sie zukam.

Türk gab einem Kellner ein Zeichen, der sofort herbeieilte und reichte Ülkü und Bieber jeweils einen Gin-Tonic. Er selbst griff zu einem Glas Wasser, in dem eine halbe Zitronenscheibe dümpelte. Bieber war sich nicht im Klaren darüber, ob das Zufall war, oder ob der Gastgeber auch das von ihm wusste, dass er diesem Mixgetränk den Vorrang vor allen anderen Getränken gab, mit Ausnahme eines ordinären Bieres.

Türk hob sein Glas und sagte: »Ich bewundere Sie fast für den Mut, den Sie und Ihre charmante Begleiterin zeigen, indem Sie Ihren Auftrag in Angriff nehmen, trotz der misslichen Behelligungen.«

»Ich bin nicht hierher gekommen, um Mut zu zeigen«, entgegnete Bieber, »ich bin hierher gekommen im Auftrag der Witwe und des Amtsgerichts Frankfurt. Es gilt einen Nachlass zu regeln, und weil ich eine Chance sehe, auf der Basis von Vernunft zu einem wechselseitig befriedigenden Ergebnis zu kommen, habe ich diesen Auftrag gerne angenommen.«

»Darauf wollen wir trinken und ich darf Ihnen versichern, dass es Ihr Schaden nicht sein wird, wenn die Angelegenheit zu unserer Zufriedenheit geregelt wird.«

»Und der meiner Mandantin«, ergänzte Bieber still, während der Kaufmann fortfuhr: »Unser Gespräch wird die Grundlage für diesen Weg der Vernunft sein. Was in diesen Tagen in unserem südlichen Nachbarland aufgedeckt wurde – vielleicht haben Sie von dem Milosevic-Skandal gehört – hat vielleicht sogar unsere Republik vor Schaden bewahrt.«

Türk hatte seine Stimme erhoben, um auch die Aufmerksamkeit der umstehenden Personen zu gewinnen, was augenscheinlich auch gelang: »Die Öffentlichkeit dürfte erkannt haben, dass wir auf dieser Insel wieder einen politischen Konsens zu erreichen versuchen. Damit sind wir in den Blickpunkt der Welt, zumindest der Europäischen Öffentlichkeit gerückt. Skandale, wie jüngst auf der anderen Seite bekannt geworden, schaden dem politischen und wirtschaftlichen Image des Südens, der sich ja nur allzu gerne als der ›Bewahrer der Republik‹ aufspielt und davon ablenkt, dass von dort aus politischer und wirtschaftlicher Druck erzeugt wird, der zur Beförderung der einseitigen griechischen Interessen den Norden in die Knie zwingen soll.«

Ülkü hatte gewohnt fließend übersetzt und dabei zustimmend genickt, während sie zwischendurch leise bemerkte, dass es nicht schaden könne, wenn sie etwas Patriotismus zeige.

Türk lächelte und hatte Mühe, seinen in ferner Zukunft verhafteten Blick zurückzuholen. Geistig zählte er wohl bereits die Pfründe, die er einzufahren gedachte, wenn die türkische Nordrepublik in irgendeiner Form international anerkannt würde. Millionen Dollars würde er verdienen und seine vorauseilende Zufriedenheit war von der Art, als könnte er dann endlich an seiner Altersversorgung arbeiten.

Er genoss sichtlich die zustimmenden Worte, die erwartungsgemäß um ihn herum geäußert wurden.

Hatte da einer gerade Hinweise gegeben, dass er politische Visionen hatte, die er demnächst auch in einem öffentlichen Amt gerne vertreten würde, zischelte Bieber seiner Dolmetscherin zurück.

Dieser zukünftige Staatsmann wandte sich den beiden wieder zu: »Ich hatte Sie nicht eingeladen, um Ihnen einen Vortrag zu halten. Aber trotzdem noch diese Ratschläge. Versuchen Sie keine Abmachung zu erzwingen, geben Sie nach. Ein Schritt zurück ist manches Mal sinnvoller als zwei zu schnell voran. Halten Sie sich an die Linie der Vernunft und die hier dominierenden Kräfte werden Sie auf breiter Linie unterstützen. Dennoch bleiben Sie vorsichtig. Hier agieren noch immer kriminelle Wirrköpfe, die, aus dem Süden ferngesteuert, im türkischen Norden Unruhe verbreiten sollen. Nach meinem Dafürhalten sind die auch für den Tod Ihres deutschen

Kollegen verantwortlich. Der Boden schwankt diesem Pack unter den Füßen, gerade nach der Aufdeckung der Milosevic-Billionen. Sie sind wütend. Sie versuchen abzulenken von ihren kriminellen Schandtaten. Sie werden versuchen, jeden beliebigen Menschen aus dem Weg zu räumen, um damit Unruhe und negatives Aufsehen zu schaffen, und das zu Lasten des Nordens und eines friedlichen Gesamtzyperns.«

Dann wieder mit erhobener Stimme seinem größeren Publikum zugewandt und dessen Kommentare unterbrechend: »Wir müssen uns vor dem Hintergrund der Möglichkeiten eines EU-Gesamtbeitritts Zyperns – welche politische Form und welche realen Chancen solche Überlegungen auch immer haben mögen – der Tatsache gegenwärtig sein, dass die politischen Machtstrukturen im Süden darauf ausgerichtet sind, auch den Norden wirtschaftlich zu beherrschen. Komme es wie es wolle und mit welchen verwerflichen Mitteln auch immer. Die permanente Verunglimpfung des Nordens durch griechische Interessengruppen wird auf allen erdenklichen Ebenen betrieben. Das vergisst Europa und insbesondere auch Großbritannien aufgrund alter Waffenbruderschaften mit den Griechen und unter Verdrängung ihrer unrühmlichen Rolle in Verbindung mit dem Scheitern der Republik Zypern in den Siebzigern. Glauben Sie mir, die derzeitigen, negativen Vorkommnisse zu unseren Lasten werden gesteuert aus dem Süden, um, wie ich bereits andeutete, von eigenen unrühmlichen und höchst kriminellen Strukturen abzulenken, die, würden sie rechtschaffen aufgedeckt, diesem Europa die Aufnahme eines solchen Zyperns nicht gerade als erstrebenswert erscheinen ließen.«

Ahmed Türks Gesicht hatte sich leicht gerötet und seine Stimme war immer heftiger geworden. Er nahm noch einen Schluck kühlen Wassers, verbeugte sich leicht und ging mit seinem teuren dunklen Anzug, seinem wiedergekehrten charmanten Gesichtsausdruck und berührte Hände, die ihm entgegengestreckt wurden.

Jasmin meinte, sie könne Bieber jetzt wohl der »Gesellschaft« überlassen und entfernte sich mit einem kleinen Lächeln. Gleichzeitig kam ein Mann mit dunklem Teint, buschigem Schnauzbart, fleischiger gebogener Nase und hoher Stirn scheu lächelnd auf Bieber zu und begann ein belangloses Gespräch in Englisch. Er meinte schließlich, dass Biebers Sekretärin eine Wucht sei, deren Ausstrahlung insbesondere auf Männer in Uniform wirke und deutete auf die kleine Gruppe von Offizieren. Diese hatten sich im Halbkreis und vollkommen unislamisch um Ülkü geschart, die eben für Biebers Geschmack zu laut auflachte, während sie den Kopf in den Nacken warf und nach seinem Empfinden einem jungen Kerl mit einem Sternchen auf der Schulterklappe einfach auch zu vertraulich die Hand auf den Oberarm legte.

»Du wirst doch nicht eifersüchtig werden«, keimte in Bieber ein leiser Verdacht auf. Er wandte sich abrupt von dem dreisten Menschen ab, der Auslöser seiner Betrachtungen gewesen war und stieß mit einem anderen Mann zusammen, der sich mit einem für ihn unverständlich langen türkischen Namen vorstellte und ebenfalls bewies, dass er der englischen Sprache eindeutig besser mächtig war als Bieber.

»Wie fühlen Sie sich hier auf unserer schönen Insel? In der ersten Zeit kann es ihnen schwerfallen, bei diesem Klima gut zu schlafen. Es ist nachts einfach zu heiß. Die Insekten sind eine Plage. Stellen Sie die Klimaanlage an, die ihnen die Quälgeister weghält, trocknen Ihnen die Nasenschleimhäute aus. Kommen Sie einmal in meine Praxis. Ich habe ein Schlafmittel entwickelt, das auf natürlichen Stoffen basiert. Sie schlafen wie ein Baby und erwachen nach acht Stunden munter und ausgeruht.«

Dabei überreichte der »Doktor Unverständlich« Bieber eine Karte, die seinen Namen in einer unaussprechlichen Aneinanderreihung der Buchstaben auswies, die teilweise oben oder unten mit Strichelchen versehen waren, um die Aussprache zu erleichtern, Bieber aber gar nicht halfen. Der Mann mit dem unaussprechlichen Namen wandte sich einem alten Herrn um die achtzig Jahre zu, der soeben an ihnen vorbeigehen wollte, erfasste dessen rechte Hand, küsste diese und führte sie sodann zu seiner Stirn. »Das muss wohl ein ganz großer Mufti sein«, dachte sich Bieber und suchte mit den Augen ohne Erfolg nach Ülkü. Der Rechtsanwalt hatte genug. Nach mehr als zwei Stunden Austausch von Höflichkeitsfloskeln, meist mit Personen, die er ohnehin nie wieder sehen würde, winkte er Tonzu, der sich mit einem Mann, dessen gelacktes dünnes Haar im Nacken zusammengebunden war, gut zu unterhalten schien.

»Wir gehen jetzt. Wissen Sie, wo sich Ülkü befindet?«

Tonzu zeigte auf eine Tür direkt neben einer Gruppe, die sich redlich mühte, die Gäste musikalisch zu unterhalten. Was die junge Frau dort wollte, erschloss sich Bieber trotz kurzem, intensiven Nachdenken nicht, es sei denn sie wäre dem Charme des jungen

Mannes mit Sternchen auf der Schulterklappe allzu schnell erlegen. Aber das war natürlich Blödsinn, verwies er sich selbst in Schranken und ging eiligen Schrittes durch den Raum, getrieben von einem unbestimmten Gefühl, das ihm beinahe die Kehle zuschnürte. Er stieß die Tür mehr auf, als dass er sie öffnete und stand in einem saalähnlichen Zimmer mit voluminösen Topfpflanzen und großen, schweren Sesseln, in denen allerdings niemand saß. Er ging weiter und stieß eine zweite Tür auf, ohne zu zögern und zu wissen, wohin diese führen könnte.

»Jasmin«, rief er und sah sie im gleichen Augenblick. Ihre Augen waren weit aufgerissen. Ein hinter ihr stehender, glatzköpfiger Mann hatte seine rechte Hand in ihre Haare gekrallt und den Kopf nach hinten gezogen, während er mit der linken ihre Brust umfasst hatte. Das Kleid war vorne eingerissen. Der seitlich vor ihr stehende zweite Mann von kompakter Statur nahm das Messer von ihrer Kehle und zog die andere Hand zwischen ihren Beinen zurück, schnellte herum und sprang, ohne einen Laut von sich zu geben, ungestüm auf Bieber zu. Dieser blockte mit einem Reflex das nach vorne schnellende Messer durch einen halbkreisförmig von oben nach seitlich außen geführten Schlag mit der linken Hand auf das Handgelenk des Gegners, während er mit dem Handballen der rechten Hand unter gleichzeitigem Vorziehen des rechten Beines einen Stoß aus der Hüfte gegen das Brustbein seines Gegenübers führte. Ein hässliches Geräusch, ähnlich dem des Brechens eines Hühnerknochens, ging dem jähen rückwärtigen Sturz des Mannes, dessen Beine in die Luft gerissen wurden, voraus, der sodann bewusstlos liegen blieb.

Jasmin Ülkü trat im selben Moment, in dem das Messer von ihrer Kehle genommen war, einen halben Schritt zur Seite und stieß ihren linken Ellenbogen rückwärts in die Magengrube des Glatzkopfes, umgriff sodann dessen sich aus ihren Haaren lösende rechte Hand mit beiden Händen und riss den Arm leicht drehend über ihre linke Schulter nach unten. Ein zweiter grässlicher Laut zeugte vom Bruch des Ellbogengelenks, gefolgt von einem Gebrüll des schwer verletzten Mannes, der schließlich auf den Knien lag und mit der linken Hand seinen gebrochenen rechten Arm stützte.

Dies alles war erfolgt, noch ehe Tonzu, der Bieber gefolgt war und sich einige Meter hinter ihm befunden hatte, eingreifen konnte. Dessen Hand war reflexartig unter die Jacke gefahren, und er stand jetzt seitlich rechts von Bieber mit gezogener Waffe in einer leichten Hocke. Salvatore Tonzu drehte sich ruckartig zum offenen Fenster, als er glaubte, von dort ein Geräusch gehört zu haben. Er stürzte hin und sprang über das Fenstersims nach draußen, kehrte jedoch gleich darauf wieder zurück, mit einem Kopfschütteln die unausgesprochene Frage Biebers beantwortend, ob dort noch jemand gewesen sei. Niemand war draußen zu sehen gewesen. In diesem Moment trat eine junge Frau in die Tür, schrie auf und rannte zurück, laut um Hilfe rufend. Tonzu ließ seine Waffe verschwinden, als sich eilige Schritte näherten und stellte sich dicht an die Seite Biebers.

XI.

Nachdem sich die erste Aufregung gelegt hatte, war Oberst Rasin erschienen, dem Bieber den Vorfall so detailliert wie möglich schilderte. Der Oberst vermittelte allen Anwesenden in seiner betulichen und wohl akzentuierten Sprechweise, dass man sich keine Sorgen zu machen brauche. Man werde sich um die Eindringlinge – sicherlich irgendwelche Banditen aus dem Süden – kümmern, worauf Verlass sei, ebenso wie darauf, dass man sehr schnell erfahre, wer hinter diesem Überfall stecke und was dieser bezwecken solle. Ahmed Türk war glaubhaft zerknirscht und gab halblaute Anweisungen an einige Männer, die im Trab aus dem Haus auf das Gelände eilten, während ein Uniformierter mit einem Sprechfunkgerät hantierte und aufgeregt Weisungen hineinbrüllte.

Der Gastgeber hatte Verständnis, dass Bieber sich entfernen wollte, nicht jedoch, dass er die angebotene Eskorte ablehnte. Ülkü hatte in kurzen, dürren Worten dem Polizeichef geschildert, was geschehen war. Bieber und Tonzu bestätigten dies, soweit sie dazu beitragen konnten. Ülkü war in eine primitive Falle getappt. Ein Mann hatte sie versteckt zur Tür gewinkt und dann seinen Zeigefinger über die Lippen gelegt. Sie hatte sich umgeblickt, und als niemand auf sie achtete, war sie zur Tür gegangen und arglos in das anschließende Zimmer eingetreten. Ein Schlag von hinten mit der Handkante hatte sie einknicken lassen und zwei Männer schleiften sie in den angrenzenden Raum, wo man ihr das Messer an die Kehle setzte und die beiden Typen begannen, an ihr herumzufummeln, mit der ebenso zweitdeutigen wie dümmlichen Aufforderung: »Pack mal aus, Du Nutte!«

Nur wenige Sekunden später war Bieber auf die Idee gekommen, nach ihr zu sehen, so dass sie kein größeres Leid erfahren musste. Ihr Selbstbewusstsein allerdings hatte einen anfängerhaften Fehler zu bewältigen.

Auf dem Heimweg ergab sich die erste Möglichkeit, ein paar Worte ungestört miteinander zu wechseln.

Tonzu hatte den ersten Gang eingelegt und fuhr, schnell hochschaltend, mit durchdrehenden Reifen los. Bereits nach zweihundert Meter mussten sie jedoch wieder anhalten. Militär hatte die Straße blockiert. Drei Jeeps standen versetzt auf der Straße. Ein Soldat machte ein Stoppzeichen. Der Lichtkegel einer starken Taschenlampe strich über die Insassen des Fahrzeugs. Salvatore sprach mit dem Soldaten, der mit umgehängter Maschinenpistole an den Wagen trat. Sämtliche Ausweise mussten vorgezeigt werden, woraufhin ein Leutnant über Sprechfunk Informationen einholte. Schließlich machte der Offizier eine Ehrenbezeigung und bemerkte, dass sie auf ihrer Rückfahrt jetzt nicht mehr angehalten würden und gab die Straße frei. Bieber war hellwach, obgleich sein Adrenalinpegel sich wieder in normalen Werten bewegte. »Wohin haben die diese Kerle gebracht«, fragte er Tonzu, der die Achseln hochzog. Von irgendwo schräg hinter der Villa, die sie eben verlassen hatten, hörten sie drei Schüsse, gefolgt von einer Salve aus einer Maschinenwaffe und einem langgezogenen gellenden Schrei.

»Mein Gott, ist das noch immer nicht zu Ende«, rief Jasmin in den Lärm des aufheulenden Motors.

»Interessiert mich nicht«, schnauzte Salvatore zurück, »nichts wie jetzt weg von hier, oder habt ihr noch nicht genug?« Bieber hatte nicht bemerkt, dass er Ülküs Hand hielt, die sich vorsichtig aus dieser Umklammerung löste und ihn, sich jetzt entspannter zurücklehnend, fragte: »Wo haben Sie diese Techniken gelernt? Das war perfekte Verteidigungsarbeit. So was lernen wir auf der Polizeischule und später in Spezialkursen.«

»Ich habe in jüngeren Jahren Ju-Jutsu in einer Schule in Offenbach trainiert und zwar über einige Jahre hinweg, bis hin zum Braungurt. Dann schied unser Trainer wegen Alkoholproblemen aus.«

»Alkoholprobleme, die Droge Nummer eins seit Menschengedenken«, warf die junge Frau ein.

»Eigentlich hatte er nur finanzielle Zwänge, die er nicht bewältigen konnte. Die Folge war, dass er sich dem Alkohol ergab, was ihn dann den Arbeitsplatz kostete.«

»Die eigentliche Gefahr des Alkohols ist seine Akzeptanz. Würde man zum Frühstück Marihuana rauchen, brächten die Menschen ihre Kinder vor einem in Sicherheit. Trinkst du zum Frühstück ein Bier, hält man dich für lebensfroh, allenfalls für exzentrisch.«

»Und das Problem mit dem Trinken ist, man trinkt, wenn was schlimmes passiert, um zu vergessen. Passiert was gutes, wird getrunken um zu feiern. Und passiert nichts, wird getrunken, damit was abgeht,« trug Tonzu zu diesem Thema bei.

»Ja, der Mann war damals eine absolute Begabung. Dritter Dan. Und dann so was. Er hatte alle Techniken perfekt drauf und konnte die auch gut vermitteln. Nur das Prinzip, das letztlich hinter allen asiatischen Kampfsportarten steckt, hat er nie begriffen. Er endete als Penner, der auf der Zeil in Frankfurt saß und die Hand aufhielt, mit einem Schild vor den untergeschlagenen Beinen: ›Ohne Arbeit, Wohnung und Hoffnung‹. Unfassbar, welches Potential er verschwendet hat.«

Bieber war ganz froh, recht unverfänglich ein Thema gefunden zu haben, über das sie reden konnten, ohne das eben Erlebte vollständig zu verdrängen. Deshalb fuhr er fort: »Befolgt habe ich seinen Rat, mich auf ein paar Techniken zu spezialisieren und diese fast zur Perfektion zu treiben. Das langt zwar nicht für einen Meistergurt, aber innerhalb kurzer Zeit gehen einem diese relativ einfachen und schnörkellosen Verteidigungstechniken ins Blut über. Es ergibt sich ein automatisierter Bewegungsablauf, der keine großartigen Überlegungen voraussetzt, was man jetzt wohl in dieser oder jener Situation für eine Technik anwenden sollte. Sie können mir glauben, ich habe keinen Sekundenbruchteil ›gedacht‹. Das aber führe ich auch auf meine Zazenübungen zurück, die schließlich auch zu ›Handeln aus leerem Geist‹ führen.«

»Und warum haben Sie damit aufgehört?«

»Mit dem Handeln aus leerem Geist«, lachte Bieber.

»Nein, mit dem Ju-Jutsu natürlich.«

»Der Nachfolger des Trainers war ein Polizist. Transportgriffe waren seine Spezialität. Wahrscheinlich hatte er zu viele Demonstrationseinsätze. Ich kam mit dem überhaupt nicht zurecht. Der hatte auch keinen Draht für ›den Geist‹ und beschränkte sich ausschließlich auf die Techniken. Er lebte sie nicht, er übte sie nur aus. Deprimierend. Damals hörten einige auf. Aber was sie da ablieferten, Jasmin, war auch nicht von schlechten Eltern.«

»Da steckte viel Wut dahinter, hauptsächlich auf mich, dass ich mich in eine so dumme Situation gebracht hatte. Na ja, die Sache ist ausgestanden. Ich bin gespannt darauf, was die Polizei ermitteln wird.«

Sie passierten noch drei Straßensperren, an denen man sie nach einem kurzen Blick in das Innere des Fahrzeugs sogleich durchwinkte. Das Versprechen des jungen Leutnants an der ersten Sperre wurde eingelöst; sie kamen weiterhin unbehelligt in ihrem Hotel an.

In seinem Schlafzimmer ging Bieber noch einige Minuten auf und ab und lauschte auf das Rauschen der Dusche, unter der nun Jasmin stand, und er ertappte sich etwas beschämt schon wieder dabei, dass er sich seine Begleiterin nackt vorstellte. Bieber warf sich auf sein Bett. Er fühlte sich, trotz der Abkühlung unter der Brause klebrig und plötzlich müde. Doch meinte er, nicht einschlafen zu können. Er tastete nach dem Revolver und wünschte sich die Super-Einschlaf-Pillen des Arztes mit dem unaussprechlichen Namen herbei, die dieser ihm so nachdrücklich offeriert hatte. Und mit dem Gedanken, sicherlich die ganze Nacht nicht schlafen zu können, schlief Bieber ein. Sein letzter Gedanke vor dem Einschlafen waren die drei Schüsse, gefolgt von der Salve und dem langgezogenen Schrei auf dem Militärgelände sowie das Krachen eines angebrochenen Brustbeins.

XII.

Jetzt rechts ab«, rief Ülkü und Tonzu brummelte etwas in der Art von »weiß ich selber« und »bin doch nicht blöd, wohn ich hier oder Du«. Er riss den Pajero hart nach rechts, die beiden Gegenfahrbahnen der Schnellstraße Girne – Lefkoşa kreuzend, wobei er einen mit irrwitziger Geschwindigkeit auf der Gegenfahrbahn ankommenden BMW zu einer heftigen Abbremsung zwang. Er bog rechts auf eine schmale Straße ein, die wahrscheinlich früher die Hauptverkehrsverbindung nach Lefkoşa gewesen war. Auf dieser kurven- und lochreichen Straße erreichte die Gruppe schließlich das Ortsschild Gönyeli und bog wenige Meter danach links ab. Tonzu passierte noch einige Häuser, von denen man teilweise einen guten Ausblick auf das Sportgelände hatte. An dessen Eingang waren eine Reihe nordzyprischer Nationalflaggen im Wechsel mit den türkischen Farben aufgezogen, die auf ein »sportliches Großereignis« schließen ließen. Bieber artikulierte seine Gedanken über die Unmöglichkeit einer solchen Nähe eines Wurfscheibengeländes zu einer Wohnsiedlung. In Deutschland hätte es – wenn man einem solchen Ansinnen überhaupt eine Chance eingeräumt hätte – eine Baugenehmigung nur gegeben, wenn die Eigner des Baugebietes den Betrieb der Schießstätte nicht beanstandeten.

In südlichen Ländern gab es solche Einwendungen nicht, hatte Tonzu eingeworfen. Vielleicht, weil die große Mehrheit der Menschen den Spaß am Schießsport nicht verdrängte, wie in Deutschland, sondern freudig auslebte. Bieber musste daran denken, welche dümmlichen Beschwerden wegen Lärmbelästigung manches Mal bei den Ordnungsbehörden von Bad Homburg eingingen, meist von Menschen, die beispielsweise bei einem Großturnier vor dem weit draußen im Wald gelegenen Schießplatz auf und ab gingen, um sich zu ereifern wegen der Lärmbelästigung. Menschen, die man dort sonst niemals sah. Bieber hatte sich angewöhnt, auf diese Leute zuzugehen und zu versuchen aufzuklären, was bei diesem Sport tatsächlich geschah. Zum Beispiel, dass dabei nicht auf Vögel geschossen wurde, dass es sich um eine olympische Sportart handelte, und dass es sich bei diesen Hochleistungssportlern, die oft aus mehr als zehn Nationen zu einem Großturnier anreisten, nicht um spinnerte Geldsäcke handelte, sondern um ein breites Spektrum von Wettkämpfern aus allen Bevölkerungsschichten, die dieser Sport zu einer Leistungsgemeinschaft einte. Darüber hinaus vermittelte dieser Sport bei den Aktiven, ebenso wie bei den Zuschauern, viel Freude, Spannung und Entspannung. Bieber war es glücklicherweise gelungen auch die örtliche Presse zu sensibilisieren. Die schließlich zeigte sich gar dankbar, wenngleich aus unterschiedlichsten Gründen. Die Sportredaktion konnte endlich auch über regionalen, olympischen Hochleistungssport berichten, insbesondere nachdem sich auch nationale und internationale Erfolge des Vereins und einzelner Ausnahmeathleten einstellten. Und die Lokalredaktion berichtete halt über die Beschwerden, und auf den Politikseiten konnten sich die örtlichen Parteigrößen, je nach Gesinnung, artikulieren.

Bieber rechnete nicht mehr damit, bei diesem kleinen Turnier noch mitschießen zu können. Sie hatten sich verspätet. Rasin Bey hatte von Beginn neun Uhr gesprochen und jetzt zeigte die Uhr bereits auf fünf nach zehn. Doch es waren keine Schüsse zu hören. Tonzu parkte das Fahrzeug auf dem Parkplatz hinter der Tribüne. Gerade in dem Moment strebte eine Gruppe Männer, angeführt von einem kleinen, kräftigen, freundlich lachenden Mann, von einem Flachbau mit großer Glasfront und Wellblechdach auf eine dunkle Mercedes-Limousine zu, die das Kennzeichen 001 trug. Bieber winkte Oberst Rasin zu, der neben dem kleinen Mann im grauen Anzug ging und diesen um eineinhalb Kopflängen überragte. Doch es war der kleine Mann, nicht der Offizier, der freundlich zurückwinkte, als er einstieg. Die dunkle Limousine entfernte sich, begleitet von einem weiteren Fahrzeug, in dem sehr durchtrainierte Männer mit Kurzhaarfrisuren und dunklen Brillen saßen.

Bieber hatte um Sekunden den Präsidenten der Republik, Rauf Denktaş, verfehlt, der, wie sich später herausstellte, das Turnier eröffnet hatte, zu dem Bieber doch noch rechtzeitig eingetroffen war. Wenigstens um daran teilzunehmen, wenngleich er die sicherlich bedeutenden Worte des Staatspräsidenten verpasst hatte und nicht darauf aus war, hier sportlich zu glänzen. Aber wen einmal das »Wurfscheibenfieber« gepackt hatte, konnte sich nur schwerlich einer Gelegenheit entziehen, seine Leistungsfähigkeit zu testen und unter Beweis zu stellen. Oberst Rasin, der dem Wagen noch zackig mit militärischem Gruß nachgesehen hatte, kam auf Bieber zu, begrüßte ihn und Ülkü durch das Anlegen der Fingerspitzen bei angewinkeltem Arm an die militärisch wirkende Kopfbedeckung der Polizeiuniform. Sicherlich war er General der nordzyprischen Freiheitskämpfer gewesen, assoziierte Bieber, und er lachte beinahe laut auf, als er seinen Gedanken weiterspann und sich gerade vorstellte, wie der »General Kemal Pasha Rasin« mit gezogenem Säbel gefolgt von seinen ihm blind ergebenen Mannen die Berge hoch stürmte, um die dort festsitzenden Griechen aus ihren Stellungen zu werfen.

Alsdann erkundigte sich der Oberst-General, ob sie alle gut geschlafen hätten, nickte erstmals auch Tonzu kurz zu, wenngleich in einer Weise, in der man vielleicht feststellt, dass eine Laus auch ein Lebewesen ist und zog Bieber Richtung Clubhaus. Ülkü, die Biebers Erstaunen über diese Form mitmenschlichen Umgangs registrierte, flüsterte ihm zu, dass die fest in türkischer Kultur verhafteten Zyprioten, was durchaus nicht die Regel sei, einem gewissen Standesdünkel unterlagen und diesen auch auslebten. So dürfe man ruhig annehmen, dass Oberst Rasin nicht etwa der Auffassung war, dass er als Polizeioffizier arbeite oder der Bevölkerung in irgendeiner Weise diene, sondern, dass er das Amt lebe, das ihm aufgrund Abstammung verliehen worden sei.

Wie es sich herausstellte, nahmen an diesem »Präsidenten-Cup« lediglich vierundzwanzig Schützen des Verbandes teil, so dass man sich tatsächlich Zeit lassen konnte, mit der ja hier sowieso großzügiger umgegangen wird. Inwieweit es sich bei den Turnierteilnehmern um ein handverlesenes Teilnehmerfeld handelte, konnte Bieber nur vermuten, erkannte er doch einige Personen, die er auch auf dem Empfang Ahmet Türks angetroffen hatte. Darunter eben diesen, aber auch Leutnant Cemal, der sich besonders freundlich um Jasmin Ülkü kümmerte und diese sogleich zu einem türkischen Kaffee entführte, während Oberst Rasin Bieber eine etwas zu groß geratene Schießweste, Gehörschutz, Munition und eine Perazzi MX 8 in die Hand drückte. Bieber wusste, was man von ihm erwartete. Er bewunderte ausgiebig diese italienische Waffe und insbesondere die reichhaltige Gravur und das auserlesene Wurzelmaserholz. Glücklich war Bieber über diese Waffe nicht. Ihm lagen die italienischen Flinten nicht, so bildete er sich wenigsten ein. Sie waren ihm zu leicht, mäkelte er bei jeder passenden und unpassenden Gelegenheit, obgleich dies objektiv gesehen überhaupt nicht zutraf. Er glaubte, obwohl er sonst immer darauf verwies, man solle nicht glauben, damit beim Start zu rucken. Er sah viel zu viel Schiene, hatte folglich Hochschuss und musste, um das zu vermeiden, den Schaft höher einsetzen, was ein ungutes Gefühl vermittelte. Bieber liebte die Sportwaffen der Ulmer Schmiede Krieghoff. Schon der Optik wegen. Die freiliegenden Läufe waren nahezu einmalig. Natürlich verfügte seine alte K80 über einen Maßschaft, doch Bieber konnte mit jeder Krieghoff schießen, gleich ob der Schaft länger oder kürzer, mehr oder weniger geschränkt als der eigene war. Es war halt Liebe auf den ersten Blick, als er recht spät mit sechsundzwanzig Jahren erstmals Kontakt zu diesem Sport gefunden hatte und schließlich im Waffengeschäft eines in Darmstadt lebenden Vereinskameraden diese Flinte entdeckte. Perazzi-Fans rühmten immer die technischen Feinheiten ihrer Waffe. Insbesondere wurde immer erwähnt, dass man mit einem Handgriff das ganze Flintenschloss austauschen könnte. Für Bieber kein Beweis für Klasse. Er entgegnete in solchen Fallen, dass man bei einer Krieghoff ein Schloss eben nicht austauschen müsse, und Perazzi habe sicherlich Grund auf das, für ihn überflüssige, Detail der schnellen Auswechslungsfähigkeit dieses Herzstücks, hinweisen zu müssen.

Und jetzt hielt er das edle, italienische Produkt in der Hand. Er merkte bei einem Probeanschlag sofort, dass er extremen Hochschuss haben würde. Das Vorderschaftholz war ihm zu dünne und der Schwerpunkt der Waffe zu weit hinten.

»Sie können aber auch mit meiner Browning schießen, wenn Ihnen das Modell nicht … passt«, bot Leutnant Cemal an, der zu ihm getreten war, nachdem er Biebers Probeanschlag mit sachkundigen Blicken beobachtet hatte. Er reichte dem Gast seine abgegriffene Flinte, die weit weniger als ein Zehntel dieser Perazzi gekostet hatte. Bieber stellte das italienische Edelteil in einen Waffenständer, schlug die Browning an und hatte gleich ein besseres Gefühl. Er blinzelte Cemal zu, der zurücklachte und beide vernahmen die etwas gekränkte Stimme Rasins, der meinte, wenn die Perazzi halt nicht seinen Abmessungen entspreche, müsse er sich mit dieser Abschießvorrichtung für Schrotpatronen, die Cemal sein eigen nenne, bescheiden.

Wie sich herausstellte, war Bieber in die letzte »Rotte«, wie man in Deutschland sagt, des aus vier Sechsergruppen bestehenden Startfeldes eingeteilt. Dadurch konnte er seine Mitstreiter zunächst einmal beobachten und hinsichtlich ihrer Leistungsfähigkeit einschätzen. Er hatte noch eine gute Stunde Zeit, bis er zu seinem ersten Durchgang antreten musste.

»Einen nordzypriotischen Schützenverband kann es, berücksichtigt man die Geschichte dieser Republik, ja noch nicht allzu lange geben«, bemerkte Bieber zu Leutnant Cemal gewandt.

»Das ist richtig«, antwortete dieser. Den nordzypriotischen Sportverband der Schützen gibt es erst seit 1996 – zuvor waren die Sportschützen eine Unterabteilung des Jagdverbandes. Und in welchem Jahr der gegründet wurde? Ich weiß es nicht. Jedenfalls betreiben wir seit Mitte der achtziger Jahre die sportliche Variante des Wurfscheibensports in Trap und Skeet wettkampfmäßig. Übrigens auf die Initiative eines eingewanderten Deutschen hin. Allerdings werden unsere Sportler boykottiert. Wir dürfen – ähnlich wie Taiwan – an keinen internationalen Turnieren teilnehmen, weil wir aus rein machtpolitischen Gründen staatlich nicht anerkannt sind.«

»Ja, ja die Politik«, würgte Bieber ab, der keine Lust hatte, schon wieder in eine politische Diskussion gezogen zu werden, auch wenn er verstand, dass der gegen Nordzypern in jeder Hinsicht verhängte Boykott stark am Ego der Bevölkerung und insbesondere deren staatlichen Vertretern nagte.

Nach knapp zwei Stunden stellte Bieber verwundert fest, dass er hier gegen Schützen antreten musste, die nur zu einem kleinen Teil seiner Leistungsfähigkeit entsprachen, wenngleich drei, vier Kandidaten sogar stärker eingeschätzt werden mussten. Zumindest nach dem ersten Durchgang, den diese mit jeweils vierundzwanzig beziehungsweise dreiundzwanzig von fünfundzwanzig möglichen Treffern abgeschlossen hatten, während für Bieber eine ihn unbefriedigende einundzwanzig notiert wurde. Er war ohne Anspruch an sich zu diesem »Spaßturnier« angetreten, wollte jedoch gegen die Konkurrenten aus diesem Schießsportentwicklungsland nicht so abfallen, dass man ihn belächeln konnte. Er wusste, dass es nicht an der Flinte lag, auch nicht unbedingt an der Ray Bun Sonnenbrille mit grünen Gläsern, die nicht gerade ideal war bei roten Wurfscheiben. Normalerweise schoss Bieber mit farblichen Spezialgläsern, bei schlechterem Wetter gelb, bei Sonne rot-orange. Deshalb setzte er seine Sonnenbrille dann doch ab und lieh sich von Cemal dessen Schießbrille mit roten Gläsern, um im nächsten Durchgang zur Spitzengruppe aufzuschließen, so hatte er beschlossen.

Harry Bieber gelang es, den Zustand herzustellen, der ihn zu Höchstleistungen bei seinem Sport befähigte, nämlich an nichts zu denken. Ähnlich, wie in seinen Zazen-Übungen, versuchte er, vollkommen gedankenfrei zu agieren. Das bedeutete auf seinen Sport umgemünzt, entspannt zu stehen, annähernd leeren Geistes. Dazu in einem Winkel von etwa fünfundvierzig Grad zu dem Punkt, an dem gleich eine etwa bierdeckelgroße Scheibe mit einer Geschwindigkeit von circa fünfzig Metern in der Sekunde in eine unbekannte Höhen- und Seitenrichtung fliegen, nein, rasen würde. Seine Atmung bewegte sich in normalem Rhythmus, jedoch bis etwa eine Handbreit unterhalb des Nabels gehend. Ihm blieben dann jeweils zehn Sekunden, um eine Wettkampfübung durchzuführen. Das bedeutete, dass er die Flinte in Anschlag brachte, etwa zu zwei Dritteln ausatmete, den inneren Ticker abwartend, um sodann aus gedankenfreiem Geist heraus den richtigen Sekundenbruchteil abzupassen und diesen in ein befreiendes, kurzes »Ah« umzusetzen. Die Wurfscheibe wurde durch diesen Ton über eine Mikrofonanlage ausgelöst und in eine unbekannte Richtung von ihm weg geschleudert. Alsdann galt es, die Scheibe dreidimensional zu erfassen, das Sportgerät in eine Linie »Auge-Ziel« zu bringen, den Schuss auszulösen und die gleitende, möglichst rucklose Bewegung über das eben noch vorhandene Ziel hinaus zu führen. Ein kleiner Anteil Adrenalin pulste dann noch immer in seinem Körper. Atmen. Einsortieren des Ergebnisses ohne an der Wertung zu haften. Nach fünfzig bis sechzig Sekunden folgte die nächste Wettkampfeinheit. Bieber blieb – im Idealfall – über zwanzig Minuten in diesem Zustand, frei von Gedanken und Wünschen. Er nannte das Trap-Zen oder Zen im Trapsport und ließ sich auch dieserhalb bespötteln, da sich diese Methode doch entscheidend unterschied, von der offiziell durch den Sportverband propagierten Schießlehre.

Eine volle Serie im zweiten Durchgang brachte Bieber dann auch an die führenden Schützen heran, gefolgt von einer zweiundzwanzig – leichtfertig ein besseres Ergebnis vergebend – und schloss mit einer dreiundzwanzig ab. Das bedeutete am Ende einundneunzig Treffer und Platz zwei hinter Leutnant Cemal, der mit zweiundneunzig Treffern Rang Eins erreichte. Bronze ging an einen jungen Mann mit neunundachtzig getroffenen Scheiben, der sich feiern ließ von seinen Freunden wie ein Weltstar. Einen ausgezeichneten vierten Rang belegte Ahmed Türk, der mit achtundachtzig Scheiben sich offensichtlich zufrieden zeigte, während Oberst Rasin sich beschwerte, dass es auf der Tribüne zu laut gewesen sei, was ihn mindestens fünf bis acht Scheiben gekostet habe. Seine achtzig seien indiskutabel.

Bieber hatte Jasmin Ülkü aufgefordert, sich auf die Tribüne hinter ihn zu setzen – er wusste, wenn eine Frau ihm bei seinem Sport zusah, schoss er besser, Zazenübungen hin oder her – und er gab vor, dass die Einundzwanzig als Eröffnungsserie einzig und alleine darauf zurückzuführen gewesen sei, dass Jasmin im Kreise einiger unruhiger Personen männlichen Geschlechts an der Bar stand und erzählte, wie schön es sei als Fremdsprachensekretärin durch die Welt zu jetten.

Tonzu war etwas gekränkt verschwunden und tauchte erst wieder gegen achtzehn Uhr auf, als das kleine Turnier dem Ende zuging.

Bieber erhielt eine Plakette an einem Band und war glücklich. Er gab sich bescheiden, lobte die Anlage, die Flinte, das nette Umfeld und vermittelte den freundlich lächelnden Menschen um ihn herum, welch ein guter Schütze er sei, was Tonzu mit einem mitleidigen Grinsen quittierte und Ülkü erstaunen ließ. Männer blieben halt doch nur kleine Kinder, insbesondere wenn sie Sport im fortgeschrittenen Alter und dann noch mit Ehrgeiz betrieben, resümierte Jasmin Ülkü und applaudierte ungeachtet dessen heftig, als Bieber die Medaille umgehängt wurde und er freudig mit aufgerichtetem Arm den rechten Zeigefinger Richtung Himmel streckte.

Im Anschluss an die Siegerehrung gab es den obligatorischen »kleinen Empfang mit Häppchen«, wie Bieber das für sich bezeichnete. Jasmin Ülkü, erneut im Kreis ihrer jungen Bewunderer, zeigte ihr schönstes Lachen und Bieber ertappte sich wieder einmal dabei, dass er darüber nachdachte, ob sie einen Büstenhalter trug, als hätte dies auch nur irgend eine Bedeutung. Diesen Gedanken verdrängend, wandte er sich Salvatore Tonzu zu, der etwas unbeholfen in seiner Nähe stand, die Hände auf dem Rücken.

»Salvatore, sind sie eigentlich verheiratet?«

»Si.«

Das Gespräch stockte. Für einen Augenblick dachte er daran, es dabei bewenden zu lassen, fasste dann aber nach: »Und Kinder?«

»Ja, zwei. Alberto und Ciara, vierzehn und zwölf Jahre alt. Sie gehen in Frankfurt zur Schule, wo ich ja mit meiner Familie eigentlich auch wohne.«

»Ach, ich dachte, sie sind ständig hier ansässig und arbeiten für meinen Freund, als ...?«

Tonzu tat ihm nicht den Gefallen, die unausgesprochene Frage nach seinem eigentlichen Betätigungsfeld in Zypern zu beantworten.

»Nein, nein. Ich habe hier für den Patrone nur hin und wieder zu tun und wohne in einem seiner Appartements. Übrigens bin ich in Offenbach, da wohnen sie doch, in die Schule gegangen. Ich wohnte in der Bernardstraße und hatte viele türkische Nachbarn und damit auch ebensolche Schulfreunde in der Schillerschule. Deshalb mein fließendes Türkisch, wenngleich ich es nicht schreiben kann. Als die Geschäfte des Patrone es erforderten, dass hin und wieder jemand für ihn nach Nordzypern musste, wählte er mich aus aufgrund meiner Sprachkenntnisse.«

Den alten Bau der Schillerschule und dessen Lage am Stadtrand Offenbachs kannte Bieber von außen und konnte sich gut vorstellen, wie dort im Nordend der Stadt Tonzus Kindheit verlaufen war.

»Als Italiener haben Sie doch sicherlich auch eine Neigung zum Trapsport. Ich kenne viele ausgezeichnete italienische Schützen. Ihr Chef ist einer davon.«

»Si. Ohne angeben zu wollen, traue ich mir ohne Training einen einundzwanziger Schnitt zu«, und Bieber zublinzelnd, »mit jeder Waffe.«

»Hätte ich mir ja denken sollen. Aber wieso sagten Sie nichts. Sie hätten doch sicherlich auch mitschießen können.«

»Von wegen. Wir sind hier nicht in Bad Homburg oder ganz allgemein ausgedrückt, auf irgendeinem deutschen oder italienischen Schießstand und dies ist auch kein übliches offenes Turnier, wo jedermann, der dem Verband angehört oder als Gast eingeladen wird, teilnehmen kann. Hier haben sich gerade die Granden der Nation und ein paar dazu geladene Gäste, ein intimes Stelldichein zum Schießen beschert. Die würden mich nie einladen.«

Avukat Barak hatte sich von hinten Bieber genähert, ein Glas mit brauner Flüssigkeit in der Linken, während er Bieber seine rechte Hand entgegenhielt, die dieser nahm, bereits erschauernd bevor er sie ergriff in Befürchtung des unangenehmen Gefühls, das sich seiner sogleich bemächtigen würde, wenn er den Schwamm anfasste.

»Nasilsiniz, Harald-Bey?«

»Teşekkür ederim, iyiyim«, bedankte sich Bieber artig, ein »ya siz?« anhängend, womit die Grenzen seiner türkischen Sprachkenntnisse allerdings bereits erreicht waren.

Bieber wusste, dass diese höfliche Rückfragefloskel einen Wortschwall auslösen würde, was ihn veranlasste, hilfesuchend nach Jasmin Ülkü Ausschau zu halten, die ihm auch sogleich zu Hilfe eilte. Bieber registrierte zufrieden, dass seine »Dolmetscherin« ihn trotz der freundlichen Belagerung ihrer Verehrer im Auge behalten hatte.

So erfuhr er schließlich, dass Avukat Barak, der ihn hinsichtlich seines erstaunlichen Ergebnisses bei diesem Turnier beglückwünschte, das Bieber überhaupt nicht als erstaunlich sondern eher als angemessen einstufte, keinen Ehrgeiz in schießsportlicher Hinsicht hatte, sondern lieber zur Jagd ging.

»Das dachte ich mir, genauso sehen Sie auch aus«, entfuhr es Bieber, wobei es ihm gleich war, ob Jasmin wörtlich übersetzte oder seine Worte angemessen entschärfte. Er konnte nur selten seine Abneigung gegen diese Menschen zügeln, die sich daran ergötzten, Leben zu vernichten nur um … ja was eigentlich … sich zu berauschen an der Macht über Leben und Tod? Wollten die sich ein Allmachtsgefühl verschaffen? Wollten sie ein Gott sein?

»Was jagen Sie denn hier eigentlich, ich sehe keine großen Wälder, wahrscheinlich schießen sie auf Singvögel oder was?«

Jasmin lachte laut auf, als habe Bieber einen Scherz gemacht und übersetzte in munterem Ton irgendetwas, unverständlich für den

Jägerfeind. Jedenfalls schwärmte daraufhin der Vergewaltiger seines Saxophons und Mörder seiner Mitlebewesen, dass er sehr gerne in afrikanische Länder zur Großwildjagd fahre und er Bieber gerne einmal seine Trophäensammlung zeigen wolle.

»Aber da wir bei der Großwildjagd angekommen sind«, entgegnete Bieber, seine Stimme jetzt wieder beherrschend, »sollten wir doch so langsam einmal Nägel mit Köpfen machen. Ich muss noch einige Gespräche mit den Banken führen. Aber am kommenden Dienstag, fünfzehn Uhr in Ihrer Kanzlei? Wäre Ihnen das recht? Dann sollten wir zu einer endgültigen Lösung kommen.«

Avukat Barak war verhindert. Am Dienstag war Sitzungstag, da müsse er zu Gericht, Mittwoch und Donnerstag sei er geschäftlich in Istanbul, aber Freitag, Freitag sei möglich, bitte aber morgens um elf, wenn es recht wäre.

Natürlich war es recht, was sollte Bieber auch machen.

Er drückte, zugegebenermaßen vielleicht etwas zu hastig, nochmals Baraks Wasserfinger und folgte dankbar Ahmed Türks Winken, sich zu einer kleinen Gruppe zu gesellen, die, Gläser mit Rakı in den Händen haltend, lachend beieinander standen. Man sprach aus Rücksicht auf Biebers nicht vorhandene türkischen Sprachkenntnisse englisch, so dass er der Konversation gut folgen konnte und nicht auf Jasmin angewiesen war. Diese hatte sich kurz entfernt und kam jetzt mit einem Mann auf die Gruppe zu. Bieber hätte nichts dagegen gehabt, so auszusehen. Mitte Vierzig, vielleicht knapp einsachtzig groß, kräftige, sportliche Figur, streichholzlange, pechschwarze Haare und ebensolche Augen, leichtgetönter Teint und gesegnet mit strahlend weißen Zähnen, die er offensichtlich auch gerne zeigte.

»Harry, darf ich Ihnen meinen Cousin Kazim Ülkü vorstellen.«

XIII.

Es war zehn Minuten nach sechs. Harry Bieber wachte auf. Die noch tiefstehende Sonne, deren flache Strahlen durch die Lamellen der geschlossenen Klappladen drangen, erzeugten im Raum ein fahlgelbes Licht. Bieber hatte einen schalen Geschmack im Mund. Er war noch müde; sein Körper verlangte nach mehr Schlaf, was jedoch die ihm durch den Kopf gehenden Gedanken nicht zuließen. Er begab sich schleppenden Schrittes zu einer ausführlichen Morgentoilette in die Dusche, die aufgrund der dortigen Beengungen dann doch kürzer ausfiel als beabsichtigt. Alleine die aufgeschobene Hälfte der Duschtüre war so schmal, dass Bieber seinen Bauchansatz einziehen musste, um nicht unangenehm an der Rahmenkonstruktion entlang zu schrammen.

Er hatte sich gut abgetrocknet, eine Boxershort, schwarz mit kleinen weißen Punkten, an- und ein T-Shirt übergezogen. Er rollte sein Kopfkissen zu einer Rolle und setzte sich darauf, die Beine in der burmesischen Sitzhaltung ausgerichtet, den Körper aufrecht gestellt bei gerader Wirbelsäule. Die Hände waren ineinander und in den Schoß gelegt. Bieber atmete, wie er dies immer machte, zunächst mehrfach tief ein und aus, um dann normal weiter zu atmen.

Biebers Zen-Lehrer, der Roshi Jukio-Joshi Bankei, erwähnte einmal, dass sein Name Verpflichtung sei, habe es doch um 1650 unserer Zeitrechnung in Japan einen unübertrefflichen Meister namens Bankei Eitaku gegeben. Der habe seine Lehre vom »Geist des Ungeborenen« in einer tiefgründigen und gleichzeitig so schlichten Weise dargelegt, dass seine Unterweisungen von Laien über Nonnen und Mönche, Priester diverser buddhistischer Schulen, bis hin zu hohen Würdenträgern der damals – wie heute – dominierenden Rinzai- und Soto-Schulen besucht wurden. Roshi Jukio-Joshi Bankei sah sich in der Tradition der »Buddha-Geist-Schule«. Er unterwies seine Schüler geduldig dahingehend, dass die Übung des Zazen, die Bieber so eifrig wie fasziniert praktizierte, drei Ziele habe, nämlich JORIKI, die Entwicklung der Kraft der Konzentration, SATORI, der Selbst-Wesensschau, und MUJODO-NO-TAIGEN, die Verwirklichung des Erhabenen Weges im täglichen Leben. Bieber wusste gemäß den Hinweisen seines Roshi, dass es ein langer Weg sein könne, bis ein Mensch die dritte Stufe dieser Meditationspraxis erlangt habe und hatte sich zunächst das bescheidene Ziel gesetzt, Joriki zu erreichen, was schwer genug war. Sollte hier doch nicht nur Konzentrationsfähigkeit im üblichen Sinne des Wortes erlangt werden, sondern eine dynamische Kraft, die uns in plötzlich auftretenden Situationen zu blitzschnellem Handeln befähigte, entsprechend der Notwendigkeiten des gegebenen Moments und zwar ohne erst darüber lange nachzudenken.

»Wer Joriki entwickelt hat«, sagte Roshi Jukio-Joshi einmal zu Bieber am Ende einer gemütlichen Unterhaltung, die zu einem

Belehrungsgespräch mutierte, »ist nicht mehr ein Sklave seiner Emotionen und Leidenschaften. Er ist frei und unabhängig, nicht mehr den Zwängen der Umwelt unterworfen. Er ist Meister über sich und bestimmt die Umstände seines Lebens, frei und gelassen. Sein Geist gleicht klarem, stillen Wasser.«

Bei seinen Übungen hatte Bieber bald gemerkt, dass ein langer Weg vor ihm lag, bis er auch nur das erste Ziel dieser Praxis erreichen würde.

Nach circa zwanzig, fünfundzwanzig Minuten, in denen es Bieber fast durchgehend gelang, leeren Geistes zu sitzen, atmete er mehrmals bewusst tief ein und aus. Er lockerte den Körper durch mehrmaliges Pendeln und richtete sich dann auf. Bieber knipste die Lampe über dem Schreibtisch an, der den mickrigen Ausmaßen des üblichen Hotel-Standards entsprach, nahm einen Kugelschreiber und notierte auf:

Die angeblich verdeckte Operation war von Anfang an publik geworden.Wo war das Leck? Wer hatte geplaudert? Aber ist das relevant?

Und gerade als er kurz darüber nachdenken wollte, schoss ihm der Gedanke durch den Kopf, dass er es gewesen war, der über diese Sache »geplaudert« hatte. Und zwar mit Renzo Severgnini. Die Konsequenz die sich daraus ergab, verdrängte er sofort, war doch Renzo sein Busenfreund, nicht nur in sportlicher Hinsicht.

Die Banken. Kein Interesse an frühzeitiger Auszahlung. Verdienen an der Geldverwaltung.

Avukat Barak. Ebenfalls kein Interesse an Auszahlung. Verdient an möglichst langfristiger Verwaltung. Beziehungen zu Banken? Beziehungen zu mafiosen Gruppierungen? Selbst Teil der kriminellen Geldwasch-Szene? Alles muss unterstellt werden. Unsympathisch.

Ahmed Türk. Großverdiener. Alleine mit seinen offiziellen Unternehmungen? Auch Teil der illegalen Szene, die er zumindest bestens kennt? Inwieweit wirklich nur graue Eminenz?

Oberst Rasin und Leutnant Cemal. Der eine ein selbstverliebter Uniformträger, der andere ein sympathischer Mensch. Beide anscheinend ehrliche Beamte.

Wer steckte hinter dem Anschlag im Hause Ahmed Turks?

Haben die Kaufleute Ösker Alsancak und Mehmet Bosan, von denen Volzens hiesiger Fahrer berichtete, irgend eine weiterführende Bedeutung?

Sara Tonglu, die zyprische Erbin von Volz. In welcher Beziehung stand sie zu ihm? Seine Geliebte? Komplizin?

Kazim Ülkü weiß zuviel. Woher? Interessanter Typ. Doch undurchsichtig.

Jasmin Ülkü. Umsichtig und zu schön, um es nicht faustdick hinter den Ohren zu haben.

Harry Bieber brütete noch ein paar Minuten über seinen Notizen, strich die letzte Bemerkung bezüglich Jasmin Ülküs wieder durch, denn sie hatte mit den vorstehenden Überlegungen nichts zu tun, knüllte dann ohne weiterzukommen den Zettel zu einem kleinen Klümpchen zusammen und warf ihn in den Papierkorb.

Kazim Ülkü hatte sich am gestrigen frühen Abend als ein charmant plaudernder Mann erwiesen. Auf Biebers Nachfrage, ob er nicht ebenfalls Wurfscheiben schieße, antwortete er, er ziehe eine Kurzwaffe oder ein Messer vor, wobei seine schwarzen Pupillen in den dunklen Augen noch größer wurden. Ohne sich festzulegen, hatte er Jasmins bohrende Fragen, allem Anschein nach, offen beantwortet oder auch nur zum Anlass genommen, seinem Gegenüber Hinweise zuzuspielen. Er sah jedenfalls die Lage Nordzyperns kritisch. Er sprach von den immer aggressiver und offener auftretenden Gruppierungen junger Zyprer, die sich am liebsten von der ständig spürbaren Fürsorge der Türkei gelöst hätten, um in einem Gesamtzypern in die Europäische Gemeinschaft aufgenommen werden zu können. Auch in der Türkei selbst gäbe es Interessengemeinschaften, die sich gerne von Nordzypern gelöst hätten, aufgrund der hohen finanziellen Belastung des türkischen Staates durch die eingegangenen Verpflichtungen gegenüber der kleinen Republik. Zwei der politischen Parteien in Nordzypern glaubten an einen beispiellosen, wirtschaftlichen Aufschwung, wenn sie mit der griechischen Seite gemeinsame Sache machen. Der Staatspräsident Denktaş dagegen versuche, seinem Nordzypern, für das er gekämpft habe, gegen die griechische Dominanz, eine Zukunft zu sichern. Eine Zukunft, in der die türkisch-zypriotische Volksgruppe sich zumindest selbst bestimmen könne. Parallel dazu favorisiere der Präsident öffentlich die internationale Anerkennung Nordzyperns. Das würde natürlich wiederum von der griechischen Seite abgelehnt werden und fände auch international keine Unterstützung. Die Fronten wären, bis hin zur jüngsten Vergangenheit, verhärtet. Dadurch würden nicht nur politischen Spekulationen auf allen Seiten Tür und Tor geöffnet, sondern auch Abenteurern mit ökonomischem bis hochkriminellem Hintergrund, die von außen auf beide Seiten der drittgrößten Insel des Mittelmeers letztlich negativ einwirkten. Denen böten sich gute Möglichkeiten, ihren undurchsichtigen Geschäften nachzugehen.

Die Schwierigkeiten, mit denen Bieber zu kämpfen habe, seien aufgrund dieser unklaren Situation, weniger im juristischen Bereich zu suchen als eben bei diesen eigennützigen, ökonomisch orientierten, kriminellen oder politischen Gruppierungen. Diese kriminelle Szene schüre ständig die Unzufriedenheit der Bevölkerungsgruppen, streue Gerüchte, erinnere an wechselseitige Gräueltaten aus den Zeiten des offenen militärischen Konflikts, nutze Missionen, wie die Biebers, um Chaos auszulösen oder wenigstens diesen Eindruck entstehen zu lassen. – Dabei sei nicht einmal klar, ob diese Störmanöver von der kriminellen oder von den radikalpolitischen Seiten initiiert würden. Immer jedoch sei im Vordergrund aller Aktivitäten die Zielsetzung, eine schnelle Einigung zu verhindern.

Mittlerweile war es kurz vor acht. Bieber hörte Geräusche aus dem Vorraum und zog sich an. Er klopfte und betrat den vorgelagerten »Wachraum« Jasmins, die ihn anlächelte.

»Guten Morgen, Jasmin, gut geschlafen?«

Sie trug eine schwarze Hose über leichten Mokassins und eine figurbetonte, schwarze Bluse und bestimmt keinen Büstenhalter. Die Linien ihres Körpers vermittelten Bieber, trotz der unübersehbaren sportlichen Spannung, einen weichen und natürlichen Eindruck, und er glaubte, unter dem Stoff der Bluse ihre Brustwarzen zu erkennen.

»Hallo, endlich wach? Ich habe Hunger, wollen wir gleich frühstücken? Tonzu sitzt vor seinem Bungalow. Ich weiß gar nicht, ob er die Nacht überhaupt im Haus verbracht hat. Jedenfalls war er noch ganz verknittert, als ich vorhin drüben zum Duschen war. Ich wollte Sie nicht stören. Ich dachte Sie wären wieder eingeschlafen, nachdem das Wasser ja schon recht früh rauschte.«

»Von wegen wieder eingeschlafen«, lachte Bieber, »ich habe mir schon mal Gedanken über die nächsten Tage gemacht und einige Notizen gefertigt, um mir den Kopf klar zu rücken. Bitte versuchen Sie herauszubekommen, wer hinter dem Anschlag in Türks Haus steckte. Vielleicht kann Ihnen ja Ihr Cousin Kazim dabei behilflich sein?«

»Wäre durchaus möglich, wenn man überhaupt was weiß.«

»Und dann die beiden angeblichen Kaufleute Ösker Alsancak und Mehmet Bosan, mit denen Volz hier Kontakte gepflegt haben soll. Über die sollten wir mehr wissen.«

»Da zapfe ich mal Leutnant Cemal an.«

»Und dann hätte ich gerne mehr gewusst über Sara Tonglu.«

»Sara Tonglu?«

»Das ist Volzens zyprische Erbin. Warum ist sie das. War sie seine Komplizin oder Geliebte oder was?«

»Sonst noch was, Herr Chef?«

»Nein, Frau Dolmetscherin. So und jetzt lassen sie uns frühstücken; das ist wirklich eine gute Idee.«

Beide gingen nach draußen und winkten Tonzu zu, der sich gähnend reckte, eine unverständliche Begrüßung brummelte und zum Frühstücksraum voranging.

»Gehen Sie vor«, rief Ülkü, »ich komme gleich nach; hab was vergessen« und verschwand wieder im eben verlassenen Bungalow.

Die beiden Männer nahmen, nachdem sie die angenehm freundliche Begrüßung des Hotelpersonals gebührlich erwidert und vom reichhaltigen Frühstücksbuffet genommen hatten, an einem schattigen Ort, mit freiem Blick über die gepflegte Anlage, Platz.

Jasmin Ülkü kam schließlich lockeren Schrittes auch an den Tisch, orderte Kaffee, nahm einen Teller, bemerkte lächelnd, Bieber dabei direkt in die Augen blickend, dass sie schnell noch Harrys zerknüllten Notizzettel verbrannt habe, denn es gehe ja keinen Außenstehenden etwas an, was Bieber so alles denke. Dass sie den Zettel vorher gelesen habe, sagte sie nicht. Doch Harald Bieber konnte nicht verhindern, dass er rote Ohren bekam und ihrem Blick ausweichen musste.

Nach dem Frühstück bat Bieber Jasmin Ülkü, die drci Bankdirektoren zu einem gemeinsamen Gespräch für den nächsten Tag oder besser zu einem Abendessen zu bitten, um deren Standpunkt zur Vorbereitung des Freitagsgesprächs mit Avukat Barak verbindlich festzulegen. Er hatte überhaupt keine Lust, sich in Einzelgesprächen hinhalten zu lassen, in denen jeder die Verantwortung auf den Banker-Kollegen schob, um wieder einen neuen Grund für eine Vertagung zu finden. Er wusste, die Sache musste vorangetrieben und noch diese Woche erledigt werden. Es gab keine vernunftbezogenen Argumente, die einer Regelung entgegenstanden. Die Abläufe mussten gepuscht werden und er durfte sich jetzt nicht weiter treiben lassen. Das würde man als Schwäche auslegen und versuchen, ihn an der Nase herumzuführen.

Jasmin bemerkte, sie wolle sich lediglich eine leichte Jacke überziehen und würde dann den Mietwagen nehmen, stopfte sich noch ein kleines Mürbeteigteilchen in den Mund und verschwand schnellen Schrittes. Bieber trank derweil seinen etwas bitteren Kaffee aus und überlegte, wie er diesen sonnigen und offensichtlich wieder heiß werdenden Tag gestalten sollte. Er folgte Salvatores Vorschlag, an einem der Beaches, östlich von Girne, einen gemütlichen Tag zu verbringen. Die beiden begaben sich zurück zu den Bungalows. Ülkü war bereits verschwunden und Bieber zog sich eine Badehose, mit nicht anliegendem, gerade geschnittenem Bein an und zog eine Short darüber. Die Freizeitkleidung wurde komplettiert durch ein schnell übergeworfenes T-Shirt und leichte Slips, die er auf einem Bein hüpfend überstreifte. Er pfiff nach Salvatore, der endlich auch aus seinem Bungalow kam, eine Tasche aus Jeansstoff über die Schulter gehängt.

»Ich habe uns zwei große Badetücher eingepackt, Sonnencreme mit Faktor Acht und Sechzehn. Sie können wählen.«

Bieber musste sich eingestehen, dass er Badetuch und Sonnenschutzcreme mit Sicherheit vergessen hätte, was sich zumindest in letzterem Fall als sehr unangenehm hätte auswirken können. Aber an so was dachte er nie. Für Kleinigkeiten war Claudia zuständig, die daran einfach zu denken hatte. »So sind sie halt, die durch Sekretärinnen verwöhnten Typen«, bemerkte Claudia in solchen Zusammenhängen, aber an Claudia wollte er jetzt nicht denken.

Salvatore Tonzu warf die Tasche auf die Rückbank des Pajero. Er trug ebenfalls leichte Segeltuchschuhe und hatte ein weites, buntes Hemd über seine knielangen Shorts gezogen. Bieber erinnerte seine Aufmachung an einen Hawaii-Urlauber und lächelte über dieses grelle Outfit, das der so Belächelte allem Anschein nach nicht als zu touristisch gestylt, sondern seinem momentanen Lebensgefühl entsprechend, empfand.

Tonzu fühlte sich in seinem Element. Endlich musste er keine Rücksicht auf die ihn ewig kritisierende und stichelnde Ülkü nehmen. Er trat das Gaspedal kräftig durch, so dass die Räder im kleinen Gang durchdrehten und das Fahrzeug, eine dicke, mit kleinen Steinen durchsetzte Staubfahne hinter sich lassend, durch die Ausfahrt des Hotelgeländes stob.

»Yavaş, yavaş«, lachte Bieber und legte schnell noch den Sicherheitsgurt um, »Salvatore, denken Sie daran, dass in den Häusern Menschen wohnen. Wenn da ein Kind rausläuft; so schnell können Sie gar nicht bremsen.«

»Da läuft kein Kind raus. Die hören mich doch. Keine Sorge, ich bin es gewohnt, hier zu fahren.«

»Ihr Wort in Allahs Ohr«, rief Bieber, gegen den Motorenlärm ankämpfend, noch immer lachend, denn Tonzu benahm sich wie ein kleiner Junge, der auf dem Spielplatz sein Tretauto malträtierte. Und tatsächlich gelang es dem türkisch sprechenden Italiener, das Fahrzeug heil durch die engen Gassen Catalköys zu steuern und auf die Uferstraße, Richtung Osten, zu bringen.

Sie fuhren schließlich die Küstenstraße mit jetzt eindeutig reduziertem Tempo entlang.

»Eine Strecke, die man mit Muse genießen kann«, erklärte Salvatore mit lauter Stimme. Und Bieber musste zugeben, dass trotz der etwas holprigen, engen Wegstrecke, die bereits kurz nach dem Elektrizitätskraftwerk jeden Eindruck einer normalen Straße vergessen ließ, einen kurzweiligen Ausflug verhieß.

»Das Kraftwerk ist vor mehr als einem Jahrzehnt eingeweiht worden und während der Einweihungszeremonie explodiert«, prustete Tonzu, »angeblich Sabotage der Griechen, vielleicht aber auch nur mangelhafte Technik beim Bau.« Und weiter in sachlicherem Ton: »Jedenfalls lag das neue Kraftwerk jahrelang brach, bis man nachgerüstet oder auch entscheidende Teile neu gebaut hatte. Heute erfüllt es ganz gut seinen Zweck, wenngleich die zu versorgenden Hotels allesamt vorsichtshalber ihre Notstromaggregate bestens warten, weil diese doch immer wieder gebraucht werden.«

Die Straße war mittlerweile zu einem befestigten Weg geschrumpft. Sie machte eine scharfwinklige Biegung nach rechts und gab damit linker Hand einen wunderschönen, weiten Blick auf die Küste frei. Sie passierten eine Reihe neugebauter Ferienhäuser und ein kleines im urzypriotischen Stil gebautes Restaurant. Zur Seeseite und zum Eingangsbereich hin, waren Veranden vorgebaut, die mit Schilfrohren überdacht waren, so dass selbst bei größter Hitze die aufsteigende, warme Luft nach oben entweichen konnte. Viele Blumen in großen und kleinen Töpfen vermittelten eine urige Gemütlichkeit.

»Es geht das Gerücht, dass die Wirtin früher eine bekannte Bauchtänzerin gewesen sei«, bemerkte Salvatore mit einem Schnalzen der

Zunge. »Auf der Rückfahrt sollten wir noch mal kurz hier anhalten.« Ohne, dass Tonzu mehr gesagt hatte, bemerkte Bieber, dass sein Fahrer nur mit Mühe einen schwärmerischen Ton vermieden hatte. Vielleicht hatte der Italiener dort schon manchen Abend die vermutlich reife Schöne angeschmachtet, mit oder ohne Erfolg.

Rechter Hand zeigten sich wenige Minuten später die bewaldeten Höhenzüge des Beşparmak-Gebirges, und wenn Bieber seinen Kopf nach der linken Seite wandte, hatte er einen wunderschönen Blick, weit auf das Meer hinaus. In dieser Region des Mittelmeeres war das Wasser nicht nur glasklar, sondern auch absolut sauber. Wassertemperaturen bis über fünfundzwanzig Grad Celsius konnten erreicht werden, wie der Fahrer mit der Stimme eines Reiseführers verkündete. Er verwies dann weiter auf die dünne Besiedelung der Küstenlandschaft und ihren eben damit verbundenen Reiz, auf die felsigen Abhänge hin zum Meer, oft unterbrochen durch herrliche, naturbelassene Sandbuchten, den wunderschönen Turtle-Beach, auf die Klosterruinen Sourp Magar oder Antiphonitis, die oberhalb in den Bergen versteckt waren.

Nach gut einer halben Stunde Fahrt bog Tonzu eine kaum wahrnehmbare Fahrspur nach links ab. Nach etwa einhundert Metern fuhr er um einen Felsen herum, eine kurze abfallende Strecke nach unten, und das Fahrzeug war jeder Sicht von der Straße her entzogen. Es öffnete sich eine kleine Sandbucht und Tonzu verkündete: »Wir sind daaaaa«, mit pathetischem »A« und der Stimme eines Priesters, der vom Paradies schwärmt. Er stellte den Pajero, der unter Zuschaltung seines Vierradantriebs mühelos den weichen Dünensand querte, ab und griff nach der Tasche aus Jeansstoff. Bieber fühlte sich an Schottland erinnert, dessen Bewohner am liebsten auch unmittelbar an das Wasser heranfuhren, dann allerdings in den Autos sitzen blieben, um den Ausblick zu genießen. Aber in Schottland war es auch einige Grad kühler.

Bieber hatte schnell Schuhe und Shirt abgestreift und war in das angenehm temperierte Meerwasser eingetaucht, das erst nach etwa zwanzig Metern echte Schwimmtiefe erreichte. Tonzu folgte gemächlicher, nachdem er seine Kleidung abgelegt hatte und in einer knappen Dreieckshose dastand.

Bieber genoss die Urlaubsstimmung und konnte dank Tonzus Fürsorge unter Verwendung von reichlich Sonnenschutzcreme mit Faktor Sechzehn einen Sonnenbrand vermeiden. Lange wähnte sich Bieber mit seinem Fahrer alleine. Bis er nach knapp drei

Stunden zwei Männer entdeckte, die oberhalb des Strandes, in den Dünen saßen. Sie trugen leichte, zweckmäßige Kleidung und hielten jeweils eine Cola-Dose in der Hand. Sie sprachen nicht miteinander. Sie saßen da und starrten auf Bieber. Sie beobachteten auch Biebers Begleiter, aber weniger aufmerksam. Die Schweigsamkeit und das ungewöhnliche Verhalten der beiden Männer wirkte beunruhigend. Bieber hoffte, dass sie bald verschwinden würden. Mit fortschreitender Dauer fühlte er sich mehr als nur unbehaglich. Es keimte sogar der Gedanke auf, dass ihn Tonzu bewusst an diese Stelle geführt hat, um ihn auszuliefern. Diesen Gedanken hatte er aber sogleich wieder verworfen, denn in diesem Fall hätten die beiden unheimlichen Gestalten nicht so lange gewartet. Salvatore Tonzu hatte die beiden anscheinend viel früher als Bieber entdeckt und war wohl deshalb seit geraumer Zeit nicht mehr im Wasser gewesen, sondern hielt sich ständig in der Nähe des Anwalts auf. Tonzu hatte erwogen, zum Aufbruch zu mahnen, zögerte eine solche Aufforderung jedoch hinaus. Einerseits, weil er sich nicht lächerlich machen wollte vor dem Freund seines Chefs, zum anderen, weil der klapprig erscheinende Pritschenwagen, mit dem die beiden Figuren sich angenähert hatten, die von Büschen und Gestrüpp gesäumte, ausgehöhlte Zufahrt versperrte. Am Strand hatten sie vor sich eine freie Fläche. Dieser Vorteil wäre verloren gegangen, wenn sie sich den zwei Männern mit oder ohne Fahrzeug genähert hätten. Es rächte sich jetzt, dass er diese kleine Bucht ausgesucht hatte für den Badeausflug, denn die umsäumenden Felsen zogen sich nach vorne bis weit in das Wasser hinein. An ein Umfahren mit dem Jeep war nicht zu denken. Er hatte bemerkt, dass auch Bieber unruhig wurde. Sie warteten noch eine Weile. Es änderte sich nichts an der bedrückenden Situation. Sie blickten sich wie auf ein geheimes Kommando plötzlich in die Augen und Tonzu sagte: »Nichts wie weg! Gehen sie vor.«

Bieber streifte sich, ebenso wie Tonzu, die Shorts, T-Shirt und Slips über und erhob sich jetzt langsam. Er fuhr sich mit beiden Händen über die Haare und schritt ruhig und zielbewusst auf den kleineren Felsen, der vielleicht fünfzehn bis zwanzig Meter weit ins Wasser ragte, zu. Tonzu rief mit lauter Stimme auf Türkisch, damit man ihn in jedem Fall verstehen würde: »Eine Gute Idee, lass uns noch ein wenig im Schatten liegen.« Und er griff zur Jeanstasche, die er sich locker über die Schulter warf, um Bieber in wenigen Metern Abstand zu folgen.

»Was ist«, rief Bieber über die Schulter zurück, »ich verstehe kein Wort«, als er kurz darauf Tonzus Stimme glaubte gehört zu haben und stapfte in dem mittlerweile knietiefen Wasser weiter voran.

»Hoffentlich bilden wir uns das nur ein. Mir wäre lieber, wir litten an Verfolgungswahn, als dass sich meine Ahnung bestätigt.«

Er blieb stehen, drehte sich um und erstarrte. Tonzu presste ein »Porco dio« durch die Zähne.

Etwa vier, fünf Meter hinter Tonzu standen die beiden Männer und einer sagte mit öliger Stimme, sich weiter vorsichtig nähernd: »Keine Bewegung. Schön ruhig bleiben.«

Tonzu wirbelte auf der Ferse herum, griff mit einer gleitenden Bewegung der rechten Hand nach hinten unter sein Hemd und erstarrte. Er blickte in die Mündungen von zwei auf ihn gerichteter Pistolen mit aufgeschraubten Schalldämpfern. Tonzu richtete sich aus seiner gebückten Haltung auf, brachte seine leere Hand nach vorne, den Arm leicht abgespreizt, während er mit der linken weiter die Jeanstasche mit den heraushängenden Badetüchern umklammert hielt. Seine Narbe auf der linken Gesichtshälfte zuckte leicht und er blickte mit weit aufgerissenen Augen in die Gesichter der beiden Typen, die ausdruckslos waren wie die von geübten Pokerspielern. Ihre Körper waren entspannt und signalisierten keinerlei Erregung, was ihre Gefährlichkeit unterstrich. Die Ölstimme lächelte mit dünnen Lippen und die Augen signalisierten Zufriedenheit, gleich einer Katze, die sich ihrer Beute sicher wusste. Tonzu kannte solche Gesichter und ihm wurde augenblicklich bewusst, dass es sich hier um Profis, berufsmäßige Killer handelte, von denen keinerlei Gnade zu erwarten war, wenn ihr Auftrag dahinging, ihre Opfer zu beseitigen. Und darauf deutete alles hin, denn für was hatten sie ihre Waffen mit Schalldämpfern versehen. Tonzu hatte die beiden zuvor noch nie gesehen. Sie verständigten sich untereinander mit Gesten und kurzen Worten in einer Sprache, die er nicht verstand. Er vermutete dem Klang nach, dass sie sich in einer arabischen Sprache unterhielten. Er hatte keinerlei Vermutung, für wen sie arbeiteten. Er bewegte sich nicht.

»Die Hände hinter den Kopf, wenn ich bitten darf.« Die Ölstimme artikulierte leise mit hartem Akzent. Den zweiten Mann dominierte eine kräftige Nase und eine Erwachsenenakne, die ihn nicht gerade angenehm aussehen ließen. »Bediente sich die Griechenmafia auch Marokkanern«, schoss es Tonzu durch den Kopf. Die Situation erschien ihm aussichtslos und er beschloss, nach außen hin Gleichgültigkeit zu zeigen. Bieber indes war einige Schritte nach vorne getreten, neben Tonzu. Auch er war der Weisung ohne Widerrede gefolgt und hatte die Hände hinter dem Kopf verschränkt. Er rang um Fassung, konnte jedoch nicht verhindern, dass seine Stimme belegt klang, als er versuchte, mit fester Stimme zu sagen: »Haben Sie sich schon einmal Gedanken darüber gemacht, was Ihre Mutter sagen würde, wenn die sähe, was Sie hier gerade abziehen?«

Ölstimme zischelte, er kenne seine Mutter nicht und wenn würde er sich nicht um ihre Meinung scheren und auch Bieber werde sich nicht mehr lange Gedanken darum zu machen brauchen. Er trat einen Schritt zur Seite, um ungehindertes Schussfeld zu haben und bedeutete seinem Partner, sich an die Arbeit zu machen. Der zog eine Berettapistole aus Tonzus Hosenbund und tastete den Italiener weiter fachmännisch ab, als könnte der unter seinem Hemd weitere Waffen versteckt halten. Er durchsuchte mit der gleichen Gründlichkeit Bieber, dem so langsam zu Bewusstsein kam, dass sie sich in einer schier aussichtslosen Situation befanden.

Die Großnase trat zurück, steckte Tonzus Beretta nun seinerseits in den Hosenbund. Er zog erneut seine eigene Waffe, während Tonzu die Jeanstasche wieder über seine linke Schulter schwang, die er zuvor während der Durchsuchung hatte fallen lassen.

»What a lovely view, isn't it George?« Die schrille Stimme einer Engländerin erklang für alle überraschend über ihnen. Touristen hatten sich offenbar auf der Felsnase dem Rand genähert und blickten, irgendwohin in die Ferne zeigend, auf das blaue Meer. Die Köpfe der beiden Gangster ruckten für einen Moment synchron nach oben. Diesen nutzend, zog Tonzu mit der rechten Hand ein flaches Messer, das im Boden der Jeanstasche gesteckt hatte. Mit einer halbkreisförmigen Bewegung nach vorne durchschnitt er die Kehle des schlanken Mannes, dessen Stimme nie mehr ölig aufklingen würde. Dann warf er sich nach rechts, schleuderte sein Messer Richtung Großnase, doch verpasste diesen um Haaresbreite. Ein Schuss löste sich aus der Pistole des Mannes und traf den nach vorne stürmenden Tonzu in der linken Hüftgegend. Der Schuss konnte ihn aber nicht aufhalten. Mit zwei Schritten war er in Reichweite des Mannes, der dadurch, dass er dem Messerwurf ausweichen wollte, ins Torkeln geraten war. Tonzus rechter Arm stieß nach vorne und die zweite Knöchelreihe der vorschnellenden, angewinkelten Finger traf die Gurgel des Mannes, der noch eben bereit war zu morden, mit einem hässlichen Laut. Mit erstaunt geweiteten Augen und weit aufgerissenem Mund, dem ein gutturaler Laut entsprang, brach er in die Knie und fiel nach vorne über.

XIV.

Alles gut gelaufen«, rang sich Jasmin zwischen zwei gehäuften Gabeln von dem mehr als reichhaltigen Abendbuffet ab, »wir haben das Meeting und zwar morgen Abend, siebzehn Uhr, deutsche Zeit. Das bedeutet, die werden pünktlich sein. Man muss das vorher schon klarstellen, zumal, wenn man davon ausgeht, dass bei einem Zyprioten ›bir dakika‹, also eine Minute, auch mal eine Stunde bedeuten kann.« Sie kicherte und schob einen Bissen nach. Ihre Augen blitzten und Bieber fiel auf, dass sie Farbe zugelegt hatte. Ihre Haut schimmerte jetzt dunkel, mit einem bronzenen Ton, der durch ein geschicktes Make-up unterstrichen wurde. Die sonst sportlich schicke, junge Frau wirkte durch diese kleinen kosmetischen Hilfen plötzlich elegant und gepflegt. Sie war fast zu einer Schönheit erblüht, wie Bieber bemerkte, wenngleich er dies im Moment nicht wirklich zu würdigen wusste. Er aß schweigend und überließ die Polizistin ihrem offensichtlichen Heißhunger, den sie auch sogleich bestätigte: »Ich habe vielleicht einen Hunger. Das kommt wahrscheinlich vom Schwimmen. Ich hatte ja heute quasi frei. Die Termine waren bereits am Morgen vereinbart und ich nutzte die Gelegenheit, mal ordentlich Bahnen zu schwimmen, mich mal so richtig auszupowern«, sagte sie, mit den Augen zwinkernd.

Bieber war still. Seine Gedanken schweiften ab. Er stand noch immer unter dem Eindruck dieses fürchterlichen Nachmittags. Die schrillstimmige Engländerin hatte sich mit Ihrem Mann vom Felsen zu ihrem Auto hin entfernt und dabei ganz offenbar nicht erfasst, was praktisch zu ihren Füßen, wenngleich durch die Felsennase verdeckt, geschehen war. Davon hatte sich Tonzu sofort überzeugt, indem er seitlich am Felsen entlang schlich, bis er Sicht zu den beiden Touristen bekam, die bereits wieder Richtung Straße querfeldein gingen. Er kehrte zurück, beugte sich über Bieber, der sich an den Fels klammerte und keinen Ton über die Lippen bekam. Er legte seine linke Hand auf Biebers Schulter, diesem dabei fest, ja beschwörend in die Augen blickend.

»Wir müssen jetzt schnell handeln. Die beiden müssen weg. Schlagen Sie sich jeden Gedanken daran, die Polizei zu rufen oder Ähnliches, aus dem Kopf. Wir würden hier nur im Knast verschwinden. Bis das alles aufgeklärt werden würde, könnten Wochen und Monate vergehen. Da helfen alle Connections nichts. Und was dabei heraus kommt, ist ungewiss. Zumindest für mich, das dürfte Ihnen doch klar sein.« Er blickte suchend um sich.

»Es würde selbst vor einem deutschen Gericht schwer werden, irgendwelchen Dritten glaubhaft zu verdeutlichen, dass die uns eben ernsthaft umnieten wollten«, warf Bieber ein.

»Und genau davon ist ja wohl zweifelsfrei auszugehen. Das alles vor einem hiesigen Gericht ist letztlich eine mehr als ungewisse Sache, abgesehen von dem Zeitfaktor. Hier dauern schon unbedeutende Zivilprozesse durchschnittlich zwei Jahre, selbst bei kleinsten und einfachsten Problemstellungen. Dann erst ein solcher Straftatbestand, der mit Sicherheit von der anderen Seite, dem Süden, aufgebauscht würde, nur um zu dokumentieren, dass hier kein Tourist normal durch die Straßen gehen kann.«

Er hatte seine innere Bestandsaufnahme allem Anschein nach abgeschlossen, denn sein Blick wurde fester als er fortfuhr: »Glauben Sie mir, wir dürfen uns auf keinerlei Öffentlichkeit einlassen. Das Auto muss natürlich auch weg. Und dann müssen wir alle so schnell wie möglich raus aus dem Land. Wir können mit dieser Geschichte jeden Tag auffliegen.«

Bieber wusste nicht, was er denken sollte. Wollten die beiden Typen ihn wirklich umbringen oder sollte ihnen nur Angst eingejagt werden? Schwer zu sagen, und schließlich war dies der zweite Anschlag auf ihn, denn er ging davon aus, dass die Attacke in Türks Haus letztlich dazu dienen sollte, ihn in eine Falle zu locken. Die Situation war eskaliert und bei dem Gedanken, dass Tonzu recht hatte, was er nach kurzem Abwägen als naheliegend erkannte, wurde ihm nachträglich erneut flau im Magen.

»Ok, wir müssen die Sache angehen und das schnell«, bemerkte der eben noch bis zur Hüfte im Wasser stehende Mann.

Bieber akzeptierte stillschweigend, dass Tonzu die Weisungen erteilte. Er hatte im Auto der zwei Gangster Stricke, wenngleich eher von mürber Qualität, und eine Rolle Klebeband gefunden. Mit diesen Utensilien banden sie die beiden Leichen zunächst Brust an Brust aneinander. Dann packte Tonzu einen der herumliegenden Felssteine zwischen die beiden Körper und zurrte ober- und unterhalb davon nochmals den Brustbereich beziehungsweise die Oberschenkel fest zusammen. Danach zerrten sie mühsam das schwere Paket in das tiefere Wasser, unterhalb der Felsnase. Tonzu hatte etwa eineinhalb bis zwei Meter unter der Wasseroberfläche, an der

Stelle, an der der Fels aus dem Boden ragte, einen flachen Gesteinsvorsprung entdeckt, unter den sie die toten Gangster verklemmten. Bieber erkletterte schließlich den Felsen und warf größere Brocken in das Wasser. Tonzu verwendete sie dazu, die toten Körper zwar provisorisch, doch hoffentlich für einige Zeit so zu verdämmen, dass eine frühzeitige Entdeckung nicht wahrscheinlich war.

»Wenn kein starker Wind aufkommt, wird das vermutlich halten. Die Gezeiten sind hier nicht so stark.«

Tonzu arbeitete schnell, mit sicheren Handgriffen, erstaunlich effektiv, wie Bieber registrierte.

»Ich glaube, wir haben jetzt Flut«, keuchte der Italiener, »vorhin war das Wasser niedriger.«

Und schwer schnaufend nach langen Minuten: »So, das muss genügen. Nehmen Sie den Pajero und fahren Sie hinter mir her. Die Autoschlüssel! Verdammt, die Autoschlüssel, ich habe vergessen, in den Taschen dieser zwei Figuren nachzusehen.«

Tonzus Stimme war ärgerlich geworden. Er rannte fast zu dem Pritschenwagen, riss die Tür auf, steckte den Kopf in das Innere des Wagens und signalisierte schließlich, den Daumen seiner rechten Hand in die Luft streckend, dass er fündig geworden war. Bieber nahm Tonzus Tasche auf, warf diese auf die Rückbank, startete den Pajero und folgte dem Pritschenwagen. Nach wenigen Minuten eiliger Fahrt auf holpriger Piste bog Tonzu wieder von der Straße nach links ab. Die Fahrzeuge kamen am Rande einer steilen Klippe zum Stehen.

Tonzu stieg aus, wankte leicht und hielt sich an dem Außenspiegel des Fahrzeugs fest. Bieber sah, dass das bunte Hemd des Italieners rot eingefärbt war und auch ein breiter, dunkler Streifen auf der hellen Hose sich abzeichnete.

»Sie bluten ja«, rief Bieber, »Verbandskasten, wo ist der Verbandskasten!«

Tonzu grinste schief. »Nur eine Fleischwunde, nichts Ernstes. Blutet halt wie Sau.«

Bieber fand einen Verbandskasten im Pajero, der tatsächlich etwas leukoplastähnliches Klebeband und zwei Mullbinden beinhaltete. Ansonsten aber war er leer, bis auf eine rostige Schere, die zu benutzen sich Bieber allerdings auch verkniff.

»Ich hätte irgendwann einmal einen Erstehilfekurs belegen sollen. Tut mir leid Salvatore«, murmelte Bieber und packte die beiden gerollten Mullbinden einfach auf die längliche, etwa zwei Zentimeter tiefe und zehn Zentimeter lange Fleischwunde, die der Streifschuss hinterlassen hatte. Dann klebte er straff die Klebestreifen drüber, bis das schmale Band aufgebraucht war.

»Wird schon halten«, hoffte Bieber, »bis wir im Krankenhaus sind.«

Tonzu lachte auf. Er machte Bieber klar, dass das Aufsuchen eines Arztes oder gar des Krankenhauses in dieser Situation nicht die richtige Maßnahme sei. Er habe eine Bekannte, die sich darum kümmern werde.

Sie lösten die Handbremse des Pritschenwagens und schoben ihn gemeinsam über den Felsrand. Der Wagen, sich beinahe überschlagend, stürzte in die Tiefe, schlug auf der Meeresoberfläche auf und versank langsam, nachdem das Wasser durch die Fensteröffnungen eindrang.

Bieber erkannte, dass Tonzu nach dieser neuerlichen Kraftanstrengung doch deutlich blasser um die Nase wurde, übernahm das Steuer und fuhr die Küstenstraße zurück Richtung Catalköy.

»Wenn es Ihnen recht ist, übernehme ich am Hotel den Pajero und fahre direkt zu meiner Bekannten. Würde man Sie dort sehen, würde das bei den Nachbarn Aufsehen erregen. Mich kennt man. Ok?«

»Ok, ok, wie Sie meinen«, hatte Bieber erwidert. »Wir sehen uns dann in jedem Fall morgen Früh. Ruhen Sie sich aus und passen Sie auf, dass sich nichts entzündet.«

»Ach ja, und noch was. Bitte kein Wort zu Jasmin Ülkü. Wir waren am Beach. Ich habe mir an einem Felsen die Hüfte aufgeschrammt und fertig. Bei so einer Sache sind normalerweise bei zweien schon einer zuviel. Sie verstehen? Unter keinen Umständen ein Wort zu Dritten.«

»Sie haben Recht, Salvatore. Das geht in Ordnung. Machen Sie sich keine Sorgen. Sie können sich auf mich verlassen. Ich habe das wenigste Interesse, dass die Sache aufkommt. Das können Sie mir glauben.«

Bieber war dann durch die Hotelhalle zum Bungalow gegangen und konnte gerade noch sehen, wie Jasmin mit einem eleganten, flachen Sprung in das Wasser des großen Pools eingetaucht war.

»Was issen eigentlich mit dem Tonzu los«, riss Jasmin ihren Gegenüber aus seiner Grübelei. »Der kam gestern Abend recht spät. Wir sollten uns besser absprechen. Es geht nicht, dass wir beide unseren freien Tag nehmen. Auch wenn Sie sich gleich nach dem Abendessen verkrochen haben, wodurch ich Sie problemlos abdecken konnte«, plapperte sie munter weiter, nach einem zweiten Stück der klebrigsüßen Teilchen greifend, die sie jeden Tag beim Frühstück in sich hineinstopfte.

»Zudecken wäre mir lieber gewesen«, antwortete Bieber mit breitem Lächeln, und als er ihre hochgezogenen Augenbrauen bemerkte, schob er schnell nach: »Sollte ein kleiner Scherz sein, bitte mich nicht misszuverstehen, Jasmin.«

»Ich glaube Harry, ich habe Sie schon richtig verstanden«, nuschelte die Naschkatze mit vollem Mund und kniff ihre Augen jetzt zu schmalen, forschend blickenden Schlitzen zusammen. »Aber ernsthaft, was ist mit Tonzu?«

»Ach Tonzu, er wagte gestern Nachmittag, eigentlich waren wir schon am Zusammenpacken, noch mal einen Sprung von einer Felsnase ins Wasser und hat sich dabei verletzt. Irgendwo schmerzhaft angeschrammt. Hat mächtig geblutet.«

Bieber versuchte, einen scherzhaften, beiläufigen Ton zu finden, dabei möglichst gleichgültig zu blicken und fuhr fort: »Ich musste meine sehr theoretischen erste Hilfe Kenntnisse strapazieren und ihn verarzten. Wir fanden, allen guten Mächten sei Dank, etwas Mull und Pflasterstreifen im Verbandskasten. Das hielt notdürftig.« Er erklärte weiter, er glaube, Tonzu sei dann zu einem Arzt gefahren, um die Wunde säubern zu lassen, zumal er ihn an diesem Tage nicht mehr benötigt habe.

»Ich hatte ohnedies etwas Kopfschmerzen. Vielleicht zu viel Sonne, und ich war auch hundemüde«, schloss Bieber.

Um die Polizistin abzulenken, plauderte der Rechtsanwalt einfach drauflos, erzählte ein paar nette Geschichten aus seinem bewegten Leben, wie er anmerkte und brachte die junge Frau mehrfach zum Lachen. Die beiden hatten schließlich den Frühstücksbereich geräumt und saßen vor der im Zentrum des Beckens befindlichen Poolbar, die Beine im Wasser und einen Drink in der Hand haltend.

Bieber hatte ausreichend Gelegenheit, unauffällig, so glaubte er jedenfalls, Jasmins durchtrainierten Körper zu bewundern. Er nahm sich sofort vor, nach dieser Reise, jeden Morgen mindestens eine Stunde mit Gewichten zu arbeiten, denn seine Muskulatur bedurfte dringend aufbauender Arbeit. Er war froh, dass er sich jetzt schon wieder mit so unwichtigen Dingen beschäftigen konnte. Probleme hatte er letzte Nacht zur Genüge gewälzt, im wahrsten Sinne des

Wortes. Er hatte sich bereits gewundert, dass Jasmin keine spitzen Bemerkungen so in Richtung »wohl unruhigen Schlaf gehabt« oder »sie denken zuviel an junge Türkinnen« gemacht hatte, denn sie musste seine nächtlichen Umtriebe mitbekommen haben. Warum dieser unsinnige Anschlag vom gestrigen Tag? Das hatte nichts mehr mit Einschüchterungsversuchen zu tun. Man wollte Fakten schaffen, doch wer und warum.

Bieber wurde in dieser Nacht klar, dass diese lebensbedrohende Attacke nicht auf türkische oder türkisch-zypriotische Interessengruppen zurückzuführen war. Die würden ihn eventuell einschüchtern und weichkochen wollen für die anstehende Besprechung. Denn ohne eine Einigung kam niemand an das Geld. Das war klar. Und zu einer Einigung brauchte man ihn und zwar lebend. Sollte Kazim Ülkü mit seiner Theorie Recht behalten haben, dass ausschließlich griechisch-zypriotische Interessengruppen negative Schlagzeilen zu Lasten des Nordens provozieren wollten? Nur, um die internationale Öffentlichkeit in dem Glauben zu bestärken, dass der Norden für Unruhe, Banditentum und politische Wirrnis stehe, so dass eine Anerkennung der Republik Nordzypern, in gleich welcher Form, politischem Selbstmord gleichkäme? Bieber bezweifelte diese These. Sah er doch bisher seine Aufgabe eher in der Rolle eines Vermittlers bei einem wirtschaftlich-juristischen Problem, vielleicht mit leicht kriminellem Touch in Bezug auf die Herkunft des Geldes, das es freizubekommen galt. Na und? Aber was wäre gewesen, wenn der Anschlag Erfolg gehabt hätte? Welche Reaktion wäre in den Medien zu erwarten gewesen, die – zumindest in der Vergangenheit – fast kritiklos die griechischen Statements übernahmen?

»Deutscher Advokat ermordet in Nordzypern« – »Nordzypriotische Politgangster verhindern Geldtransfer« – »Revolutionsstaat Nordzypern schützt Mafiagelder«

Bieber hatte beinahe zu nächtlicher Stunde laut aufgelacht, als ihm solche Schlagzeilen in den Kopf kamen, er sie in marktschreierischer Aufmachung vor Augen sah. Er behalf sich schließlich gegen seine nächtliche Unruhe, indem er sein Denken auf einen Text des zenbuddhistischen Meisters Huang Po richtete, der bereits gegen 850 unserer Zeitrechnung gestorben war und den er einem Buch mit dem Titel »Der Geist des Zen« entnommen hatte: »Gewöhnliche Menschen blicken auf ihre Umgebung, während Schüler des Weges auf das Bewusstsein blicken. Der wahre Dharma aber ist, dass man beides vergisst. Ersteres ist leicht genug, das Zweite aber sehr schwer.« Bieber bestätigte diese Erkenntnis für sich, insbesondere hinsichtlich des letzten Satzes und setzte sich mitten in der Nacht gegen zwei Uhr dreißig zu einer zwanzigminütigen Zazenübung gerade auf den Boden. Dabei half ihm nur sein zusammengefaltetes Kopfkissen, eine gerade Wirbelsäule zu bilden und diese zu stabilisieren. Er wollte das Huang-Po-Zitat »Wenn alle diese Formen aufgegeben sind, dann ist Buddha da« seinem Denken entgleiten lassen und versuchen, gedankenlos zu sitzen, was ihm dieses mal nicht so leicht wie sonst fallen wollte. Denn gerade die Gedanken, die es zu vermeiden galt, drängten sich ihm auf. Warum saß er jetzt hier, mittendrin in einem Erleben, das er für sich als menschliches Individuum normalerweise nicht erwartet hatte. War das nur Karma, also Reaktion auf Aktion? Mithin das Ergebnis von vergangenen Gedanken und Handlungen früherer Lebensumstände, die in das gegenwärtige Dasein hineinwirkten und Basis seiner heutigen Handlungsweisen waren, die wiederum sich auswirken würden auf zukünftige Daseinsformen? Oder war es nur seine Abenteuerlust oder auch nur sein Leichtsinn, der ihn immer wieder in diesem Leben in Situationen brachte, von denen der Normalbürger halt nur in Romanen las oder die er in Filmen bestaunte. Aber mit was war die Bereitschaft zu erklären, dieser beinahe greifbare, spürbare Zwang, sich auf solche Abenteuer leichtsinnig, ohne Not, einzulassen? Genau, Reaktion auf Aktion. Karma. Karma. Karma. »Nichts unterscheidet sich«, streifte ihn endlich Altmeister Huang-Po's Grundsatz und schließlich konnte er diese tiefgehende Erfahrung eines der Urväter des japanischen Zen aus seinem Geist ziehen lassen und gedankenfrei Sitzen. Nach der Übung fiel es ihm leicht, seinen Geist still zu halten, was ihm dann auch noch ein paar Stunden ruhigen Schlafs in dieser Nacht verschaffen sollte.

»Ich möchte die Sache heute zu Ende bringen.« Bieber holte tief Luft und sich zurück in die Gegenwart, in der Jasmin mit den Füßen im Wasser plätscherte und ihn hatte vor sich hin starren lassen.

»Die Besprechung muss ein Ergebnis aufzeigen und zwar ein endgültiges. Dieses Hintröpfeln ist absolute Zeitverschwendung. Sie werden sehen, Jasmin, dass es läuft. Die wissen doch jetzt woran sie sind, oder? Je langer wir hier bleiben – und insofern korrigiere ich mich gerne, wenn das nach Ihrer Meinung nicht zutrifft – um so schwieriger wird die Mission. Wer weiß, wer da alles mit drin hängt und jeder möchte doch noch was ab haben vom großen Kuchen. Das kann nur schwieriger werden.«

»Ich stimme Ihnen zu, Herr Rechtsanwalt. Lassen wir uns überraschen«, lachte Jasmin lustig spöttelnd und glitt in das bläulich schimmernde Wasser.

XV.

Bieber hatte sich entschlossen, an diesem Tag keinen Fuß mehr aus der Hotelanlage zu setzen. Er wollte keinerlei Risiko eingehen. Das morgige Treffen durfte, so kurz vor dem möglichen Abschluss, nicht gefährdet werden. Außerdem musste er sich innerlich sammeln. Seine immer wieder aufkeimende Panik hinsichtlich des kürzlich Geschehenen galt es in den Griff zu bekommen. Er war zwar nachträglich nicht unglücklich darüber, dass Salvatore im entscheidenden Moment schnell und konsequent gehandelt hatte. Doch trotz des Empfindens einer Dankbarkeit war er sich über seine wirklichen Gefühle gegenüber diesem Mann nicht im Klaren. Dieses eiskalte Vorgehen bedurfte nicht nur einer gewissen Handlungsbereitschaft, sondern auch einer entsprechenden Übung. Bieber hatte, und das gestand er sich unumwunden ein, seine Schwierigkeiten damit, diesen Mann weiter als Begleiter zu akzeptieren. Merkwürdige, zwiespältige Gefühle bemächtigten sich seiner, die es zu ordnen galt. Jasmin spürte seine Unruhe, deutete jedoch deren Ursachen falsch. Sie glaubte irrigerweise, er sei wegen der bevorstehenden Abschlussgespräche nervös. Doch der bei einem derartigen Gespräch aufkommenden, möglichen Problematik war er gewachsen. Er befürchtete aber, dass die radikale, versteckt operierende Gegenseite, von welchen Interessen auch immer gesteuert, es nicht bei dem gestrigen Anschlag belassen würde. Er hätte versuchen können, das Treffen vorzuverlegen. Das aber, so glaubte er, würde seine Verhandlungsposition schwächen. Er wollte seinen Gesprächspartnern gegenüber Ruhe und Gelassenheit demonstrieren, basierend auf einer starken, rechtlich abgesicherten Position. Das Geld lag zunächst einmal fest. Ohne Einigung kam niemand an die Millionen heran. Das war Fakt.

Jasmin Ülkü wurde schließlich von der allgegenwärtigen, nicht greifbaren Unruhe ebenfalls erfasst, als sie am späten Nachmittag Salvatore Tonzu sah, der unter einem weiten Poloshirt offensichtlich einen festen Verband trug und trotz der Hitze ein, wenngleich leichtes, Leinenjackett übergezogen hatte, das ermöglichte, seine schwere 357er Smith & Wesson unauffällig zu tragen. Eine dunkle Sonnenbrille und der leichte Strohhut komplettierten den Auftritt. Bieber ging davon aus, dass man ihn hier in der Hotelanlage nicht attackieren würde. Er meinte, dass jetzt alle Gäste des Hotels das Trio vollkommen falsch einschätzten, nämlich als Auftritt eines anscheinend wichtigen Mannes in Begleitung eines Bodyguard-Teams, zumal Ülkü ihr aufgerüstetes Handtäschchen stets in greifbarer Nähe hielt. Gerade dieses Aufsehen, diesen offenkundigen Eindruck den sie hinterließen, hatte Bieber von Anfang an vermeiden wollen.

Tonzu hatte ziemlich unwirsch auf Jasmins Nachfrage nach dem Befinden reagiert und kurz nur ein »nicht allzu schlimm« gemurmelt, begleitet von einem leichten Augenzwinkern, das seine Angespanntheit kaschieren sollte und doch nur Ülküs Aufmerksamkeit verstärkte.

Bieber merkte, dass irgendetwas geschehen musste, um die Situation zu entkrampfen und verfiel auf die Idee, am Abend gemeinsam das dem Hotel angeschlossene Casino aufzusuchen. Er berauschte sich schnell an dieser Idee und war entschlossen, die Spielräume an diesem Abend völlig fit und ausgeruht zu betreten und dort möglichst lange auszuhalten. Er hatte auch keine Lust, ständig den immer drängenderen Fragen Jasmins auszuweichen, was denn am vergangenen Nachmittag sich wirklich abgespielt habe.

Wenn er Tonzu ansah, hörte er den zischenden, nassen Laut, als dessen Messerklinge das Leben eines Gangsters beendete, um darauf blitzschnell und panthergleich die Gurgel eines weiteren Menschen zu zertrümmern. Er konnte nicht deuten, wie Tonzu diesen Vorfall verkraftete, da er auch mit keiner Silbe darauf einging und so tat, als wäre wirklich nichts Gravierendes geschehen. Und genau das verwirrte Bieber mehr als er sich eingestehen wollte. War Tonzu so abgebrüht oder konnte der nur optimal verdrängen oder mit solchen Katastrophen umgehen, was wiederum auf Übung schließen ließ?

Er selbst bewegte sich nach wie vor am Rande einer Panik und strapazierte alle Mechanismen, um nicht durchzudrehen und laut loszuschreien. Er erdachte schließlich eine weitere Methode zur Panikbekämpfung und bestellte für sechzehn Uhr eine Massage. Er setzte sich auf die Nordterrasse des Bungalows und blickte auf das ruhige Meer hinaus, bis es klopfte und Ülkü, mit einem »die Massage für den Herrn«, den angeforderten Masseur auf die Terrasse treten ließ. Bieber blickte den vierschrötigen, dunkelhaarigen, circa vierzig Jahre alten Mann an und schätzte anhand der dichten Fülle der Armbehaarung die übrige von dessen Körper ein. Typ Gorilla. Im Nachhinein wollte er sich nicht eingestehen, dass er erwartet hatte, das Hotel würde ausschließlich feingliedrige, junge Frauen beschäftigen, die mit viel Feingefühl seine Verspannungen zu lockern wüssten.

Schweigend machte sich der Mann an die Arbeit, nachdem er eine transportable Massageliege aufgebaut, seine Hände eingeölt und Bieber verdeutlicht hatte, wie er sich legen sollte, um die Prozedur unbeschadet zu überstehen. Biebers Körper wurde vom Nacken bis zu den Füßen durchgeknetet, die Muskeln des Körpers einmal sanft ein andermal hart bearbeitet. Der Masseur deutete an, dass er auch eine Behandlung der Wirbelsäule beabsichtigte. Er drehte Bieber auf die rechte Seite, winkelte dessen rechten Arm hinter den Kopf, der mit der Kinnspitze die Brust berühren sollte und bog mit Unterstützung seines Oberkörpers Biebers linken Arm nach hinten. Bieber dachte, das war es. So einfach hatte man ihn bekommen, in seinem bewachten Bungalow, unter den Augen der Bodyguards. Jetzt ein fester Druck und seine Wirbelsäule wäre gebrochen. Ein kurzer Ruck und sein Kopf würde haltlos über dem gebrochenen Genick herabhängen. Aber es knackte nur leicht und nachdem die Prozedur von der anderen Seite wiederholt wurde, fühlte er sich total gelöst. Die Verspannungen in Biebers linker Schulter und Seite hatten aufgehört zu existieren und als der haarige Mann seine Utensilien nach einer guten Stunde wieder zusammengepackt hatte, fiel Bieber in einen tiefen, entspannenden Schlaf, in dem eine Masseurin, die ihn irgendwie an Jasmin erinnerte, eine kleine Rolle spielte.

Gegen Abend wachte er auf. Er fühlte sich erfrischt, duschte und ließ sich dann zu einer vierzigminütigen Zazensitzung nieder. Alle panikmachenden Gedanken lösten sich aus seinem angespannten Bewusstsein. Er ließ sie buchstäblich aus seinem Geist fließen und deponierte die fürchterlichen Erinnerungen der jüngsten Vergangenheit irgendwo außerhalb von sich, um sich später, in der notwendigen Distanz, mit deren Bewältigung befassen zu können.

Danach nahm Bieber mit seinen Begleitern ein leichtes Abendessen zu sich. Dann gingen sie gemeinsam hinüber in das Kasino. Ülkü und Tonzu hielten sich im Hintergrund und Bieber im Auge. Der kleine Zwischenfall beim Durchschreiten der Detektoren am

Eingang war längst vergessen. Tonzu hatte einen eingeschweißten Ausweis gezückt, den ein vielsterniges Phantasiegebilde zierte und Ülkü – wie sie Bieber anschließend lächelnd erklärte – verdeutlichte dem Casinopersonal, dass sie beide persönliches Sicherheitspersonal eines wichtigen deutschen Politikers wären, der sich im Rahmen der Prüfung der Beitrittschancen der nordzypriotischen Republik in die Europäische Gemeinschaft in Nordzypern aufhalte und heute Abend hier inkognito zu Besuch weile, um sich zu entspannen. Man hatte ihnen sofort jede eventuell notwendige Unterstützung bei ihrer schwierigen und gefährlichen Arbeit seitens der Casinoleitung zugesagt. Später stellten Tonzu und Ülkü fest, dass im gesamten Spielsaal sich beinahe mehr bewaffnete Bodyguards aufhielten als aktive Spieler. Sie mochten sich gar nicht vorstellen, was geschehen würde, wenn auch nur einem der zu beschützenden Personen irgendwer auf die Füße trat. Ein Massensterben hätte die Folge sein können. Allerdings kannten sich, wie Tonzu Jasmin zuraunte, nahezu alle Bodyguards untereinander, da sie sich bei jedem offiziellen oder privaten Highlight auf der Insel gezwungenermaßen wieder trafen. Sie gehörten meist sogar der einen großen Security-Agentur an, die es in der kleinen Republik gab. Die Männer wurden meist nur aus Prestigegründen für einen Abend angeheuert. Es war chic, es hatte Bedeutung und es gehörte einfach in gewissen Gesellschaftskreisen zur Imagepflege, einen Bodyguard zu benötigen. Ein Kindergarten, wie Tonzu spöttisch bemerkte. Bieber bekam von dem bewaffneten Aufmarsch überhaupt nichts mit. Er versuchte sich in ein Gefühl zu steigern, das jede Unsicherheit ausschloss. Er wollte gewinnen. Dazu musste er Sinne aktivieren, die ihm ein intuitives Spiel ermöglichten oder sich darauf einstellen, komme was wolle, einem bestimmten System zu folgen. Harry Bieber war, entgegen dem was man hätte annehmen können aufgrund solcher gedanklicher Vorbereitung, nie ein Spieler gewesen und würde nie ein besonders guter werden. Ihm war sogar das trockene Geräusch des Kartenmischens zuwider und ihm fehlte eine gewisse Besessenheit, die zu großen Taten am Spieltisch nahezu Voraussetzung waren. Ja, er empfand diese bestimmte Behaglichkeit von Spielzimmern und die scheinbare Eleganz und Großzugigkeit der Kasinos beinahe als abstoßend. Er mochte keine kostenlosen Getränke und auch nicht die ebenso distanzierte wie verschwörerische Vertraulichkeit des Personals.

Doch ihn faszinierte immer wieder die Unparteilichkeit der Roulettekugel. Auf die hatte man natürlich – in einem gut geführten, seriösen Haus – keinen wirklichen Einfluss. Und doch gab er sich manches Mal dem Gefühl hin, er könne in die Zeit, die nahe Zukunft schauen oder den Lauf der Kugel erzwingen. Er genoss es, Akteur und Zuschauer zugleich zu sein. Er konnte sich vergnügen an den Dramen, die sich vor seinen Augen abspielten, nachvollziehen die fehlerhaften Entscheidungen mancher Spieler, und er war sich nicht zu schade, selbst zum Akteur zu werden, den andere genauso beobachteten. Das Glück musste erzwungen werden, durch Erschleichen seiner Gesetze. Das Ergebnis jeder einzelnen, intuitiven Entscheidung zeigte sich sehr rasch und es war zu akzeptieren. Er hasste die Spieler, die am Tisch aufstöhnten oder jubelten, mit den Schultern zuckten oder sich an den Kopf fassten, den Mund aufrissen vor Begeisterung oder Verzweiflung. Seine Maxime war aufmerksamer Gleichmut.

Als Bieber in das Carre des relativ kleinen, aber sehr exklusiv ausgestatteten Casinos trat, in dem die Roulettetische standen, war er voll Vertrauen. Das dokumentierte er dadurch, dass er zehn fünfhundert Dollar Jetons eintauschte und an dem Tisch Platz nahm, an dem eine junge, sympathische Frau die Kugel ins Spiel brachte. Das war – auf den ersten Blick – viel Geld für einen Laien am Roulette. Kleingeld jedoch für manch einen von denen, die an mehreren Tischen zur gleichen Zeit hektisch spielten und mangels welcher Umstände auch immer, gar Bargeld statt Jetons setzten. Das war zusätzlicher Aufwand für die Groupiers. Dafür ließen diese Verrückten aber auch viel Geld am Spieltisch.

Bieber überprüfte anhand der Leuchtanzeigen über dem Tisch die Permanenzen der letzten Stunde und überdachte die Läufe an diesem Tisch. Dabei war ihm natürlich bewusst, dass jede Drehung der Scheibe und jede Nummer, die von der Kugel getroffen wurde, nicht das Geringste mit der vorigen zu tun hatte. Er war sich der Fehleinschätzungen vieler Spieler bewusst, die meinten, wenn zehnmal Rot gefallen war, sei die Wahrscheinlichkeit größer, dass im nächsten Spiel Schwarz fiele, als dass es wieder Rot träfe. Selbst wenn die Kugel fünfzig-, siebzig-, ja hundertmal auf Rot hintereinander gefallen wäre, würde die Wahrscheinlichkeit des nächsten Spiels für Rot wiederum lediglich achtundvierzig Komma fünfundsechzig Prozent sein, genauso wie für Schwarz, während die Wahrscheinlichkeit für Zero bei zwei Komma sieben Prozent lag.

Das Spiel begann jedes Mal wieder von vorne, wenn der Croupier die Elfenbeinkugel aufnahm und ins Spiel brachte. Bieber verspürte in diesen Momenten, wie auch in den kurzen Sekunden des Spiels, in denen das Rad durch einen leichten Stoß des Croupiers an eine der vier Speichen im Uhrzeigersinn in Bewegung gesetzt und die Kugel gegen den Uhrzeigerlauf auf den Außenrand der Scheibe eingeworfen wurde, dass sich der Geräuschepegel absenkte, so als würden alle Akteure, Personal wie Spieler, für kurze Zeit den Atem verlangsamen oder gar anhalten.

Natürlich war die Technik eines Spieltisches in einem ordentlich geführten Haus so hoch entwickelt, dass weder Manipulationen eines Croupiers noch irgendeine Neigung des Tisches oder des Rads den Lauf der Kugel beeinflussen konnten. Und doch sahen sich die Spieler die Permanenzen an, um irgendwelche Besonderheiten des Spiels oder des Tisches zu entdecken und sich zu merken. Bieber verstieg sich sogar darauf, zu behaupten, dass die Art des Einwurfs durch den Croupier bestimmte Serien ermöglichte, ja, dass gar die Feststellung, ob der oder die Spielbankangestellte, die die Kugel in das Spiel brachte, ihm sympathisch oder unsympathisch war, Einfluss auf den Erfolg seines Spiels nahmen. Er spielte normalerweise ein paar Standardsysteme, die er einigermaßen beherrschte und die er wechselte, wenn Zero fiel oder der Croupier ausgetauscht wurde.

Er entschloss sich, eines seiner Lieblingssysteme zu spielen, mit dem er, Zero ausgenommen, zwei Drittel der Zahlen belegte. Er hatte jetzt noch zu entscheiden, ob er zwei der drei Dutzendblöcke, also die Zahlen von Eins bis Zwölf, Dreizehn bis Vierundzwanzig, Fünfundzwanzig bis Sechsunddreißig oder zwei der drei Kolonnen, der Längsreihen, wählte. Seine Gewinnchancen lagen mit dieser Spielweise bei vierundsechzig Komma acht Prozent, das Risiko des Falls von Zero außer acht gelassen. Er musste jedoch bei dieser Methode, bei der er das Zweifache seines Einsatzes gewinnen konnte, zwei Jetons riskieren, um die Chance des Gewinns von einem Jeton zu haben und er würde beide Jetons verlieren, wenn eine Zahl der dritten, nichtgesetzten Kolonne oder des dritten, nichtgesetzten Dutzends oder eben Zero von der Kugel getroffen würden. Ein Spiel für langen Atem, bei dem man sich natürlich davor hüten musste, übermütig zu werden indem man den Einsatz während einer positiven Serie erhöhte, um die Gewinne zu potenzieren. Zu schnell konnte die Serie abbrechen und bei gesteigerten Einsätzen bisherige Gewinne negieren. Bieber hatte die mittlere und die rechte Kolonne gewählt, spielte mit gleichmäßigem Einsatz, indem er auf jede Kolonne fünfhundert Dollar setzte und gewann bei neun Spielen siebenmal.

Einmal hatte die Zehn und das andere Mal die Vierunddreißig einen größeren Gewinn verhindert. Er kam jedoch auf eine Nettomarge von eintausendfünfhundert Dollar. Das zehnte Spiel setzte er aus, prompt kam Zero. Dieser Glücksfall spornte ihn an und ermutigte ihn zu riskanterem Spiel. Die verführerische Zockerfee schien ihm gewogen zu sein. Jetzt erhöhte er intuitiv. Er riskierte doppelten Einsatz, setzte also auf jede seiner beiden Lieblingskolonnen eintausend Dollar, gewann, erhöhte auf jeweils dreitausend Dollar mit Erfolg, dann auf jeweils fünftausend und gewann erneut. Bieber realisierte die Gewinne, verkniff sich jedoch eine erneute Steigerung und reduzierte seine Einsätze wieder auf jeweils fünfhundert Dollar. Er hatte noch zwei positive Läufe, bis er das nächste Mal wieder verlor.

Die junge Dame wurde ausgewechselt. Bieber schob hundert Dollar für die Angestellten über den Tisch und setzte die nächsten Spiele aus, um zu verfolgen, ob und gegebenenfalls wie sich das Spiel veränderte. Er hatte bemerkt, dass sich einige Mitspieler an seine Spielweise hängten. Sie würden ihn für einen der wenigen Begünstigten, einen der Glücksfinder halten an diesem Abend oder ebenso falsch wie naheliegend für einen Könner. Der Anwalt wusste, dass es genauso gut auch hätte anders kommen können.

Der neue Croupier jedenfalls war unsympathisch bis hin zur dümmlichen Arroganz. Ein Mann, der die Gäste spüren ließ, dass sie sich einem tumben Zeitvertreib hingaben und letztlich das Casino der einzige Gewinner des Abends sein würde. Bieber, der in Gedanken mitspielte, hätte in Serie verloren. Dieses gedankliche Mitspiel war ohnedies unsinnig. War doch der innere Ärger vorprogrammiert, wenn das Kopfspiel durch den Lauf der Kugel bestätigt wurde. Bieber blickte in die Runde und sah plötzlich in die strahlenden Augen Jasmins, die auf der anderen Seite des Tisches triumphierend einen beachtlichen Stapel Zehndollar-Jetons gegen einige größerwertige Stücke eintauschte. Sie gingen gemeinsam an die Bar.

»Harry, sie haben ja ein Glückshändchen. Ich konnte einfach nicht widerstehen. Sie sind doch nicht böse, dass ich mich anhängte?«

»Ich habe es gar nicht bemerkt«, erwiderte Bieber und zeigte seine makellosen Zähne her. Er hatte einen Nettogewinn von Zehntausendfünfhundert Dollars eingefahren und war sichtlich zufrieden. Ebenso Jasmin, die aber keine Hinweise über die Höhe ihres offensichtlichen Erfolgs gab.

»Was möchten Sie trinken. Wahrscheinlich haben Sie mir das Glück gebracht, was meinen Sie.«

»Natürlich, natürlich. Ich dachte, das ist heute ein Glücksjunge und ich hänge mich dran. Sie wirkten so entschlossen, so gelöst, dass ich gleich ein gutes Gefühl hatte. Ich nehme das Gleiche wie Sie.«

»Na, ob Sie das vertragen können Jasmin«, flachste Bieber und orderte zwei dreifache Gordons Extra Dry mit Eis, Zitrone und einer kleinen Flasche Tonic, aus der er jeweils etwa ein Fünftel der Ginmenge selbst mit der Limonade ergänzte und umrührte.

»Offen gesagt, hatte ich nicht erwartet, dass man hier in Nordzypern Gordons Extra Dry, das ist der aus der grünen Flasche mit weißem, schwarzbeschriftetem Etikett, bekommt. Nur der hält das was ein guter Gin verspricht und damit einen runden Gin-Tonic ermöglicht. Ich weiß, für viele ein ziemlich langweiliges Getränk«, lachte Bieber, »aber wäre ich Alkoholiker, würde ich mich auf Gin konzentrieren. Wenn ich mich also dem hochprozentigen Alkohol einmal hingebe, dann nie mehr als ein Glas. Dafür aber groß, kräftig, kalt und auf der Basis eines guten Stoffs.« Er hob das Glas hoch, tippte mit ihm gegen das von Ülkü und nahm einen großen Schluck.

»Große Dinge werfen ihre Schatten«, lachte Jasmin und zog mutig nach, was ihr allerdings etwas den Atem nahm, wenngleich sie sich das nicht anmerken lassen wollte. Die weit gerundeten Augen und die plötzlich aufkommende Röte ihrer Wangen ließen allerdings keinen Zweifel daran, dass sie den Geschmack und die unmittelbare Wirkung des Getränks unterschätzt hatte, was Bieber amüsiert registrierte.

»Ich glaube, die Mischung hat es in sich«, flüsterte Jasmin und versuchte zu lächeln.

»Die Stunde hat es in sich«, lachte Bieber und leerte sein Glas mit einem zweiten, fast gierig wirkenden Schluck. »Passen Sie schön auf mich auf«, warf Bieber leicht hin, »wenn ich Sie jetzt wieder verlasse, um diesem Abend den spielerischen Höhepunkt zu ermöglichen, den zu erleben ich mir verdient habe.«

Ülkü folgte Bieber in einigem Abstand, wobei ihre Blicke Tonzu streiften, der betont gelangweilt und mit desinteressierter Miene dem Treiben zusah. »Ich war noch nie vom Erfolg beim Glücksspiel gesegnet und lasse deshalb die Hände davon«, hatte er Jasmin geantwortet, als sie ihn zu einem kleinen Spielchen animieren wollte und sie hatte geantwortet: »Vielleicht hast Du dabei keinen Erfolg, weil Du immer alles kontrollieren willst, weil Du Angst davor hast, Dich einmal treiben zu lassen.«

»Angst, was ist das? Außerdem bin ich hier zum Arbeiten und

ich nehme meine Aufgabe ernst«, war Salvatores brummelige Antwort gewesen, wobei er das »ich« besonders betont hatte, was Ülkü jedoch nicht tangierte.

Bieber suchte den Tisch aus, an dem die junge Frau arbeitete, die ihm vorhin das gute Spielgefühl vermittelte, wenn sie die Kugel in das Rund einwarf. Er spielte jetzt mit dem Geld der Bank und gedachte, die gewonnen zehntausendfünfhundert Dollars zu riskieren. Er wollte sich der Setztechnik der sogenannten Progression annehmen. Mathematisch gesehen und würde man kein Limit haben, ist diese Technik unschlagbar, Zero wiederum außen vor gelassen. Gewinne, auf lange Strecken gesehen, sind in beachtlicher Höhe möglich. Man spielt zum Beispiel eine Farbe mit gleichmäßigem Einsatz, den man nur bei Verlust verdoppelt und zwar so lange, bis die gesetzte Farbe wieder kommt, dadurch gewinnt, um danach wieder den Grundeinsatz zu spielen. Dieses Prinzip konnte er in den verschiedensten Varianten anwenden. Bieber setzte einen fünfhunder Dollar Jeton auf Rot und gewann, bei Wiederholung ebenfalls. Beim dritten Versuch fiel Schwarz, also Verlust, Folge Verdoppelung des Einsatzes, was bedeutete, dass er zwei Jetons setzte. Dieses Risiko wurde mit Erfolg gewürdigt und das folgende Setzen von nur einem Jeton war wiederum erfolgreich. Er schloss diese Serie mit einem Plus von zweitausend Dollar ab und setzte kurz aus. Mit erneuter Spielaufnahme veränderte er seine Methodik und riskierte mehr in Verbindung mit achtfacher Gewinnchance, in dem er, nachdem Rot Neun gefallen war, auf Carre 22/26 setzte. Es kam die Einunddreißig. Bieber blieb nicht, wie er sich vorgenommen hatte, konsequent und setzte diese erneut, sondern er ging der Kugel einfach nach, wie er diese Spielweise für sich bezeichnet hatte. Er setzte je einen Jeton auf die benachbarten Zahlen, dann nochmals jeweils einen Jeton auf die beiden Zahlen rechts und links von der eben gefallenen, zuzüglich Zero, gewann, riskierte weiter. Bei dem letzten Spiel hatte Bieber mit einem Risiko von neun Jetons, bei Verlust von acht Stücken, netto neuntausend Dollar hinzugewonnen und damit seinen Gesamtgewinn auf siebenundvierzigtausendfünfhundert Dollar erhöht. Bieber hätte sicherlich wider jeder Vernunft noch ein Spiel gewagt, hätte nicht eine mit Schmuck überhäufte und grell geschminkte ältere Dame, die ständig Jetons nachorderte, begonnen, mit ihrem Tischnachbarn zu streiten. Sie glaubte, sie sei von diesem beim Setzen behindert worden und habe deshalb nicht in diesem Spiel Zero bedienen können.

Die Magie des Spiels war durchbrochen. Bieber schob einen Jeton für die Angestellten über den Tisch und gab Weisung, die gewonnenen fünfundneunzig Fünfhundert-Dollar-Jetons für ihn zur Kasse zu bringen. »Nicht nur der Abend, die gesamte Reise hatte sich bereits gelohnt«, dachte Bieber und ließ das Gefühl zu, sich in der Bewunderung der Zuschauer zu sonnen, die fasziniert diesen Lauf des eher durchschnittlich erscheinenden Mannes verfolgt hatten.

XVI.

Eine nach Biebers Vorstellungen für eine Stewardess etwas zu achtlos geschminkte, zu breithüftige Frau ging den Korridor des Flugzeuges entlang und sammelte die letzten Pappbecher ein. Bieber lächelte, von ihr unbeachtet, als er ihr das Behältnis mit einem »buyurun« reichte und brachte seinen rechten Fuß in Sicherheit. Ihr über die Fluggäste streifender, unbeteiligte Blick änderte sich nicht. Sie ließ sich nicht in ihrer möglichen Grübelei über einen ungetreuen Liebhaber oder Ehemann oder, wahrscheinlicher, über die Tatsache, dass sie nicht mehr auf außereuropäischen Flügen eingesetzt wurde, stören. Bieber seufzte innerlich auf und zuckte resignierend ein wenig mit den Schultern, ließ seine Augen ein kleines Stück weiter wandern, über den Korridor auf die Sitzreihe rechts von ihm und blickte in Ülküs Augen, die ihm begütigend zulächelte. Endgültig vorbei die Zeiten, sagten seine Blicke, als Fluggäste der Economy-Class noch mit einer Aufmerksamkeit bedacht wurden, die heute allenfalls Reisende der First-Class noch erwarten konnten. Als Flugpassagiere noch zuvorkommend wie in einem Fünfsterne-Hotel behandelt wurden, von ausgesucht hübschen, charmanten, stets aufmerksamen und liebenswerten jungen Damen, die ihren Beruf beherrschten und nicht ähnlich Kellnerinnen in einem Schnellimbiss herumstümperten und den Charme frustrierter Ehefrauen versprühten, die es leid waren, dem nörgelnden Mann auch noch die Pantoffel nachzutragen.

Der Flug nach Istanbul war ausgebucht und Bieber war es gerade noch gelungen, die beiden Plätze nebeneinander zu bekommen, wenngleich durch den Flur getrennt. »Ein schwacher Ausklang einer insgesamt erfolgreichen Mission«, dachte Bieber. Er hätte lieber neben Jasmin gesessen, die erschöpft an seiner Schulter eingeschlafen wäre, mit einem glücklichen Lächeln auf den Lippen.

Salvatore Tonzu war nicht mit zum Flughafen gefahren. Er würde mit der Fähre in die Türkei übersetzen, habe noch etwas in Alanya für Severgnini zu erledigen, um dann von Antalya aus nach Deutschland in Kürze nachzukommen, hatte er etwas zu schnell und zu laut geäußert. Er hatte die Waffen wieder eingesammelt und sorgfältig verwahrt und sich recht förmlich bereits im Hotel verabschiedet, nachdem Ülkü erwähnte, dass ihr Cousin Kazim sie zum Flughafen bringen wollte. Ein kurzes Winken, ein schiefes Grinsen auf Tonzus Gesicht, ein abschließendes »teşekkürler« unter auflegen seiner rechten Hand flach auf die Stelle an der auch bei einem Bodyguard das Herz liegen dürfte, war die bereits verblassende Erinnerung Biebers an diesen Mann. Eine Erinnerung an den türkisch sprechenden Italiener, der, wie er in Offenbach geboren war, wahrscheinlich sogar sein Leben gerettet hatte und mit dem er doch nicht allzu viel gemein haben wollte. Obgleich dieser Mensch, folgte Bieber seiner buddhistisch geprägten Auffassung, karmisch tief mit ihm verbunden sein musste. »Niemand ist vollkommen im Recht und niemand vollkommen im Unrecht«, hatte Bieber kürzlich gelesen und gedacht, dass man deshalb ja Gesetze habe, auch wenn diese oft mit Gerechtigkeit wenig zu tun hätten und Urteile in den meisten Fällen eben auch nur leidlich gerecht sein könnten. Bieber wollte sich erst gar nicht vorstellen, wie er urteilen müsste, hätte er als Richter über die Geschehnisse am Beach zu befinden.

»Ich bin froh, dass Sie uns wieder verlassen, auch wenn ich Sie persönlich schätzen gelernt habe«, flüsterte dann Kazim Ülkü dem Rechtsanwalt beim Abschiedskuss auf die Wangen ins Ohr. »Das englische Ehepaar hat den Abfall endgültig beseitigt, denn die Strömungen sind hier stärker als man vermutet und nichts bleibt lange im Wasser.«

Bieber war erschreckt zurückgezuckt, während Jasmin ihre Ahnungslosigkeit hinsichtlich der Bedeutung dieser Szene durch ihre Bemerkung unterstrich, Bieber müsse sich doch jetzt nach den paar Tagen an die Küssereien beim Begrüßen und Verabschieden gewöhnt haben. Sie hatte wirklich keine Ahnung, was ihr Cousin eben zu dem etwas fahl gewordenen Rechtsanwalt gesagt hatte.

Diese abschließende Bemerkung Kazim Ülküs passte zu dem zuvor überraschend und schnell verlaufenden Abschluss der Verhandlungen. Als Bieber in Begleitung Jasmin Ülküs die Bankenchefs erwartete, die allesamt ihr Kommen zugesichert hatten, war nur eine Person erschienen, nämlich Ahmed Türk. Weltmännisch lächelnd, elegant gekleidet wie immer, war er seiner S-Klasse-Limousine entstiegen, hatte beide Hände in Schulterhöhe ausgebreitet, den Kopf leicht in den Nacken gelegt und dem verwunderten Bieber eröffnet, alles würde wieder an ihm hängen bleiben. Man habe ihn gebeten, mit einer Stimme für alle zu sprechen und die notwendigen Absprachen zu treffen. Das wäre sicher auch für Bieber angenehmer, könne man doch auf ein Dolmetschen verzichten und die Sache »face-to-face«, einem Ausdruck, den die zyprischen Politiker beider Seiten derzeit häufig strapazierten, zu einem hoffentlich allseitig zufriedenstellenden Ende bringen.

Jasmin Ülkü verstand diese Anspielung und ließ die beiden Männer, nachdem man zunächst gemeinsam einen Drink in der zu dieser Tageszeit leeren Hotelbar genommen hatte, dort alleine.

Ahmed Türk meinte, ihm sei es lieber, das Gespräch hier in lockerer Atmosphäre als in einem unfreundlichen Raum zu führen, von dem man ja nicht wisse, wer ihn alles schon benötigt habe, mit der Folge möglicher Verkabelungen. Er machte aus dieser Bemerkung einen Witz, lachte darüber sehr laut, kippte den leichten Tisch und hob die Blumen aus der Vase, als suche er scherzhaft nach Mikrophonen oder ähnlichen Abhöreinrichtungen auf und unter dem Tisch. Bieber verstand, dass der Scherz kein solcher war und schlug vor, doch einfach in Türks Wagen eine kleine Rundfahrt zu machen, was von seinem Gegenüber sofort als gute Idee aufgegriffen wurde.

»Mein Fahrer versteht kein Deutsch, das kann ich Ihnen versichern«, lachte Ahmed Türk, als das Fahrzeug sich Richtung Osten bewegte »wir können gleich zur Sache kommen und vielleicht anschließend noch einen kleinen Happen in einem echt zyprischen Lokal zu uns nehmen.« Bieber erklärte sein Einverständnis und ließ den Zyprioten seine Ausführungen machen, die er sich, wie es seine Art war, zusammengefasst notiert hatte:

Volz war Treuhänder und Geldbote zugleich für verschiedene (»Sagen wir mal Geschäftsleute«, hatte Türk gesagt.) *Personen, die zeitweise gemeinsame Geschäfte tätigten und deren Gewinne auf Konten flossen, die unter Volzens Namen in Nordzypern eingerichtet waren* (»Die Art dieser Geschäfte sollten wir – vielleicht sogar in Ihrem ureigensten Sinne, lieber Herr Bieber – nicht erörtern.«).

Für diese Konten gab es zwei weitere Bevollmächtigte, die Zugriff hatten. Auch diese erlitten am selben Tage wie Volz »tödliche Unfälle«.

Die von Avukat Barak bisher erwähnten Konten waren eigentlich von relativ unbedeutendem Umfang, wurden aufgefüllt und abgeräumt. Das Konto, um das es Freund und Feind hauptsächlich ging, war ein solches, das seit mehr als fünfzehn Monaten mit erheblichen Summen bedient wurde. Offiziell gespeist von Gewinnen aus Casinos, Wechselstuben, Mietwagenunternehmen und Hotelanlagen, deren Umsätze allesamt in keinem realistischen Verhältnis zu dem normalen Geschäftsverlauf standen, war das Konto beachtlich angewachsen. Die eingezahlten Beträge entstammten somit allesamt aus offiziell versteuerten Gewinnen. Insgesamt zweihundertfünfzig Millionen Euro. Die kleineren Konten waren verhandlungsfähig, nicht jedoch das bewusste Konto.

Einen Bonus von zweihundertfünfzigtausend Euro, für Türk und Bieber war man bereit auszuschütten, wenn am morgigen Tag die Sache über die Bühne ginge. Von zyprischer Seite sei alles regelbar. Bieber müsse eine Lösung eben nur ermöglichen, denn das Erbschaftsproblem, das für alle überraschend aufgekommen sei, könne nur mit seiner Hilfe schnell, sauber und damit unauffällig, geregelt werden. Bieber waren nach den Erklärungen Türks die Dimensionen klar geworden. Er verstand jetzt gut die Aufregung in den betroffenen Kreisen – und die Gefahren, die sich daraus tatsächlich ergaben. Er durfte nicht glauben, dass er das Land so ohne weiteres verlassen konnte, ohne eine Regelung gefunden zu haben. Er war längst bereit, spätestens nach den Geschehnissen am Beach, auch wenn dafür aller Wahrscheinlichkeit nach ganz andere Interessengruppen verantwortlich waren, alles zu tun, was in seiner Macht stand, um aus diesem Abenteuer unverzüglich, mit heiler Haut und ohne Gesichtsverlust, herauszukommen. Außerdem hatte ihm Hauptkommissar Berthold ja auch nahegelegt, nicht den Helden zu spielen, sondern lediglich das Umfeld zu sondieren. Er überdachte die Fakten noch einmal:

Es ging um das Konto der Arab Bank über 1.800.000,00 US-Dollar, mithin überschlägig gleiche Höhe in Euro.

Das Konto bei der Kübrükbank wies 1.320.000,00 Pfund Sterling aus, mithin überschlägig rund 2.155.000,00 Euro.

Bei der Islambank rund 2.500.000,00 Euro.

Zwischensumme rund 6.455.000,00 Euro.

Hinzu kam das Konto der neu hinzugekommenen K-Trade-Bank über 250.000.000,00 Euro.

Die ersten drei Banken waren den deutschen Behörden allem Anschein nach bereits bekannt, im Gegensatz zum bei der K-Trade-Bank verwalteten Vermögen

Letzteres unterstellte Bieber einfach. Niemand hatte bisher diesen gewaltigen Posten erwähnt und doch ging es allem Anschein, zumindest hier vor Ort, nur darum. Selbst wenn er sich insoweit irrte, würde er dieses Konto freigeben, ohne Wenn und Aber. Bezüglich der bekannten Gelder musste er jedoch hart verhandeln. Nicht zuletzt, um für seine Mandantin, Frau Volz, eine Absicherung zu finden und auch, um seine offizielle Provision in eine Höhe zu schrauben, die das alles auch für ihn finanziell sinnvoll erscheinen ließ. Insoweit kannte Bieber keine Hemmungen.

Er warf zunächst einmal seine Angel aus, indem er vorschlug, so zu verfahren, dass hinsichtlich der ersten drei Konten eine Regelung in Geld zu treffen sei, wonach drei Viertel zur Auszahlung gelangten und ein Viertel in Zypern verbleiben könne. Hinsichtlich des vierten Kontos könnten sie in umgekehrtem Verhältnis verfahren. Das quittierte Ahmed Türk erwartungsgemäß mit einem erheiterten Auflachen. Er könne es sich gerade umgekehrt vorstellen, wobei das K-Trade-Konto ganz außen vor zu bleiben habe, retournierte der Bankenbevollmächtigte, von dem Bieber weder eine schriftliche Bevollmächtigung, noch sonst eine Befugnis kannte, für die Banken zu handeln und dem er diese Vollmachten entgegen sonstiger Handhabung zweifelsfrei abnahm.

Man habe es hier mit heißem Geld und nicht mit warmen Brötchen zu tun, hatte Türk lächelnd zu bedenken gegeben. Das Nachlassgericht Frankfurt, das schließlich jede Vereinbarung genehmigen müsste, dürfe hier nicht unberücksichtigt bleiben, warf Bieber ein. Er müsse stichhaltige Gründe liefern, und einem deutschen Rechtspfleger könne man nicht mit irgendwelchen Bedrohungen von Personen kommen. Das kümmere diesen nicht, insistierte Bieber weiter und beobachtete, wie der Köder zu seinem Gesprächspartner trieb. Er zupfte an der Angelschnur, und um das Zubeißen zu erleichtern fuhr er fort, dass er bei einer Einigung innerhalb kürzester Zeit, also binnen kurzer Tagesfristen, die gerichtlichen Genehmigungen beschaffen könne. Das sei gerade im Bereich der rein technischen

Abwicklung ein nicht zu unterschätzender Faktor. Denn in diesem Bereich dauere alles unabsehbare Wochen, ja zeitweise gar Monate, was vielleicht etwas übertrieben war.

Über einen ein Drittel zwei Drittel Vorschlag kamen die beiden schließlich zu einer hälftigen Teilung der drei kleinen Konten unter Belassung des Geldes bei der K-Trade-Bank zur alleinigen Verfügung des mit entsprechender Vollmacht von Bieber zu versehenden Ahmed Türks. Dieser Bereich sollte möglichst überhaupt keine Erwähnung finden, stimmte Bieber zu und mit einem »Ok« schluckte Türk dann endlich auch den Köder. Eine Vereinbarung wurde aufgesetzt:

»Der Nachlasspfleger nach dem verstorbenen Rechtsanwalt Klaus Volz in Frankfurt, Rechtsanwalt Harry Bieber, bestellt durch das Amtsgericht Frankfurt am Main, der Vertreter von Sara Tonglu, Bürgerin der TRNC und Erbin laut zyprischem Testament, Herr Ahmed Türk sowie der Vermögenstreuhänder, bestellt durch das örtlich zuständige Gericht in Girne, Rechtsanwalt Hassan Barak, sind sich darüber einig, dass nach Verrechnung von Kosten und Zinsen, die Konten, geführt bei der Arab-Bank, Kübrük-Bank und Islambank je zur Hälfte unter die Erbinnen der beiden Testamente aufgeteilt werden. Für den Fall, dass wider Erwarten weitere Vermögenswerte im Staatsgebiet der TRNC sich auffinden sollten, werden diese der Erbin des zypriotischen Testaments zufallen. Die Beteiligten versichern, dass solche möglichen Werte derzeit nicht bekannt sind. Herr Ahmed Türk wird übereinstimmend und unwiderruflich von allen Beteiligten hiermit bevollmächtigt, alle notwendigen Erklärungen gegenüber Dritten abzugeben, um solche eventuellen Werte der zyprischen Erbin zuzuführen oder gemäß deren Bestimmungen entsprechend zu verfahren. Damit sind sämtliche wechselseitigen Forderungen erledigt. Die Kosten des Vermögenstreuhänders, Rechtsanwalt Barak, in Höhe von zwei Prozent des sich zu errechnenden Auseinandersetzungsbetrages werden von den Parteien hälftig getragen.«

Bieber war dabei natürlich klar, dass die andere Seite dem Rechtsanwalt keinen Cent zahlen würde, und es war mehr als fraglich, ob Barak den diesseitigen Kostenanteil überhaupt behalten durfte und diesen nicht schnellstens abzuliefern hatte bei seinen Auftraggebern, deren Erfüllungsgehilfe der Jurist allem Anschein nach war, denn seine Tätigkeit als treuhänderischer Verwalter beschränkte sich allem Anschein nach lediglich darauf, Saxophon zu spielen, ansonsten nichts aktives zu tun und Ergebnisse an sich herankommen zu lassen.

»Na ich glaube, damit können alle Beteiligten zufrieden sein«, hatte Ahmed Türk abschließend bemerkt. »Ich werde jetzt sofort Ihren Kollegen Barak veranlassen, das endgültig auszuformulieren, so dass wir noch heute Abend unterschreiben können und wir morgen Früh gemeinsam mit Barak die notwendigen Überweisungsformulare bei den Banken zeichnen. Der zuständige Richter wird zustimmen. Ihre Frau Volz hat ein Schnäppchen gemacht und Sie dürfen sicher sein, dass sie das Geld auch ungehindert genießen kann. Man wird schließlich zufrieden sein, dass dieses Unglück ohne allzu großes Aufsehen noch zum halbwegs Guten gewendet werden konnte.«

»Ja und wie stellen Sie sich die Übergabe meiner Provision …«, warf Bieber dann noch ein und war sofort von Türk unterbrochen worden: »Ja natürlich. Das Geld fließt aus einem gesonderten Topf und wird Ihnen morgen, noch im Hotel vor Abfahrt übergeben. Ich unterstelle dabei, dass es keine Abwicklungsschwierigkeiten gibt, sonst sollten sie darüber besser nicht verfügen.«

Am Abend war Bieber zusammen mit Jasmin Ülkü und Tonzu in die Kanzlei Baraks gefahren. Bieber hatte dort zusammen mit Türk die jeweils in deutscher und in türkischer Sprache ausgefertigten Verträge unterzeichnet. Zuvor hatte Jasmin Ülkü mit heftig gerunzelter Stirn die Texte verglichen, um Missverständnisse auszuschließen, wie sie andeutete. Alsdann fuhr die kleine Gruppe zu einem Abschlussessen in ein Restaurant mit dem sinnigen Namen »California«, gelegen an einer Ausfallstraße Lefkoşas. Bieber vermerkte, dass dort wohl die hübschesten Zypriotinnen der Insel sich ein Stelldichein gaben, denn eine solche Anhäufung bemerkenswerter Schönheiten auf einem Fleck hatte er nur selten in einem Restaurant gesehen.

»Einer dieser In-Schuppen, wie es sie in Berlin an jeder Ecke gibt und sich die Hühnchen die Klinke in die Hand drücken«, hatte Jasmin etwas spitz bemerkt, bevor sie sich entschloss, sich der »amerikanisch aufgemüpften« Speisekarte zu widmen und die munteren Blicke der Männer auf die jungen Damen an den Nachbartischen zu ignorieren und deren sachverständige Kommentare zu überhören.

»Wenn die wüssten, dass sich die Hühner über sie als alte Männer wahrscheinlich lustig machen, würden sie nicht so rumschielen«, hatte Ülkü vor sich hin gemurmelt und eine Nachfrage Biebers, was sie gemeint habe, mit einem »Nichts, nichts mein Lieber« abgetan

Auch das Unterzeichnen der Überweisungsträger am nächsten Morgen, knapp zwei Stunden vor Abflug, verlief reibungslos. Ahmed Türk hatte sich noch im Büro des Avukaten Barak verabschiedet und Bieber zuvor einen Umschlag unauffällig und mit einem Augenzwinkern übergeben. Dem hatte Bieber etwas später in einem unbeobachteten Moment einen Packen mit fünfundzwanzigtausend Euro abgezweigt und Tonzu in die Taschen geschoben, mit einem gemurmelten Dank und einem »für ihre Kinder, wenn sie es als nicht notwendig zurückweisen wollen«, was Tonzu mit einem leichten Anflug von Röte im Gesicht und wie immer schief grinsend, quittierte.

Teilen und Leben, hatte sich Bieber dabei gedacht und dann doch einen Anflug von dankbarer Sympathie gegenüber diesem verschlossen wirkenden Mann verspürt und zugelassen.

XVII.

Babette hatte wieder einmal das Gespräch durchgestellt, ohne auf Biebers Bedürfnis, ungestört sein zu wollen, Rücksicht zu nehmen. Er war mental noch nicht wieder im Büro zurück. Noch geisterten die ungeordneten Gedanken in bezug auf die Geschehnisse der vergangenen Wochen, bis zu den Tagen unmittelbar nach der Rückkehr nach Deutschland, in seinem Kopf herum.

»Sie hat doch so lange auf Dich gewartet«, hatte die Sekretärin lachend gemeint und mit »Top-Mandantinnen lässt man schon gar nicht warten«, ihn dem zu erwartenden Wörterwust der nächsten Minuten ausgeliefert.

»Ich grüße Sie, Frau Mahler, wie geht es Ihnen, was kann ich für Sie tun?«

»Da sind Sie ja endlich wieder. Das wurde aber auch Zeit. Mir langt es mit diesen angeblichen Nachbarn, die alle von der Nelly bestochen sind. Ich lass mir überhaupt nichts verbieten. Ich werde denen und jetzt kommt's raus, ich werde es ihnen rausniesen und dabei ist es mir scheißegal, was irgend so ein Spasti labert undsoweiter. Eher komme ich in den Knast irgendwann. Ich brauch 'ne Schreibmaschine und dann knallt's, ob ich in den Knast komme oder nicht. Ich habe genug Zeit. Das wissen diese Blöden anscheinend nicht und es interessiert mich einen Dreck, wie ich oder die über die Straße gehen. Und wenn die denken, die Intrigen undsoweiter, ein Scheißdreck sage ich, dann kommen die höchstens geköpft in ihre Sklaverei zurück. Das können sie sich aufschreiben und an die Wand hängen.«

Ihre Stimme wurde um eine Nuance höher und überschlug sich fast. »Nur weil die Nelly mit Herrn Zöllner gefickt hat, soll ich jetzt in deren Wohnung hängen? Es gibt auch welche die auf mich hören. Ich brauch das auch nicht zu wiederholen, was ich damit sagen will, ist, dass mir das in jungen Jahren oft passiert ist.«

»Frau Mahler – Melanie, ich bin in zwei Stunden bei Ihnen. Dann erzählen Sie mir das einmal ausführlich und wir reden darüber. Die Nachbarn haben sich ja wohl nur darüber aufgeregt, dass sie in Tücher gehüllt, nachts im Treppenhaus herumgeisterten, so dass sich einige Leute wieder fürchterlich erschreckten. Dann gehen wir schnell im Krankenhaus vorbei und holen die Spritze ab, die sie letzte Woche vergessen haben und dann sehen wir weiter, ok? – Ok?«

»Ja klar doch Herr Bieber. Sie kommen her? Ist doch toll, dann fahr'n wir wieder mal 'ne Runde mit Ihrem Schlitten. Ich rufe nur schnell meinen Freund Vincent la Rue an, damit er nicht auf mich wartet. Also, bis gleich dann und alles Gute« und aufgelegt hatte die kranke Frau, die jetzt in irgendeiner Weise mit ihrem fiktiven Freund Vincent Verbindung aufnehmen würde.

Bieber las in der Akte nochmals die Notiz durch, wonach die Mandantin wiederholt in den vergangenen Tagen in der Kanzlei angerufen und wirr dahergeredet habe, während sich diverse Mieter im Haus erneut über sie beschwert hatten. Melanie Mahler wollte sich die überfällige Haldolspritze nicht geben lassen. Versuche der Sekretärinnen, am Telefon auf sie einzuwirken, schlugen fehl. Prinz hatte einerseits keine Zeit »für die arme Irre«, andererseits wollte er diesen Fall keinem der jungen Kollegen übertragen. Er wusste, dass Bieber da etwas empfindlich reagieren könnte, wenn er einen der »Sozialfälle« einfach abschob. Er blieb also lieber abwartend untätig, und der sozialpsychiatrische Dienst der Stadt hatte kein freies Personal, um die Patientin zu Hause aufzusuchen. »Die soll herkommen, wenn sie was braucht«, war die von der Amtsleiterin gegebene Antwort, wie die Notiz auswies, was Bieber wiederum die Zornesröte in das Gesicht trieb.

»Babette, rufe bitte in der Psychiatrie an und sage, dass ich mit Frau Mahler in circa drei Stunden vorbeikomme, und dass mir die Ärztin da ist und nicht wieder nur eine Krankenschwester, die von nichts weiß. Kündige notfalls an, dass ich ansonsten Frau Mahler dort lasse, ob die überbelegt sind oder nicht. Das funktioniert meist. – Ja und dann den sozialpsychiatrischen Dienst, Frau Dr. Gartenheim.«

»Geht klar, kommt sofort«, bestätigte die Sekretärin und stellte die gewünschte Verbindung zu dem Amt her, in dessen Aufgabenbereich es lag, psychisch Kranken beizustehen, ihren Alltag ordnend zu begleiten, Hilfestellungen zu geben, um den Patienten außerhalb von Klinikbereichen ein erträgliches Leben zu ermöglichen.

Ein undeutliches Genuschel war dem Telefonhörer zu entnehmen.

»Hallo, Frau Dr. Gartenheim, sind Sie das? Hallo!!!« Biebers Stimme war leicht angeschwollen und nur ein Durchatmen mit geschlossenen Augen verhinderte einen lauteren Tonfall, der dann vielleicht doch etwas ungehörig ausgefallen wäre.

Das Genuschel wurde eher unterbrochen als beendet und die verwaschene, ungehaltene Stimme der Psychiaterin, die sich offensichtlich gestört fühlte, war zu vernehmen. Früher hatte sie in den Städtischen Kliniken Biebers Mandantin ärztlich betreut und wurde dann – zum Glück für alle Patienten, wie Bieber einmal unwidersprochen gegenüber dem Klinikleiter äußerte – zum sozialpsychiatrischen Dienst der Stadt »befördert«.

»Sozialpsychiatrischerdienstderstadtoffenbachfraudoktorgartenheimgutentag.Hallohalloweristdenndadranichlegegleichwiederauf«, hetzte die leise undeutliche Stimme. Bieber wunderte sich wieder einmal, wie diese für psychisch Kranke absolut ungeeignete Ärztin, die ohne jedes Einfühlungsvermögen ihren »Job«, im wahrsten Sinne des Wortes, erledigte, sich jetzt schon wieder seit über einem Jahr in dieser verantwortungsvollen Position einer Gesundheitsbehörde halten konnte. Wäre jetzt ein Patient am Telefon, dachte Bieber, würde der sofort wieder auflegen, weil er spüren würde, dass diese Ärztin für ihn weder Zeit noch irgendein Interesse hätte.

»Frau Dr. Gartenheim, hier spricht Harald Bieber. Ich bin der Rechtsanwalt von Frau Melanie Mahler.«

»Die Schizophrene, ich sagte Ihnen doch, die knallt durch, die ist längst überfällig für die Geschlossene, was hat sie denn wieder angestellt«, hechelte die Ärztin in unpersönlichem Ton.

»Von Frau Mahler rede ich; ich spreche in Bezug auf Sie ja auch nicht von der Irrenärztin. Soviel Zeit muss sein. Ich wollte von Ihnen nur wissen, weshalb Sie während einer beruflichen Abwesenheit meinerseits, trotz mehrfacher Hilfeersuchen meines Büros an Sie, aber auch gar nichts …«

»Was wollen Sie denn. Sie haben ja keine Ahnung was hier los ist. Und wie gesagt, die gehört in die Klapse, in die Geschlossene. Der Meinung war ich schon immer, und was ich von Ihren amateurhaften Einschätzungen über Betreuung in privater Atmosphäre halte, habe ich Ihnen ja schon mehr als einmal deutlich zu machen versucht. Das verstehen Sie aber nicht oder wollen das auch nicht verstehen. Wie sollten Sie auch als Paragraphenreiter?«

»Sie bestätigen gerade erneut die sicherlich nicht unbegründete und wohl zweifelsfrei auch medizinisch abgesicherte Auffassung des Leiters der hiesigen Psychiatrie, der sich aus guten Gründen nicht gegen Ihre Berufung an Ihre heutige Stelle gewehrt hat«, blaffte Bieber ärgerlich zurück. »Ob ich ein Paragraphenreiter bin, können Sie nicht beurteilen, hatten wir doch in juristischer Hinsicht noch nichts miteinander zu tun. Jedenfalls sind Sie das, was ich, wäre ich für Ihre Tätigkeit oder besser Untätigkeit verantwortlich, als Nulllösung bezeichnen würde. Und darüber können wir uns gerne auch auf juristischer Ebene auseinandersetzen. Sie dürfen davon ausgehen, dass es für mich eine Freude wäre, in einem gerichtlichen Verfahren über Ihre Arbeitsauffassung und über Ihr Arbeitsverständnis umfassende Ausführungen zu machen. Im Übrigen, danke ich Ihnen für Ihr Nichtstun und es tut mir wirklich leid, Sie angerufen zu haben.«

Bieber hatte den Hörer aufgeknallt und war mit sich sehr unzufrieden. Einerseits, dass er dieses unsinnige Telefonat überhaupt geführt und andererseits, dass er den Telefonhörer aufgelegt hatte, ohne die auch gegenüber einer solchen Ärztin und ihres Zustands erforderliche Geduld aufgebracht oder es wenigstens versucht zu haben.

Er lehnte sich in seinem Sessel zurück. Ein Flugzeug lärmte, offenkundig zu tief fliegend, über das Haus und lenkte seine Gedanken zurück zu den Geschehnissen der letzten Tage.

Die Maschine hatte den Frankfurter Flughafen pünktlich gegen Abend erreicht. Vor den Passkontrollen bildeten sich lange Schlangen. Irgendeine Umbaumaßnahme hatte dazu geführt, dass die sonst übliche, großräumige Verteilung ankommender Passagiere nicht vorgenommen werden konnte.

»Eine Bekannte von mir«, hatte Jasmin erzählt, »brüstet sich damit, dass sie an den Kassen von Supermärkten, vor Flughafenschaltern, Sportstadien, Theatern oder Kinos mit untrügerischer

Gewissheit diejenige Warteschlange erwischt, an der es schnell und unkompliziert voran geht.«

»Mit dieser Begabung bin ich nicht gesegnet«, hatte er erwidert.

»Sie behauptet, über eine nahezu untrügliche Intuition zu verfügen, ähnlich einem personifizierten Warteschlangen-Radar und dadurch fast immer in die richtige, die schnelle Reihe gerät.«

Beide hatten laut lachen müssen und ließen sich von der Menge dicht aneinandergedrängt, weiter schieben.

»Ich habe dann offensichtlich eine gegenteilige Begabung«, hatte er erwidert, die kratzige Tasche der Frau hinter ihm verdrängend, die diese ihm ständig mit den Füßen in die Kniekehlen stieß, »ich stehe in Warteschlangen regelmäßig in der falschen. Selbst wenn die Abfertigung in meiner Reihe zunächst gut vorangeht, stellt sich am Ende heraus, dass die Person mit dem kleinen Einkaufskorb vor mir entweder nur unausgezeichnete Waren eingepackt hat oder mit einer Scheckkarte bezahlen möchte, die vom Automaten nicht erfasst werden kann, aus welchen geheimen, unerfindlichen, technischen Gründen auch immer. Oder der Ausweis meines bieder und deutsch genug aussehenden Vordermannes bei der Passkontrolle am Flughafen ist gerade abgelaufen.«

»Mir geht es ähnlich, obgleich ich mich immer in Schlangen stelle, in denen eine Person steht, die meiner Freundin ähnlich sieht. Aber es hilft nichts. Entweder ist der in meiner Reihe agierende Kontrolleur derjenige, der es supergenau nimmt, alle Reisepapiere durchblättert, nachfragt, welches Land dieser oder jener Stempel repräsentiert oder was die Eintragung des balinesischen Passbeamten bedeuten solle in diesen komischen, nicht lesbaren Zeichen.«

In diesem Moment zeigte sich die gute Fee der Warteschlangen, gerade als beide sich auf ewiges Warten in den Menschenmassen eingerichtet hatten, die mit Kartons, Taschen und sonstigem, vorgegebenen Handgepäck in nahezu unüberschaubaren Mengen drängelten, samt der niedlichen Kleinen, die schreiend und quäkend durcheinander purzelten, von den Kopftuchfrauen mit den langen Kleidern mühsam beieinander gehalten. Sie zeigte sich in der Gestalt einer flott uniformierten, blonden Frau, die Bieber kurz zunickte bevor sie in die Menge rief: »Bitte kommen Sie auch an diesen Counter« und beide waren die ersten in einer sich neu formierenden, langen Warteschlange.

»So also ist dieses Gefühl«, hatte er noch gedacht und verwundert zu Jasmin gesehen, unsicher, ob er sich darüber freuen sollte. Und als auch noch das Gepäck für Biebers Gefühl viel zu schnell und nacheinander auf das Transportband polterte stand er etwas hilflos vor Jasmin Ülkü, die er bei jeder sich bietenden Gelegenheit auf der Rückreise wie zufällig berührt hatte. Beide hatten auf dem Flug von Istanbul nach Frankfurt in ihren Unterhaltungen diesen Moment vermieden anzusprechen, der natürlich zwangsweise kommen würde, den Moment, an dem sie sich trennen mussten.

Bieber hatte niemanden das Rückflugdatum, geschweige denn exakte Ankunftszeiten benannt, so dass weder sein Büro noch seine Innenarchitektin wussten, dass er an diesem Tag mit diesem Flug einträfe. Er hatte damit nicht unbedingt eine Absicht verbunden, zumindest nicht bewusst. Er wähnte sich emotional wie in Startlöchern und wartete auf irgendein Signal, um lossprinten zu können.

Er hatte einen trockenen Mund gehabt und konnte der dunkeläugigen Frau einfach nur in eben diese sehen, ihre Hand in der seinen haltend. Seine Flapsigkeit, sonst ohne weiteres abrufbar, war dahin. Eine nervöse Unruhe hatte sich seiner bemächtigt. Er holte Luft, schluckte so laut, dass er glaubte, die damit verbundenen Geräusche würden durch die Halle schallen und schnaufte gerade laut aus, als die Polizistin sich endlich räusperte und mit leiser Stimme bemerkte, dass sie erst morgen Früh um zehn einen Termin mit Berthold habe und dann anschließend gleich die Maschine nach Berlin nehmen müsse. Aber bis dahin, so circa bis morgen neun Uhr, wäre sie durchaus verfügbar.

In normalen, zwischenmenschlichen Beziehungen trafen Frauen die grundsätzlichen Entscheidungen, war Biebers These schon immer gewesen. Wenn der Mann glaube, er handele und werde aktiv, so habe die Frau das nur zugelassen und zuvor entsprechend gesteuert. Gewalttäter einmal außen vor gelassen.

Bieber hatte auf eine weitergehende Analyse an diesem späten Nachmittag verzichtet, dem Gepäckträger Weisung gegeben, die Koffer in das Flughafenhotel zu bringen, Jasmin an der Hand genommen und sie fast zur Rezeption desselben gezerrt, ein Doppelzimmer gebucht und war beinahe in den Aufzug hineingestürzt, der sie zum zwölften Stockwerk bringen sollte. Kaum war die Tür geschlossen, hatte er sie in den Arm genommen, geküsst, erst sanft, dann fordernder, sich an ihr gerieben, so dass sie seine spontane Erregung durch den dünnen Stoff des Kleides spüren konnte und beglückt registriert, dass vielleicht die Intimität des Aufzugs auch Ülkü eine Illusion der Freiheit und Gelöstheit vermittelte, die sie die selbstverständlich auferlegte Zurückhaltung der vergangenen Tage aufgeben ließ. Sie hatte ihr Knie zwischen seine Beine gepresst, ihr Atem war schneller gegangen, als Biebers Hände über ihren Körper fuhren und ihren geöffneten Lippen war ein überraschtes, rundlippiges »Huch« entsprungen, als sich die Tür öffnete.

»Oh, Entschuldigung«, hatte die alte Dame mit blasslila eingefärbten Haaren und einem riesigen goldenen Brillengestell auf der Nase, das an die amerikanische Mode der sechziger Jahre erinnerte, gehaucht und sie beide waren lachend aus dem Aufzug gegangen, nein gerannt, um sich in dem Hotelzimmer ihren gerade eingestandenen Gefühlen hinzugeben.

Am nächsten Morgen beim Frühstück war ihr Gespräch dann noch einmal auf Sara Tonglu gekommen, die zyprische Erbin.

»Du hast sie doch aufgesucht, Jasmin. Was ist das für eine Frau? Halbseiden? Femme fatal oder einfach nur jung und abenteuerlustig«, hatte er gefragt und Jasmin hatte zu seiner Überraschung geantwortet: »Weder noch. Ich hatte auch jemand ganz anderes erwartet. Ich fand eine ganz unscheinbare Frau vor, die in unglaublich einfachen Verhältnissen lebt. Typischer griechischer Flachbau. Durch die Eingangstür gehend, stehst du praktisch sofort im sogenannten Salon. In diesem Fall ein total schmuckloses Viereck mit einer Couch, einem niederen schrankähnlichen Gebilde, zwei kurzbeinig geflochtenen Stühlen und einem flachen Tisch. Kein Wandschmuck, keine Teppiche bis auf einen eher einem größeren Lappen ähnelnden Gebilde, das vor der Couch lag. Ich sagte, ich suche Herrn Volz, Klaus-Bey, den deutschen Avukaten. Nichts. Den kannte sie gar nicht. Auf die nochmalige Frage, ob sie tatsächlich die Sara Tonglu wäre, die vor kurzem bei dem Notar und Avukat Barak gewesen sei, bejahte sie nachhaltig, kramte sogar ihren Ausweis hervor, um mir das zu beweisen. Was sie denn dort unterschrieben habe, wusste sie nicht so genau. Sie habe nur Ösker-Bey einen Gefallen getan, der sie um Hilfe nachgesucht habe, die sie ihm doch nicht abschlagen könne, da er sich doch um ihren Sohn kümmere und dem ein gutes Auskommen sichere.Auf die Nachfrage, welchen Ösker-Bey sie denn meine, erklärte sie, es handele sich um Ösker Alsancak, dem auch dieses Haus gehöre. Und Ösker Alsancak sei doch einer der beiden Namen, die sie Volzens Fahrer entlockt hatten und der wahrscheinlich einer von mehreren war, die geeignete Personen suchten und fanden, die bereit waren, gegen ein kleines Entgelt, gegen irgendeine

Gefälligkeit oder weil sie eine solche schuldeten,mal eine oder mehrere Unterschriften unter vorbereitete Schriftstücke setzten, die für sie gar keine Bedeutung bekamen und der Abwicklung eines Geldwäschevorgangs doch einen offiziellen Charakter verliehen.

Dann hatten sie sich im Zimmer doch noch etwas länger verabschiedet, ohne irgendein Versprechen vom anderen einzufordern und es war zu einer unausgesprochenen, stillschweigenden Übereinkunft gekommen, wonach sie sich wieder sehen wollten, wenn es sich ergäbe. Sie hatten noch ausführlich gemeinsam gefrühstückt und waren dann zusammen vor das Hotel zum Taxi gegangen. Sie hatte sich bei ihm eingehängt und war dicht neben ihm gegangen. Dabei durchströmte Bieber ein fast kindliches Glücksgefühl, waren doch nur wenige wirklich schöne Frauen bereit, sich auch in der Öffentlichkeit zu einem Mann wie ihm zu bekennen, der nicht über die Attribute eines männlichen Models verfügte, eher sehr durchschnittlich aussah und auch auf Frauen nicht gerade so wirkte, dass sie gleich den Kopf verloren. Sie hatten sich noch geküsst. Dabei murmelte er, dass jetzt wohl alle gesehen hätten, wie eine Schönheit einen hässlichen Kerl abknutsche, obwohl sich das für eine Muslimin in der Öffentlichkeit nicht gezieme.

»Ick bin Atheistin und det is en Glick für Dir, sonst müsst de mir jetzt heiraten«, hatte Ülkü den Berliner Dialekt parodierend gekichert und ihn nochmals geküsst.

Bieber war erst um sechzehn Uhr mit Berthold verabredet gewesen. Die Zeit bis dahin hatte er genutzt, um schnell in seiner Kanzlei vorbei zu fahren und seinem Partner kurz zu berichten. Ihm würde noch genügend Zeit verbleiben, hatte er kalkuliert, um nach Hause zu fahren, zu duschen und ja, Claudia wollte er auch noch anrufen. Prinz war, auch wenn er sich zurückhaltend zeigte, begeistert gewesen vom Ausgang des Abenteuers, insbesondere im Hinblick auf den finanziellen Erfolg der Kanzlei. Den wiederum schrieb er, bei aller zur Schau gestellten Bescheidenheit, hauptsächlich seinem strapaziösen Einsatz im Büro zu. Schließlich hatte er, wie er bemerkte, das Büro in den vergangenen Wochen nahezu alleine leiten müssen, während Bieber praktisch Urlaub machen konnte. Bieber hatte seine Berichterstattung beschränkt auf die Ergebnisse, insbesondere aus finanzieller Sicht, um nicht ein erneutes Risikoszenario im Kopf seines Partners zu provozieren, mit der Folge einer Reihe unerlässlicher Maßnahmen, um die Kanzlei zu schützen.

»Ach ja, beinahe hätte ich etwas vergessen«, hatte schließlich Prinz gesagt, seinen Partner dabei anlächelnd und seine, zu Biebers Entsetzen, pomadisierten, schwarzen Haare mit beiden Handflächen gegen den Kopf pressend: »Deine Innenarchitektin hat ein paar Taschen mit Klamotten in Deiner Wohnung abgestellt. Die Taschen sollst Du gelegentlich zusammen mit dem Schlüssel zu ihrer Wohnung zurückgeben. Ihr Schlüssel zu Deiner Wohnung liegt hier in der Schublade.« Prinz hatte ein Schubfach aufgezogen, darin kurz herumgewühlt und ihm dann den Schlüssel mit spitzen Fingern gereicht.

»Habe ich was nicht mitgekriegt? Irgendeine Entwicklung verschlafen? Eine viel zu langweilige Verbindung. Kein Pep im Bett, könnte ich mir vorstellen. Spaß beiseite, ihr habt nie zusammengepasst. Der Meinung war ich eigentlich immer.«

»Nö«, hatte Bieber erwidert, »nur eine Situationskorrektur, für die ich Claudia dankbar bin. Sie war ohnedies die Ehrlichere in dieser Beziehung, die ich einfach zur falschen Zeit einging. Vielleicht hätten wir zu einem anderen Zeitpunkt eine bessere Chance gehabt. – Apropos zusammenpassen, was macht Henny? Zuviel Bett-Pep oder alles Ok?«

»Stell doch mal 'ne Frage, deren Beantwortung Du auch verstehst. Die Besonderheiten meiner Beziehung zu Henny, unsere besondere, ja fast einzigartige offene Beziehung, verstehst Du sowieso nicht. Aber wie Du eine Intimpartnerschaft hinwirfst, ist ja auch nicht gerade beispielhaft. Sie hatte Tränen in den Augen.«

»Lass uns später über Einzelheiten reden, Alex. Ich bin in Eile.«

Bieber hatte wenig Lust, seinem Partner seinen Beziehungskram darzulegen. So waren sie relativ schnell wieder auseinander gekommen. Bieber hatte erst am nächsten Tag ausführlicher die Geschehnisse geschildert, auch, dass er schon bei Berthold gewesen war und mit diesem gesprochen hatte.

Der Beamte der Sondereinheit, dem bereits ein ausführlicher, mündlicher Bericht Jasmin Ülküs aus deren Sicht zur Verfügung stand, zeigte sich nicht nur zufrieden über das Ergebnis der teilweisen Rückführung von Geldern, sondern insbesondere auch hinsichtlich der Erkenntnisse über die in Nordzypern agierenden Personen. Für ihn waren die Versuche bedrohlicher Einflussnahmen von offensichtlich griechischer Seite, woraufhin alle Anzeichen deuteten, ebenso interessant wie die Interessenlagen der türkischzyprischen »Kaufleute« und Politiker, die sich anhand eines realistischen

Falls teilweise ganz anders offenbarten, als man dies aufgrund theoretischer Überlegungen erwartet hatte. Bieber hatte versprochen, unverzüglich noch einen schriftlichen Bericht nachzureichen.

»Sagen Sie, Herr Berthold, haben Sie eigentlich irgendwelche Erkenntnisse bezüglich des Todes von Volz«, hatte Bieber dann gefragt, worauf der Hauptkommissar nach einer kleinen Pause antwortete: »Es war natürlich eindeutig Mord und leider muss ich sagen, dass wir bis zum heutigen Tage nicht die geringsten Anhaltspunkte haben hinsichtlich der Täterperson. Die Personen des privaten Umfelds können allerdings ausgeschlossen werden. Natürlich haben wir auch in diese Richtung ermittelt. Die Ehe war nach allen Aussagen absolut intakt, trotz der beruflichen Eskapaden von Volz und trotz seines Drogenkonsums. Frau Volz war daran interessiert, dass ihr Mann Geld beibrachte. Woher und wie? Das interessierte sie nur am Rande. Sie hatte sich seelisch eingerichtet und eingestellt auf die heute bestehende Situation, in der sie, im Gegensatz zu früher, nicht mehr aus dem Vollen schöpfen konnte, und sie unterstützte ihren Mann, so gut sie konnte. Tochter und Schwiegersohn haben ein hieb- und stichfestes Alibi für die Tatzeit, unterhielten kaum Kontakt zu Volz. Es gab, mangels Enkelkindern, auch sonst keine zwingenden Berührungspunkte und jeder wusste, dass eigentlich auch finanziell nichts mehr zu erwarten war.«

»Und das war allerdings ein Trugschluss.«

»Schon, aber mit diesem Geldsegen konnte niemand rechnen, so dass jede Spekulation insoweit müßig ist. Ich weiß, jetzt noch eine Ehefrau, die auf die Lebensversicherung des Mannes abstellt oder ahnend, dass sich aus den Verwicklungen des Gatten in mehr oder weniger kriminelle Machenschaften Geld herausschlagen ließe und deshalb mordet oder morden lässt, wäre eine spekulative Alternative, aber das ist dann doch zu gewagt. Glauben Sie mir, das war ein Profikiller, der schnell, zuverlässig und ohne Spuren zu hinterlassen seine Untaten verrichtet. Solch einer kann am helllichten Tage auf einer belebten Straße einen umbringen, ohne dass die sich in unmittelbarer Nähe befindlichen Zeugen irgend eine brauchbare Aussage machen können.«

»Ich bin froh, dass die Witwe nicht involviert ist, glauben Sie mir. Nicht zuletzt wegen meiner Gage.«

»Das kann ich mir wohl denken«, meinte Berthold, zeigte ein breites Lächeln und kramte wieder einmal nach einer Zigarette, ehe er fortfuhr: »Übrigens hinsichtlich des Vorfalles … ähem, bei diesem Türk, haben wir auch keine klaren Erkenntnisse erhalten. Oberkommissarin Ülkü hat aus ihrem Cousin insoweit nichts herausbekommen. Und der wäre wohl die einzige erfolgversprechende Quelle gewesen, aus der wir zuverlässige Hinweise hätten insoweit erhalten können.«

Er zog an seiner Zigarette und Bieber bestaunte wieder einmal die Intensität dieser Übung, die gut ein Drittel der Zigarette zu Asche werden ließ.

»Als persönlicher Dank, von mir«, hatte Berthold dann gesagt und Bieber einen Notizzettel in die Hand gedrückt. »Ich hoffe, wir sehen uns bald mal wieder.«

Die beiden Männer hatten sich nochmals kräftig die Hände geschüttelt – eine Geste, die unter Muslimen eher auf Unverständnis stößt, wie Bieber auf seiner Reise gelernt hatte – und er war dankbar für dieses Ritual, bei dem man eine Menge Gefühle ausdrücken konnte. Und er hatte gespürt, dass hier eine Männerfreundschaft eine Chance bekam.

Auf dem Zettel stand: Gerd Uwe Krimm, Bad Soden, Bleibtreustraße 16 B.

Er hatte das Papier eingesteckt mit dem festen Entschluss, nicht nachzuforschen, wie Berthold darauf verfallen war, dass er diesen Namen, diese Adresse, diese Person suchte.

Die Notiz ersparte zeitaufwendige Nachforschungen über Auskunfteien, die auch nur kostengünstig zu einem Erfolg kamen, wenn sich die gesuchte Person ordnungsgemäß bei den Einwohnermeldeämtern gemeldet hatte, in einem steuerpflichtigen Arbeitsverhältnis stand oder Sozialzuschüsse bezog.

»Und jetzt auf zu Melanie«, riss sich Bieber aus seinen Erinnerungen, schwang sich aus seinem Sessel, um die sozialen Aspekte seines Berufs auszuleben, obwohl es keineswegs zu seinen Aufgaben gehörte – auch nicht als Betreuer seiner Mandantin – diese zu Arztterminen zu begleiten oder gar zu diesen abzuholen.

»Sehen wir uns nachher noch zu 'nem Bier«, rief Bieber, die Tür zu Prinzens Büro nochmals schwungvoll aufziehend.

»Nein, sorry. Ich wollte heute Abend noch in die Synagoge fahren. Wir haben eine Vorstandssitzung und der Vorsteher meinte …«

»Geht in Ordnung, mein Bester, viel Spaß in der Schul«, rief Bieber und verschwand, den Mangel an Terminen nutzend, schwungvollen Schrittes aus dem Büro.

Alexander Prinz war eigentlich kein religiöser Mensch. Aber seit dem Tode seines Vaters war mit ihm eine innere Wandlung vorgegangen. Seit jetzt knapp einem Jahr besuchte er regelmäßig die Versammlungen der Gemeinde. Sein Vater hatte zwar nie dem Gemeindevorstand angehört und sich immer aus Ämtern herausgehalten. Ich bin zu alt, um ein Ehrenamt zu übernehmen, hatte er immer argumentiert und wollte doch nur nicht in Gruppierungen hineingezogen werden, mit der Folge, dass er vielleicht in Opposition zu einer anderen Partei geraten wäre. Der alte Herr wollte unparteiisch sein, wie es seinem Richterberuf entsprochen hatte. Aber er wollte auch gefragt werden, wenn man seinen Rat brauchte. Er liebte es, eine Art graue Eminenz zu sein, dessen Lebenserfahrung allen Interessengruppen innerhalb der Gemeinde zugute kommen sollte. Alexander Prinz wollte es wie sein Vater halten: Rat geben, wenn er verlangt wurde, auch wenn man an ihn als junges Mitglied der Gemeinde jetzt noch nicht herantrete. Außerdem könne es nicht schaden, Kontakte zu knüpfen im Interesse der Kanzlei. Und dem konnte auch Bieber nichts entgegen halten.

Melanie Mahler hatte ihn schon vor dem Haus, in dem sich ihre Zweieinhalbzimmerwohnung befand, erwartet und winkte heftig, als sie das Auto Biebers erkannte.

»Vincent la Rue hat nichts dagegen, dass ich mit Ihnen fahre«, rief sie, stieg ein und ließ sich mit einem glücklichen Seufzer in die weichen Polster der Limousine fallen.

»Aber wenn das die Dr. Gartenheim wüsste. Die würde sich aufregen und mich gleich wieder mit einem Denkverbot belegen oder an die Dusche fesseln«, plapperte die dunkelblonde Frau los, die sich ihre schulterlangen Haare mit einem gelben Band aus der Stirn hielt, das sich leuchtend von dem schwarzen Outfit bis hin zu den dick und in breitem Schwarz umränderten Augen abhob.

»Sie wissen doch, dass Frau Dr. Gartenheim nicht mehr Ihre Ärztin ist«, unterbrach sie Bieber, sich daran erinnernd, was deren Nachfolgerin in der Psychiatrie, eine Frau Dr. Mauhügel ihm einmal telefonisch nahegelegt hatte, nämlich falsche Reflektionen in Bezug auf wichtige Personen sofort zu korrigieren. »Wir fahren zu Frau Dr. Mauhügel und die mögen Sie doch, oder?«

»Ja, die ist nett und die hört auch mal zu und sie versteht, dass es möglich ist, als Pipeline durch Offenbach verlegt zu sein, so dass alle Abwasser und Geräusche durch mich fließen.«

Und dann unvermittelt, mit klarer fester Stimme und sehr bestimmt: »Ich weiß, dass Sie das nicht kapieren. Vielleicht kann ich Ihnen das mal später verständlich machen. Aber Sie sind auf meiner Seite, und ich habe Vertrauen zu Ihnen.«

Bieber parkte wieder einmal riskant. Die Psychiatrie der Städtischen Kliniken Offenbach war in den alten Gebäuden, erbaut vermutlich um die Jahrhundertwende, aus rotem Backstein untergebracht. Die recht große Abteilung war über lange Flure und überdachte Wege mit den heutigen Hauptgebäuden verbunden. Die gesonderte Seiteneinfahrt mit einem kleinen Parkplatz war – wie immer – fast zugeparkt, so dass keine Chance bestand, dort die großräumige Limousine abzustellen. Bieber war den Randstein zum Gehsteig, der die Zufahrt säumte, vorsichtig hochgefahren und hatte das Auto halb auf Fußweg und halb auf Zufahrtsstraße geparkt, in der Hoffnung, dass die unangenehm fleißigen Offenbacher Politessen in diesem Bereich ein Auge zudrücken würden, gab es doch überhaupt keine andere Möglichkeit, auch nur kurze Zeit in der Nähe der Kliniken zu parken.

Bieber betrat mit seiner Begleiterin die dunklen Gemäuer und folgte einem hallenden Gang in ein weiteres Gebäude, in dem die Psychiatrie ihre Abteilungen unterhielt. Warum psychisch kranke Menschen immer in den ältesten und schlechtesten Gebäuden von Großkliniken untergebracht waren, entging Biebers Verständnis. Und auch hier – obgleich dieser Klinikteil einen überregional guten Ruf genoss – waren die Räume für die Patienten beengt, die Einrichtungen veraltet, das Personal überstrapaziert. Auf den Fluren gingen Frauen und Männer in unterschiedlichster Verfassung auf und ab. Ein junger Mann fiel Bieber sofort auf. Der ging an ihm mit steifen Schritten vorbei, auf eine junge Krankenschwester zu, die gerade aus einem Zimmer mit kurzen, schnellen Schritten eilte. Der Patient überragte sie um mehr als eine Kopflänge. Sein Körper war starr, die Fäuste geballt. Er schnaufte laut und gepresst. Bieber stellte sich bereits innerlich darauf ein, der Pflegerin zu Hilfe zu eilen, denn jeden Moment schien der kräftige Mann sich auf diese eher klein wirkende Frau stürzen zu wollen. Der offensichtlich psychisch schwer kranke Patient zog mit verzerrtem Gesicht, zusammengekniffenen Lippen und Augen die Luft gerade wieder laut ein und blieb etwa fünfzehn Zentimeter dicht vor der jungen Krankenschwester stehen. Er starrte ihr wild in die Augen. Die Fäuste des Mannes öffneten und schlossen sich jetzt, die Knöchel der Hand traten weiß hervor, während die stark ausgeprägte Armmuskulatur sich in wildem Spiel bewegte.

»Ach Herr Blümel, Ihnen geht es aber heute wieder viel besser«, sagte diese zierliche kleine Person mit fröhlicher Stimme, »Sie dürfen heute wieder in die Holzgruppe und da gehen wir jetzt ganz, ganz ruhig hin.« Und sie drehte den Mann mit dem maskenhaft starren Gesichtsausdruck und jetzt weit aufgerissenen Augen an den Schultern herum und schob ihn sanft in die entgegengesetzte Richtung, in die er mit steifen Beinen und leicht vom Körper abgewinkelten Armen stakste, die Hände weiter öffnend und schließend und laut schnaufend.

»Genau da entlang, Herr Blümel, schön weitergehen, nicht stehen bleiben, sie kennen ja den Weg«, rief sie ihm nach. Dann wandte sie sich jetzt Bieber zu: »Kann ich Ihnen helfen?«

Bieber, der gar nicht bemerkte, dass er den Atem angehalten hatte, ließ die angestaute Luft seinen Lungen fast pustend entströmen und lockerte seinen, in Erwartung des vermeintlich anstehenden tätlichen Angriffs, angespannten Körper und sagte: »Bieber, Harald Bieber. Ich bin der Rechtsanwalt von Frau Mahler, die hier ist, um eine Haldolspritze zu bekommen. Frau Dr. Mauhügel weiß Bescheid.«

»Bitte nehmen Sie doch hier einen Moment Platz, ich sage ihr, dass Sie hier sind. Und entspannen Sie sich. Das sieht nur so schlimm aus. Man gewöhnt sich daran, wenn man länger mit diesen bedauernswerten Kranken zu tun hat.«

Kurze Zeit später kam eine überraschend junge Frau auf die beiden Wartenden zu. Ein rosiger Teint schmückte ein etwas zu rundes Gesicht, das offen, fast fröhlich und auf jeden Fall vertraueneinflößend wirkte. Wenn sie fünfzehn bis zwanzig Kilo abspecken würde, mal zum Friseur ginge und ein paar Euro in ihre Kleidung investierte, könnte eine ganz ansehnliche Frau aus ihr werden, urteilte Bieber ungewollt für sich im Stillen. Und schämte sich sogleich etwas wegen dieser Gedanken, denn diese Frau ging offensichtlich in ihrem Beruf auf und hatte sicher keine Zeit für solche Nichtigkeiten.

»Hallo Frau Mahler, ich grüße Sie, wo waren Sie denn letzte Woche? Sie haben sicher den Termin vergessen – oder wollten Sie nicht kommen? Das kann doch nicht sein, wir machen doch so schöne Fortschritte«, und dann, sich Bieber zuwendend: »Dr. Mauhügel, guten Tag. Ich freue mich, Sie endlich auch mal persönlich kennen zu lernen. Frau Mahler hat mir ja schon einiges von ihrem ›Beschützer‹ erzählt. Kommen Sie beide bitte mit.«

Das Büro der Ärztin, oder sollte es ein Behandlungsraum sein, das sie durch eine altersschwache, gelblich matt angestrichene Tür betraten, war spartanisch eingerichtet. Die Tür hätte nichts gegen ein ein paar Tropfen Öl einzuwenden gehabt. Vor den gelblich grün gestrichenen Wänden stand ein Wandschrank mit hohem, verschließbarem Glasaufsatz. Die Einrichtung wurde ergänzt durch ein paar abgewetzte Besucherstühle in Sperrmüllqualität, einen verkratzten Resopaltisch, wohl einen Schreibtisch symbolisierend. Schließlich vervollständigte eine Liege die Einrichtung des etwa achtzehn Quadratmeter großen Raumes, über der mit Reißzwecken ein großflächiges Poster von Neuschwanstein an die Wand geheftet war. Dem Fenster, das den Blick auf eine Backsteinmauer freigab, wird es gleich gewesen sein, ob es regnete oder die Sonne schien, war es doch ziemlich verdreckt. Es ließ kaum Licht in den Raum, weshalb auch zwei von der Decke herunterhängende Leuchtstoffröhren am helllichten Tage ein fahlweißes Licht verbreiteten. Die Einrichtung war nicht zu vergleichen mit den modernen Gegenständen, die in den neuen Gebäuden die heute übliche High-Tech-Medizin repräsentierten. Irgendjemand wird wohl die Order ausgegeben haben, allen Müll der späten sechziger Jahre ab in die »Psyche« zu verfrachten, da die Patienten dort ohnedies nichts merkten oder man davon ausging, dass es ihnen egal sei. Auf Ärzte und Pflegepersonal nahm die Verwaltung dabei offensichtlich ebenfalls keine Rücksicht.

Die Ärztin hatte ihrer Patientin schnell und sicher eine Spritze gegeben, die sie mit einem Medikament aus dem Glasschrank aufgezogen hatte. Dann folgte ein kurzes und in beschwingtem Ton geführtes Gespräch über so normale Dinge wie das Sein in einem Lautsprecher, was man macht, wenn der Bruder unter der Dusche erscheint und fummeln will oder Nachbarn durch die Wände starren. Eine mögliche Ehe mit Vincent la Rue wurde kurz erwogen und gemeinsam verworfen, da er eine zu gründende Familie ja nicht ernähren könnte und festgestellt, dass die Unterstützung eines Jamie von Omega mit Geldmitteln zu nichts führen würde.

Den kannte Bieber noch nicht und er hörte aufmerksam zu, ergab sich aus diesem Gespräch von Frau zu Frau doch der Hinweis, was seine Pflegebefohlende am Ende mit ihrem reichlich bemessenen Taschengeld alles anstellte und von dem er nichts wusste. Auf die Idee, dass sie einen mittellosen Jamie Omega, oder wer sich auch immer hinter diesem Namen versteckte, mit Geldmitteln unterstützen könnte, war Bieber noch nicht gekommen, obgleich Frau Mahler ihr wöchentlich zugeteiltes Taschengeld immer ziemlich rasch verbrauchte. Üblicherweise begann sie bereits nach vier Tagen die Sekretärinnen in der Kanzlei anzurufen, um Vorschüsse auszuhandeln. Ziel war eigentlich, sie an eigene Einteilungen über längere Zeiträume zu gewöhnen. Diese Zielvorgabe war nach Biebers Erfahrung mit seiner Klientin zu hoch gesteckt.

Nach etwa zwanzig Minuten beendete die Ärztin die Unterhaltung und bat ihre Patientin, doch mit Schwester Gerda einen neuen Termin auszumachen. Sie kenne die Schwester ja und wisse den Weg. Sie solle dann einfach im Schwesternzimmer warten, bis ihr Anwalt sie holen komme.

»So, das hätten wir«, sagte die Ärztin, »ich bin froh, dass Sie den Vorgang übernommen haben. Abgesehen von den vermögensrechtlichen Aspekten, die mich eigentlich ja auch nichts angehen, bin ich dankbar, dass Sie Frau Mahler das Wohnen in den eigenen vier Wänden ermöglichen.«

»Ja sicher, aber es wird immer schwieriger. Die Nachbarn protestieren und die verständlichen Vorbehalte gegen Melanie wachsen.«

»Pfeifen wir auf die Nachbarn. Es ist wichtig für Melanie, dass sie nachhaltig dazu angehalten wird, mehr oder weniger normale Kontakte zu ihren Mitmenschen zu pflegen, den Haushalt irgendwie selbst zu bewältigen. Dadurch wird ein unkontrolliertes Weggleiten aus der Realität zumindest verzögert. Selbst wenn der Kontakt mit der Nachbarschaft aus Reibereien besteht. Das ist besser als gar kein Kontakt zur Außenwelt.«

»Von einer Möglichkeit der Gesundung oder wenigstens Verbesserung des Verhaltens dürfen wir ja wohl nicht ausgehen?«

»Richtig. Wir können mit den heutigen Mitteln nur versuchen, den jetzigen Zustand mit Medikamenten zu festigen, verbunden mit der Hoffnung, dass Melanie nicht durch total unkontrollierte Aktionen eine zwangsweise Einweisung selbst herbeiführt. Deshalb müssen die Medikamente regelmäßig vergeben werden. Unbedingt. Bitte tragen Sie Sorge dafür, ja?«

Bieber nickte.

»Ich danke Ihnen.« Sie war aufgestanden. Bieber hatte erklärt, sein Möglichstes tun zu wollen, insbesondere die Medikamentenvergabe sicherzustellen durch enge Terminüberwachung mit Hilfe seiner Mitarbeiterinnen.

Melanie Mahler stand auf dem Flur und unterhielt sich mit einem jungen Mann, der auf sie einredete, davon sprach, wie schön es wäre, wenn sie wieder mal in die »Hoppla« käme. Man könne da ja wenigstens in aller Ruhe miteinander so richtig losvögeln und sie fehle ihm mächtig, nachdem er hier ja schon wieder wochenlang festsitze. Melanie Mahler meinte, das sei eine klasse Idee und sie käme demnächst mal wieder kurz nachts vorbei.

Die Ärztin, die Bieber noch auf den Flur begleitet hatte, lächelte sanft und nachsichtig, blinzelte dem Rechtsanwalt verschmitzt zu und winkte beschwichtigend mit der Hand, als sie Biebers entsetztes Gesicht sah, der sich gerade vorstellte, was da nachts am Ende alles kreuz und quer durch alle Zimmer abgehen könne.

»Warme Luft und unausgelebte Träume«, lachte die Frau, die wie ein Ruhepol in einem Emotionswirrwarr wirkte. »Frohes Schaffen noch, Herr Bieber und Tschüß.«

Sie schloss die Abteilungstür auf und winkte zum Abschied. Sie wirkte wie eine Gefangene, die unbegreiflicherweise gute Laune versprühte und froh war, die böse Welt draußen zu halten.

Bieber hatte Melanie Mahler wieder vor ihrer Wohnung abgesetzt, nachdem sie noch in einem Straßencafe gemeinsam Eis gegessen hatten. Die anderen Gäste blickten verstohlen zu diesem ungleichen Paar, das einer Luxuslimousine entstiegen war und dem äußeren Erscheinungsbild nach wirkte, als würde ein Edellude eine Trümmernutte ausführen. Bieber störte das längst nicht mehr, wenngleich er auf Befragen heute jederzeit zugestand, dass er zu Beginn des Mandats immer gut einen Meter vor der Kranken herging, wenn ein gemeinsames Auftreten unvermeidbar war. Damals berührte ihn das äußerliches Erscheinungsbild seiner Mandantin mehr als peinlich und er befürchtete, dass sich dies auf ihn und seinen Ruf als Rechtsanwalt negativ auswirken könne.

Melanie hatte sich einen Erdbeerbecher mit Kirschsoße – darauf hatte sie bestanden – und einen dicken Berg Sahne mit Extrapäckchen Waffeln bestellt. Bieber beschränkte sich auf einen Hügel von acht Schokoladenbällchen mit Schokoladensoße und Schokoladenstreusel, doppelte Portion Sahne überstäubt mit Schokoladenpuder.

Die beiden hatten diese süße Gemeinsamkeit bereits vor längerer Zeit vergnügt festgestellt, die sie beide hemmungslos genossen, gerade wieder belächelt von den Gästen, als jeder nochmals eine kleine Portion – »wie gehabt« – nachbestellte.

XVIII.

Bieber war die etwa sechs Kilometer lange Strecke vom Büro zum Haus seiner Mitarbeiterin Guda Kleyn zügig gefahren. Sie war die erste Sekretärin, die er für die gemeinsame Kanzlei beschäftigt hatte und kannte alle Stärken und Schwächen ihrer »Pappenheimer«, wie sie immer sagte, wenn Bieber und Prinz gemeinsam auftraten. Die heute knapp Achtunddreißigjährige, noch immer sehr schlanke, blonde Frau arbeitete nach ihrer Heirat wegen ihrer Adoptivkinder von zu Hause aus zunächst als Sachbearbeiterin für die Kanzlei, was eine Direktleitung zum Büro-Zentralcomputer ermöglichte, der ihr alle Informationen eines Vorgangs erschloss. Später dann hauptsächlich als Rechercheurin für das dem Büro arbeitstechnisch verbundene Inkassobüro. Ihre spezifischen Kenntnisse als Computerrechercheurin hatte sie sich bei der Landeszentralbank angeeignet, bei der sie seinerzeit aus Bieber unbekannten Gründen ausschied. Auch wollte sie über die Gründe ihres dortigen Ausscheidens ebenso wenig sprechen wie über den Grund für die Adoption von Kindern, was insbesondere Prinz nahezu närrisch machte, der über Mitarbeiter am liebsten alles gewusst hätte. Auch die etwas schroffe Zurückweisung hatte der Jurist nie wirklich akzeptiert, als er einmal nachhaltig insistierte.

Bieber indes interessierten solche Dinge – Privatmist, wie er immer sagte – überhaupt nicht. Er war glücklich, langjährige Mitarbeiterinnen um sich zu haben, zu denen er durchweg eine vertrauensvolle Beziehung pflegte.

Und Guda Kleyns Fähigkeiten, sich Informationen aus allen möglichen fremden Computersystemen zu erschleichen, war einmalig. Als er sie vor zwei Tagen anrief und meinte, er habe von Hauptkommissar Berthold dankenswerter Weise die Adresse von Gerd Uwe Krimm erhalten, hatte sie nur gemeint, die hätte er von ihr mindestens genau so schnell haben können. Auch die vorsichtige Anfrage, ob es ihr irgendwie möglich wäre, aufgrund ihrer Fähigkeiten einiges mehr über dessen finanziellen Hintergrund zu erfahren, hatte sie abgetan, indem sie lachend anmerkte: »Schleich doch nicht so um den heißen Brei. Sag' was Du willst und ich besorge Dir mit ziemlicher Sicherheit die Auskunft. Nur keine Hemmungen Harry. Du bist doch sonst nicht so zimperlich.«

»Aber keinen Mucks zu Alex. Du weißt, er ist übervorsichtig und befürchtet, irgendwer könnte deine Aktivitäten im Netz einmal zurückverfolgen.«

»Unfug, ich bin schneller wieder draußen, als einer merkt, dass überhaupt jemand drin war.«

Und jetzt wusste er, nach einer Tasse Kaffee und einem gemütlichen Plausch zwischen herumwuselnden Kindern, zwei Katzen und einem Hund, dass Krimm Eigentümer der Penthouse-Wohnung seiner Wohnadresse in Bad Soden war. Er unterhielt drei Konten bei unterschiedlichen Banken und ein ehemals mehr als beachtliches Aktiendepot. Letzteres war allerdings im Zusammenhang mit den Pleiten am sogenannten Neuen Markt merklich geschrumpft, was vielleicht einer der Gründe war, weshalb dieser Gewohnheitsverbrecher in letzter Zeit etwas auffällig und hektisch agierte.

Bieber hatte sein Fahrzeug etwa dreihundert Meter vor dem achtzehnstöckigen Haus geparkt, das wie einer von drei bösen Fingern an die Sünde der Baugenehmigung für dieses Objekt gemahnte. Es war umsäumt von Einfamilienhäusern mit sorgfältig angelegten Gartenanlagen. Biebers Armbanduhr zeigte siebzehn Uhr zweiunddreißig. Die Sonne stand schon deutlich tiefer und spendete ein rötlich warmes Licht.

Er war eine Treppe hinuntergegangen, die anscheinend eine Abkürzung zu den Häusern Bleibtreustraße 16 A bis C darstellte, deren Eingänge tiefer gelegt waren. Die direkte Zufahrt zu den Häusern schien über eine Parallelstraße zu erfolgen. Die Klingelanlage der 16 B wies – wie sicherlich auch die baugleichen beiden anderen Türme – zweiundfünfzig Wohneinheiten aus. Bieber hatte schnell nachgerechnet, dass bei siebzehn Stockwerken und einem Penthouse jeweils drei Parteien auf einer Ebene wohnen müssten, zusätzlich der Topetage.

Ein silbermetallic lackierter Porsche 911, natürlich mit Faltdach, wie Bieber amüsiert feststellte, stand in der Nähe des Hauseingangs. GU 1 folgte dem Ortskürzel. Gerd Uwe 1 passt zur Welt dieses Ganoven, genau wie ein Sportwagen mit offenem Verdeck, den man schließlich nur in leicht beschleunigtem Schritttempo im Vergleich zu seinen Leistungsmöglichkeiten sicher fahren konnte, dachte Bieber und wandte sich dem Eingang zu, jetzt verbunden mit der begründeten Hoffnung, die gesuchte Person in der Wohnung auch anzutreffen.

Das zum Penthouse gehörende Namensschild wies denn auch den Namen Gerd Uwe Krimm mit dem Zusatz »Vermögensberater« aus. Bieber wollte in das Haus kommen und erst direkt an der Tür von Krimm klingeln, um dem die Möglichkeiten »nicht anwesend zu sein« einzuschränken.

Er klingelte bei J. Ianescu im vierten Stock und sagte, als sich eine Frauenstimme mit einem »Hallo, ja bitte?« meldete, »Guten Tag Frau Ianescu. Ich bin's, Schmidt-Böhringer aus dem Siebten. Ich habe in der Tür meinen Schlüssel stecken lassen, was ich erst merkte, als ich mein Auto aufschließen wollte. Können Sie mal kurz drücken, ich meine mir liebenswürdigerweise aufmachen?«

»Gerne, Herr ehem Schmidt ääh, ich drücke, tschüß.«

»Danke, vielen Dank« rief Bieber alias Schmidt-Böhringer und war in dem Haus. Er war sich ziemlich sicher gewesen, dass dieser einfache Trick funktionieren würde, gelangten auf diese Weise doch täglich Tausende von Drückern oder Trickbetrügern in die Häuser, in denen bereits der Nachbar auf dem selben Flur nicht viel mehr als nur ein Name war. Bieber erinnerte sich eines Falls, in dem ein Mann tagelange tot in seiner Wohnung lag. Zwei Nachbarn riefen aufgrund der Geruchsentwicklung unabhängig voneinander die Polizei an. Der eine sprach von einer Frau, die nebenan wohnte, der andere von einem Mann.

Die Aufzuganlage war gepflegt und Bieber drückte auf den glänzenden Metallknopf vor dem Schild »G.U.K. Vermögensberatung« und nach einem wenige Sekunden andauernden Summen kam der Aufzug leicht ruckelnd im achtzehnten Stock an.

Bieber öffnete ungewollt vorsichtig die Tür und blickte zunächst in den kleinen Flur, dessen Ende eine massive Tür aus Edelholz abschloss, natürlich auch verziert mit einem ziemlich protzigen, messingfarbenen Namensschild und dem irgendwie angeberisch wirkenden Hinweis auf den angeblichen Beruf eines Vermögensberaters.

Hinter der Tür vernahm Bieber deutsche Schlagermusik, die zu Krimm nach den Erinnerungen des Anwalts ebenso wenig passte wie die Bezeichnung Vermögensberater.

Bieber, der zuvor über die Telefonauskunft die Anschlussnummer Krimms erfragt hatte, wählte diese nun über sein Handy an. Er hörte, nachdem die Musik leiser gestellt wurde, durch die Tür ein fast überrascht klingendes »Hallo«. Vermutlich war es nicht üblich, dass der Vermögensberater tagsüber von seiner Kundschaft kontaktiert wurde.

»Guten Tag Herr Krimm. Ich rufe Sie im Namen von Frau Volz an. Ich würde Sie gerne sprechen.«

»Frau Volz? Muss ich die kennen? – Ääh, es tut mir leid, ich bin gerade außerhalb Frankfurts in einem Tagungshotel und dann auch noch mitten in einem Beratungsgespräch mit einem Kunden.«

»Ich dachte, ich hätte Ihren Hausanschluss angewählt?«

»Das mag sein, ich habe die ankommenden Gespräche auf mein Handy umgeleitet. Aber das hat für Sie ja wohl keine Bedeutung, oder?«

Darauf Bieber, innerlich feixend und laut an die Tür klopfend, »Ja was für ein Glück, dass ich auch hier in diesem wunderschönen Hotel bin und wir uns da getroffen haben.«

Drinnen herrschte verblüfftes Schweigen. Bieber klopfte erneut, jetzt ziemlich nachhaltig.

»Machen Sie auf Krimm, aber ein bisschen plötzlich, sonst öffne ich die Tür!«

Seine Worte unterstrich Bieber mit einem dröhnenden Fußtritt gegen die Tür. Jeder normale Mensch hätte sofort die Polizei angerufen. Nicht so Personen, die Dreck am Stecken haben, mutmaßte der Anwalt richtig, denn nach einem deutlich erkennbaren Blick durch den Spion in der Tür – Bieber verzog sein Gesicht zu einer lächelnden Fratze – wurde rasselnd eine Sicherheitskette ausgehängt und die Tür öffnete sich einen Spalt breit.

Für was hat sich dieser Vogel eine Sicherung einbauen lassen, wenn er bereits beim kleinsten Bedarf auf sie verzichtet, fragte sich Bieber im Stillen, schob energisch die Tür weiter auf und betrat, dem zurückweichenden Krimm dicht folgend, die Wohnung.

Der hatte sich kaum verändert in den paar Jahren. Bieber konnte sich gut an ihn erinnern, wenngleich er zu diesem Mandanten Volzens so gut wie keinen Kontakt gehabt hatte. Er wirkte schon früher wie ein zukünftiger Müßiggänger, dem die Träume verloren gegangen waren. Sein Gesicht sah aus, als hätte ein mittelmäßiger Chirurg durch einen Griff in den Nacken eine Straffung durchgeführt, seine Kunst darauf beschränkend, die schlappe Haut einfach nach hinten zu ziehen. Die, sonnenbankgebräunte Haut des Mannes wirkte aus der Nähe welk und fleckig.

Bieber stieß ihn durch den Flur, der mit Barockimitaten vollgestopft war bis hin zu Kristallleuchterchen an den Wänden, in ein sehr geräumiges Wohnzimmer. Dessen Panoramafenster gab, über eine große Terrasse mit Koniferen, einen wunderschönen Blick auf die Berge des Taunus frei. Krimm fiel mehr, als dass er sich setzte, in einen modernen Sessel, der, wie auch die sonstige Einrichtung des Wohnzimmers im Gegensatz zum pseudobarocken Flur, nahezu ultramodern und teuer wirkte.

»Was soll das«, kreischte Krimm mit einer unangenehm hellen Stimme, »unterlassen Sie das oder ich rufe die Polizei!«

»Du kleiner Drecksack, die hättest Du rufen sollen, als Du bei Frau Volz reingestürzt und sie zu Tode erschreckt hast. Los, raus mit der Sprache, mit was hast Du Volz erpresst, Du Laus.«

Bieber näherte sein Gesicht mit weit aufgerissenen Augen dem Krimms und wusste, dass er dabei recht bedrohlich wirkte. Dabei schlug ihm Krimms Atem entgegen, der an den Geruch verdorbener Lebensmittel erinnerte, so dass er zurückzuckte. Das gab Krimm den erhofften Raum, den er benötigte, um mit einer Rolle rückwärts dem Sessel zu entfliehen, zu einer Art Schreibtisch zu rennen und dessen Schublade aufzureißen. Er kam nicht dazu, die kleine Pistole herauszuziehen, die darin lag. Der vorangegangene Aufschrei war ebenso echt wie verständlich, denn Bieber hatte gegen die Schublade getreten und Krimms Hand schmerzhaft eingeklemmt.

Bieber nahm seinen Fuß von der Schublade und die Waffe an sich. Krimm riss seine bereits anschwellenden Finger zurück und umfasste diese mit seiner anderen Hand, wobei sein Gesicht sich zu einer hässlichen Karikatur verzog. Seine Haut war blass geworden, als ob es mitten im Winter wäre, sein Mund verschlitzte zu einem dünnen Strich in dem glatt rasierten Gesicht, doch seine Augen blickten, trotz der Schmerzen, reptilienartig kalt.

»Versuchen wir es noch mal, Du Ratte, raus mit der Sprache«, zischte Bieber mit zusammengekniffenen Augen und unterstrich seine Aufforderung, indem er Krimms aufeinanderliegende Hände kurz und kräftig zusammendrückte, was diesen wieder aufschreien ließ.

Was herauskam war eine kleine banale Tragödie, schlicht eine Low Budget Produktion, besetzt mit drittklassigen Akteuren.

Volz hatte beim Verkauf von Eigentumswohnungen, deren Vertreiber Krimm war, in irgendwelchen halbfertigen Silos an Spaniens Küsten mitgewirkt. Seine Tätigkeit beschränkte sich zwar nur darauf, dass er als Notar die Unterschriften der Parteien unter die privatschriftlichen Verträge, die Krimm zuvor natürlich mit Volzens Hilfe entworfen hatte, beglaubigte. Doch er hatte diese Tätigkeit noch zu einem Zeitpunkt fortgesetzt, als ihm durch die Verweigerung der Erstellung der spanischen Escrituras, der Umschreibungsbescheide, durch einen zwischengeschalteten spanischen Notar klar sein musste, dass Krimm die kassierten Gelder nicht oder nur teilweise in Höhe geringer Anzahlungen, weitergeleitet hatte.

Volz hatte zwar nicht protokolliert, sondern nur Unterschriften beglaubigt. Dennoch bestätigte er den Käufern jeweils auf Anzeige des spanischen Kollegen »in seiner Eigenschaft als Notar«, dass die Anzahlungen erfolgt wären. Daraufhin zahlten die Käufer die Restgelder in voller Höhe an Krimm, die dieser in die eigene Tasche verschwinden ließ. Volz kassierte für seine Tätigkeit nicht nur die üblichen Beglaubigungsgebühren und die geringen Kosten für die Anzahlungsbescheinigungen von den Käufern, sondern jeweils auch noch ein Entgelt von zweitausendfünfhundert Euro pro Vertrag, wodurch er sich zum Komplizen machte. Das Geld verbuchte er als Akontozahlung auf einen vorgeschobenen Beratungsvertrag, der Volz verpflichtete, in uneingeschränktem Umfange Krimm Rat zu erteilen, wofür dieser monatlich zweitausendfünfhundert Euro zu zahlen habe.

Die Sache flog nach Verkauf von fünfundsechzig Einheiten auf. Krimm saß schließlich eine durch die Untersuchungshaft fast verbüßte, eineinhalbjährige Freiheitsstrafe ab, die nicht höher ausfiel, weil er bisher kriminell nicht in Erscheinung getreten war, einen geschickten Verteidiger hatte und das Gericht schließlich davon ausging, dass der Verbrecher hauptsächlich durch unglückliche Umstände, wie zum Beispiel Pfändungen von Gläubigern, erst in die Situation geriet, die Gelder nicht weiterleiten zu können. Den tatsächlich vorhandenen Vorsatz zum Betrug wollte man ihm nicht zutrauen, zumal das unterschlagene Geld zu einem großen Teil gefunden wurde. Die Geschädigten waren im Hinblick auf den trotz allem eingetretenen beträchtlichen finanziellen Schaden auf die zivilrechtliche Verfolgungsschiene verwiesen worden, denn schließlich habe man es mit einem noch relativ jungen Mann zu tun, der für den Schaden zukünftig sicherlich einstehen könne und würde.

Krimm hatte seinerzeit fünfundsechzig Ferienwohnungen à siebenundzwanzigtausendfünfhundert Euro verkauft und die Kaufpreise kassiert. Die Gebühren des spanischen Notars waren gering und zu vernachlässigen, so dass Krimm mit einem Nettogewinn von rund eine Million fünfundzwanzigtausend Euro abschloss. Die blieben zunächst verschwunden, wurden dann aber auf Druck der

Kriminalpolizei von dem Betrüger offenbart. Krimm hatte einfach nicht den Nerv, zu schweigen. Die Gelder waren auf einem Fremdgeldkonto irgendeines Notars, bis auf zweihundertfünfzigtausend Euro »Lebenshaltungskosten und Vorwegentnahmen auf den zukünftigen Gewinn«, deponiert, um sie vor dem Zugriff Dritter zu schützen, wie der Gauner dem Gericht versicherte. Die Einzelbeträge sollten ja auch schnellstmöglich, wenn er in Ruhe wieder hätte arbeiten können, transferiert werden.

Er selbst war mit dem zwischengelagerten Geld so umgegangen, wie es nur einem möglich zu sein scheint, der nie richtig dafür arbeiten musste. Er gab sehr schnell einen Teil aus, bevor er gefasst wurde. Nach seiner Entlassung aus dem Knast stand er vor dem Nichts. Da besann er sich auf die Möglichkeiten, Kollekte bei Volz zu erheben, der schließlich als Einziger echt verdient hatte, was Krimm als ungerecht empfand. Auf den Geschmack gekommen, ließ er auch noch andere Menschen, meist Ehefrauen, zur Ader, von denen er in aller Regel irgendeinen Seitensprung in Erfahrung gebracht hatte. An diese Geschichten selbst kam er oft zufällig heran, indem er Gespräche belauschte oder selbst daran teilnahm, in denen Männer in den Kneipen oder Cafés rund um die Frankfurter Hauptwache, mit ihren neuesten Eroberungen protzten und an Details nicht sparten.

Die Identitäten der Frauen waren schnell recherchiert und wurden dann oft untermauert von einer für ein paar Euro eingeholten Schnellauskunft einer entsprechenden Agentur, deren Dienste heutzutage jedermann in Anspruch nehmen konnte. Versehen mit dem Insiderwissen, untermauert mit seriösen privaten Daten, war es ein Leichtes, die Opfer so unter Druck zu setzen, dass diese oft auf jedwede Beweiseinforderung verzichteten und lieber zahlten als die geld- oder prestigeträchtige eheliche Beziehung zu riskieren.

Die Masse brachte es. Krimm beschäftigte schon einen jungen Pakistani, der die monatliche Kollekte einholte, ohne genau zu wissen, für was er die Umschläge entgegennahm. Der Erpresser selbst kümmerte sich nur noch um die sogenannten schwierigen Fälle oder um die, bei denen es zu Zahlungsunwilligkeiten kam. Und so war er aktiv geworden, da Volz mit seinen Raten hing. Er hatte einen Termin mit seinem früheren Berater an dessen Todestag in der Kanzlei, den der nicht eingehalten habe. Jedenfalls habe niemand auf sein Klingeln geöffnet. Er hielt es dann für eine gute Idee, auf dessen Frau, die ihn zumindest von Person nicht kannte, einzuwirken, um den Druck auf den Notar zu steigern.

In dem auf dem Schreibtisch stehenden Notebook fand Bieber eine Adresskartei. Er löschte alle Eintragungen, die auf die Person Volzens hinweisen könnten und machte erst dann einen Ausdruck.

»Mach Dich drauf gefasst, dass die Kripo sich in Kürze um Dich kümmern wird. Wenn Du auch nur mit einer Silbe erwähnst, dass Volz zu Deinen Opfern zählte, wirst Du es bereuen. Das verspreche ich Dir. Ich habe hier in der Gegend fast in jedem Knast einen Klienten sitzen, der mir verpflichtet ist. Schreib Dir das hinter Deine ungewaschenen Löffel und freu Dich daran, dass Du sie noch hast. Sie könnten leicht abgerissen werden, Du Stinkstiefel«, raunte Bieber und hieb ihm mit der flachen Hand noch eine auf die eingefallene linke, fahle Wange, und zwar so heftig, dass der rattengesichtige Mann ebenso laut wie schrill aufschreiend zu Boden ging.

Bieber hatte eine ausgeprägte Aversion gegen Erpresser in jeglicher Form. Er nahm das Notebook, desgleichen die Ausdrucke, an sich und verließ türeschlagend die Wohnung. Er machte sich momentan keinen Gedanken darüber, dass er gerade eben auch in einer gewissen Form nötigend gehandelt hatte. Wohl aber, wie leicht es ihm gefallen war, auf den Mann einzuschlagen.

»Dreckskerl«, murmelte Bieber noch im Aufzug vor sich hin und gewann erst im Erdgeschoss seine übliche, gelassenere Einstellung zu den Dingen des Lebens zurück. Er ging ruhigen Schrittes zu seinem Auto, als ihm spontan ein Gespräch in den Sinn kam.

Gäbe es das Böse nicht, hatte sein Roshi Bankei einmal in einer Unterhaltung, auf dem Boden sitzend und mit Bieber Tee trinkend, geäußert, könnte man das Gute nicht als solches erkennen. Alles Tun und Unterlassen, jede durch Willen geprägte Aktivität eines Menschen in dieser, seiner heutigen Inkarnation, sei karmisch bestimmt, gleich was er denke, rede oder wie er handele. Wirken und Erleben, insbesondere aber das moralische Wirken, unterlägen einer Gesetzlichkeit. Nicht aber seien es die Taten an sich, die etwas in gutem oder schlechtem Licht erscheinen ließen, die dahinter steckende Absicht wäre das karmisch relevante Moment. Jeder Bösewicht könne zu jeder Zeit mit seinen Missetaten aufhören und ein anderer Mensch werden. Und wenn sein Karma ihn mit einem Schlingel in Verbindung bringe oder ihm jemand Leid antue, sei es auch für ihn eine karmisch bedingte Gelegenheit, auf den anderen positiv einzuwirken, beziehungsweise, sich nicht in Gefühlen zu verlieren. Denn selbst wenn alles Elend eines Wesens die direkte Folge seiner bösen Taten wäre, bedeute das nicht, dass es nicht gerade unsere karmische

Frucht sei, Hilfe zu gewähren. Die Frage könne deshalb nur lauten, wie man gütig handele.

Bieber zog den Schlüssel wieder aus dem Zündschloss, schnaufte laut, stieg aus und ging zurück zu dem Gebäude. Er nutzte die Gelegenheit, durch die Tür zu schlüpfen, die ein Bewohner gerade passierte und fuhr erneut in die oberste Etage.

Er klingelte mehrfach, bis ein Auge den Türspion verdunkelte.

»Was wollen Sie denn noch«, rief der Mann hinter der Tür, »Sie haben mich doch schon vernichtet.«

»Mach auf«, herrschte Bieber zurück, und die Tür öffnete sich wieder ganz vorsichtig. Bieber drückte sie nur so weit auf, dass er dem Erpresser gerade in die Augen blicken konnte, die der jedoch sofort zu Boden schlug.

»Schau mich an, Krimm. Du bekommst von mir eine Chance. Ich werde das Notebook in den Main werfen. Der Kripo erzähle ich nichts. Vielleicht haben ja alle, die Du am Wickel hattest ein bisschen Druck verdient. Ich werde Dich im Auge behalten. Wenn auch nur einer von denen, die auf der von mir ausgedruckten Liste stehen, Dich oder Deinen Handlanger noch einmal zu Gesicht bekommt, bist Du fällig. Und dann gnade Dir Gott. – Hast Du das kapiert? – Mach was anderes, ich rate es Dir nachdrücklich. Und Du schuldest mir einen Gefallen.«

Und mit diesem mafiosen Vokabular, das ihm nicht als solches bewusst war, schlug Bieber die Tür zu, hoffte wenigstens ein wenig für zukünftiges gutes Karma getan zu haben. Er fuhr, jetzt vergnüglich vor sich hin pfeifend, erneut mit dem Aufzug nach unten, setzte sich in seinen Wagen, startete zügig und verspürte Lust auf ein Glas Bier, das er in irgendeiner Pinte auf dem Weg zurück zu sich nehmen würde.

XIX.

Es war später Freitagnachmittag. Das Abenteuer in Nordzypern war bereits Vergangenheit. Bieber hatte die offiziell vereinnahmten und mit Rechnung belegten Beträge aus dieser Sache dem Firmenkonto gutgebracht. Die nicht offiziell vereinnahmten Gelder hatte er mit seinem Partner Prinz geteilt, so dass jeder damit anfangen konnte was er wollte. Das Finanzamt würde davon nichts erfahren. Beide hatten damit keinerlei Probleme, und sie schämten sich nicht eine Sekunde dafür, ermöglichten doch die Steuergesetze größten Unternehmen, trotz deren Gewinne von Abermillionen Euros, ganz legal überhaupt keine Steuern zu zahlen. Dass solche Überlegungen schlicht unmoralisch waren, belastete die beiden nicht. Sie hatten sich vor knapp zwei Wochen in dieser Sache noch einmal zu einem Gespräch zusammengesetzt, um zu prüfen, ob sie irgendeinen Aspekt vernachlässigt hatten und kamen zu dem Ergebnis, dass Bieber schnell, effektiv, zum Wohle der Kanzlei und zur vermutlichen Zufriedenheit aller beteiligten Parteien tätig gewesen war. Das Nachlassgericht hatte – wohl auf Drängen der Staatsanwaltschaft und diese auf Nachfassen des Leiters der Sonderkommission Berthold – alle notwendigen Schriftstücke überraschend schnell geliefert. Die Abwicklung in Nordzypern war reibungslos verlaufen. Frau Volz erhielt ihren Erbanteil, beziehungsweise den ausgehandelten Vergleichsbetrag, ausgezahlt. Welche Beträge in andere Kanäle flossen, wurde ihr weder bekannt, noch hätte sie es interessiert. Ihr Dank gegenüber Bieber blieb, über die Zahlung des vereinbarten Honorars hinaus, in Grenzen, nachdem er ihr schonungslos offenbart hatte, dass ihr Mann mit kriminellen Gruppen Geschäfte gemacht hatte. Dass er bereits durch die Ermittlungsbehörden observiert worden war, kommentierte sie mit »Unverschämtheit – Respektlosigkeit gegenüber einem Juristen, der nur seine Arbeit gemacht habe« und ähnlichen Verniedlichungen. Bieber war leicht enttäuscht, dass die Frau bewusst oder unbewusst die Tatsache verdrängte, wonach nur der Tod ihres Mannes halbwegs seinen Ruf gerettet und sie zur Euromillionärin gemacht hatte.

Krimm war schließlich doch verhaftet worden. Berthold hatte Bieber angerufen und gefragt, ob er mit der ihm gegebenen Adresse hätte etwas anfangen können. Er habe durch inoffizielle Kanäle davon Kenntnis erhalten, dass Krimm ganz aktuell von einem Stadtrat der christlichen Fraktion eine »Unterstützung« erbeten hatte. Als Gegenleistung bot er an, dafür zu sorgen, dass er von dem Wissen einer gemeinsamen Nacht mit einer Vertreterin der Ökopartei in Berlin keinen Gebrauch machen werde. Krimm gab vor, nur helfen zu wollen, die Ehe mit der Tochter eines Großindustriellen nicht zu gefährden. Der notorische Erpresser hatte sich wohl ausgerechnet, dass Bieber nie von seinen neuen Taten erfahren könne und hatte frische Kontakte geknüpft. Bieber hatte in dem Telefonat mit Berthold sodann angedeutet, dass er mit Krimm fertig sei und sich vielleicht demnächst bedanken könne.

Er sandte an einem der darauf folgenden Tagen Krimms Notebook – er hatte es, im Gegenteil zu der von Grimm konfiszierten Pistole, nicht in den Main geworfen, wie er den Erpresser glauben gemacht hatte, sondern in einem Banksafe aufbewahrt – Berthold anonym zu, mit einem nicht unterzeichneten Begleitzettel, dass das Material echt sei und unbedenklich verwertet werden könne.

Bei Renzo Severgnini hatte sich Bieber – für die tatkräftige Unterstützung durch Salvatore Tonzu – bedankt, ohne auf Einzelheiten einzugehen, die zu berichten er lieber seinem italienischen Offenbacher überlassen wollte, der mittlerweile ebenfalls wieder in Deutschland eingetroffen war. Severgnini meinte auch nur, so weit er gehört habe, sei ja alles ganz gut verlaufen, und es wäre für ihn eine Freude gewesen, auch ihm einmal behilflich gewesen sein zu können. Seiner Einschätzung nach musste Bieber auch nicht befürchten, nachträglich von der griechischen Interessengruppe in Deutschland belästigt zu werden, die für den Überfall in Ahmed Türks Haus und den Anschlag am Strand verantwortlich gewesen sei und die eher dem in Konkurrenz zu türkisch mafiosen Gruppen stehenden Milieu zuzurechnen wäre. Dabei, so hätten seine zwischenzeitlich angestellten Recherchen ergeben, habe man tatsächlich versucht, mit allen Mitteln einen Skandal zu provozieren, der die nordzyprischen Verhältnisse und damit das dortige Regime in einem schlechten Licht hätte erscheinen lassen, womit man zugleich eine falsche Spur in Richtung politischer Strömungen habe legen wollen.

. »Diese Pack halt sich aber hier zurück. Sie wolle nichte auffalle«, hatte er gemeint, das jedoch mit dem Rat verbunden, Griechenland oder den südlichen Teil Zyperns sinnvollerweise zu meiden. Man könne schließlich ja nie wissen, wie nachtragend »diese Südländer« seien. Auf Biebers Hinweis, dass die Kriminalpolizei keinerlei Erkenntnise hinsichtlich des Mörders von Volz habe, meinte Biebers Schießkumpan, auch diese Tat könne man ruhig den bereits angesprochenen Kreisen zuschreiben, die ganz einfach ein konkurrierendes Unternehmen schwächen wollten. Für die Stichhaltigkeit dieser Erkenntnisse wolle er aber nicht seine Hand ins Feuer legen. Bieber hatte sich mit diesen ihm insgesamt unglaubwürdig erscheinenden Erklärungsversuchen seines Freundes zufrieden gegeben, interessierten ihn die tatsächlichen Hintergründe, jetzt nach glücklicher Beendigung des Abenteuers, doch nur peripher, zum Unverständnis von Alexander Prinz. Der hätte es natürlich gerne ganz genau gewusst, denn nur so könne er die Kanzlei von eventuell auf sie zukommenden kriminellen Einwirkungen absichern. Und über Angstphobien in unterschiedlichster Form wollte Bieber nicht erneut resonieren.

Die erst kürzlich stattgefundenen Landesmeisterschaften im Trapschießen waren für Bieber unbefriedigend verlaufen. Er war zwar nur wieder einmal und zu seinem Leidwesen, Zweitbester in seinem Dreierteam mit Severgnini und Blaskovicz, aber sie schossen bei schlechtem Wetter und mussten dem Tribut zahlen. Es fehlten am Ende zwei Scheiben zur Qualifikation als Team zur Deutschen Meisterschaft. Und wie so oft zuvor, würde sich Bieber auch in diesem Jahr darüber wundern, dass die Schützen manch eines Landesverbandes außergewöhnlich hohe Trefferzahlen erreichten, die sie dann bei den nationalen Meisterschaften in München bei weitem nicht bestätigen konnten. Er würde halt diejenigen seines Vereins, die sich in den anderen Schützenklassen qualifiziert hatten, als Coach begleiten, hatte er sich getröstet.

Bieber bestellte sich noch ein Bier bei der flotten Bedienung, vermutlich einer Studentin, die sich etwas dazuverdiente, in Gedanken an die bald anstehenden netten Biergarten-Abende in München und genoss die Abendsonne, wobei er sich in dem recht bequemen Stuhl des Cafés an der Frankfurter Hauptwache zurücklehnte.

Genau in dieser Position verharrte Bieber, als sich an seinem Nachbartisch sein Freund Renzo Severgnini mit dem zypriotischen Kaufmann Ahmed Türk niederließen. Eine Holzsprossenwand, an der irgendeine Kletterpflanze rankte, gab Bieber die notwendige Deckung. Die beiden waren recht aufgeräumter Stimmung und klopften sich wechselseitig öfters auf die Unterarme. Bieber hatte seinen ersten Impuls, aufzustehen und beide Herren zu begrüßen, unterdrückt, obgleich ihn deren Gesichtsausdruck interessiert hätte.

Der Rechtsanwalt nahm einen tiefen Zug von dem frischen Bier, das die vermutliche Studentin vor ihn gestellt hatte, verwundert darüber, dass sie im Gegensatz zu vorhin nicht einen aufmerksamen Blick des Mannes registrieren konnte. Der bedauerte, dass er kein Hörgerät besaß, dessen Kapazität er nur allzu gerne hätte ausschöpfen wollen. So konnte er nur Wortfetzen verstehen. »... nure auf eine Kaffee meine ...« – »... gutes Geschäft ...« – »... Griechenpack ...« – »... sehr schöne Idee mit meine Freunde, deme Anwalde ...«

– »… Glück, dass Salvatore … Übersicht behalde hat… deutsche Polis … mitgespielt ohne zu wissen« – »… sauberes Geld … neue Geschäfte…«

Die beiden tranken ihren Kaffee zügig, machten noch ein paar Bemerkungen darüber, dass die deutschen Mädchen immer dicker würden und gingen untergehakt Richtung Steinweg.

Bieber war sehr nachdenklich geworden. War er vom »Superbeauftragten der Polizei« lediglich zu einer »Schachfigur im raffinierten Spiel zweier Capos« degeneriert? Und wenn ja, hatte ihn das jetzt noch zu interessieren? Er hatte seinen Schnitt gemacht, die Kanzlei hatte einen Fall positiv abgeschlossen, Frau Volz war glücklich, die Erkenntnisse der deutschen Kriminalpolizei hatten sich gemehrt, er hatte eine interessante Frau kennen gelernt, einem kleinen Gauner das Handwerk gelegt zum Wohl einiger Bürger, die sich befreit fühlen durften, wenngleich ihnen möglicherweise noch einige Peinlichkeiten mit ihren Ehepartnern bevorstanden und einen Höhenflug am Rouletttisch erlebt. Aber es waren auch Menschen ums Leben gekommen in diesem Spiel der unauslotbaren Mächte. Und er wusste nicht, ob sein Freund Renzo ein wahrhaftiger Freund war. Vielleicht würde er bei Gelegenheit eine Bemerkung machen, aus der Severgnini schließen musste, dass Bieber ahnte, was er nicht hatte wissen sollen. Auch diese Reaktion könnte interessant sein, tröstete sich der Advokat und beschloss, über Berlin nachzudenken, nachdem ein namensloses Fax heute Morgen in der Kanzlei eingegangen war, versehen mit dem Text: »Hi Harry. Ich habe Wochenende keinen Dienst.«

Flugzeug, Bahn oder Auto? Ob und wie, er würde sich gleich entscheiden.